# 中华名联大观

郭春燕 赵 锝 著

吉林人民出版社

**图书在版编目(CIP)数据**

中华名联大观 / 郭春燕, 赵锷著. –– 长春：吉林
人民出版社, 2012.4
(青少年常识读本 . 第1辑)
ISBN 978-7-206-08800-1

Ⅰ. ①中⋯ Ⅱ. ①郭⋯ ②赵⋯ Ⅲ. ①对联 – 作品集
– 中国 Ⅳ. ①I267

中国版本图书馆 CIP 数据核字(2012)第 068097 号

# 中华名联大观

## ZHONGHUA MINGLIAN DAGUAN

著　者：郭春燕　赵　锷
责任编辑：刘子莹　　　　　　　　封面设计：七　洱
吉林人民出版社出版 发行(长春市人民大街7548号　邮政编码：130022)
印　　刷：北京市一鑫印务有限公司
开　　本：670mm×950mm　　　　1/16
印　　张：13　　　　　　　　字　　数：150千字
标准书号：ISBN 978-7-206-08800-1
版　　次：2012年7月第1版　　　印　　次：2023年6月第3次印刷
定　　价：45.00元

如发现印装质量问题，影响阅读，请与出版社联系调换。

# 目录 CONTENT

# 目录
## CONTENT

# 三阳始布　四序初开

## ——最早的对联

对联雅称"楹联"，俗称"对子"，因古时多悬挂于楼堂宅殿的楹柱而得名。

对联是一种文化现象，也是一个文学品牌，最具中国特色，不能翻译，也不能改写，更不能移植。它由两个工整的对偶语句构成。基本特征是：字数相等，平仄相对；词性相近，句法相似；语义相关，语势相当。作为一种雅俗共赏的文学体裁和文化现象，对联又与书法艺术相表里，成为中华民族一枝艺术奇葩。

对联按内容可分为春联、喜联、寿联、挽联、装饰联、行业联、交际联、名胜联、格言题赠联和杂联（包括谐趣联）等。此外，对联还必须直写竖贴，自右而左，由上而下，不能颠倒。与对联紧密相关的横批，可以说是对联的题目，也是对联的中心。好的横批在对联中可以起到画龙点睛、相互补充的作用。

早在秦汉以前，我国民间每逢春节就有悬挂桃符、驱鬼求吉的古老风俗。皇帝作礼驱鬼，立大桃木人，画神荼、郁垒之像与虎形于左右门，并悬苇绳，以御凶魔，这就叫桃符。后来又变为只写神荼、郁垒四字而不画像。到了唐代，桃符上不再画神荼、郁垒，而是绘曾为唐太宗"捉鬼救驾"的尉迟恭、秦叔宝。由于桃符是一年辞岁之际用来消灾免祸的，就牵动了文人墨客的诗兴，于是产生了对联的最早雏形——春联。

挂桃符这种习俗持续了一千多年，到了五代，人们开始把联语题于桃木板上。据《宋史·蜀世家》记载，五代后蜀主孟昶命学士题写桃符，因为学士对得不工稳，他便亲自命笔题联："新年纳余庆，嘉节号长春。"清代人认为这是最早的春联，但近年在山西晋祠发现了唐太宗手书的一副对联："文章千古事，社稷一戎衣。"它比孟昶书写的春联要早二百多年。而据专家考证，最早的春联应该是"三阳始布，四序初开"，记载在莫高窟藏经洞出土的敦煌遗书（卷号为斯坦因0610）上："岁日：三阳始布，四序初开。福庆初新，寿禄延长。又：三阳回始，四序来祥。福延新日，庆寿无疆。立春日：铜浑初庆垫，玉律始调阳。

五福除三祸，万古回（殓）百殃。宝鸡能僻（辟）邪，瑞燕解呈祥。立春回（著）户上，富贵子孙昌。又：三阳始布，四猛（孟）初开。回回故往，逐吉新来。年年多庆，月月无灾。鸡回辟恶，燕复宜财。门神护卫，厉鬼藏埋。书门左右，吾傥康哉。"其中，"三阳"、"四序"、"始调阳"、"五福"、"富贵"、"庆寿"、"呈祥"等词语，至今仍为春联所习用，具有鲜活的民俗生命力。该遗书记录了十二副在岁日、立春所写的春联。"三阳始布，四序初开"联排序第一，撰联人为唐人刘丘子，作于开元十一年（723），较后蜀主孟昶的题联早了240年。

宋代以后，民间新年悬挂春联已经相当普遍。因为春联和桃符的渊源，古人又称春联为"桃符"。王安石《元日》诗中"千门万户曈曈日，总把新桃换旧符"，真实再现了当时贴春联过年的盛况。据张邦基在《墨庄漫录》记载，苏东坡贬到黄州后，常去拜访住在东湖边的王文甫。有一年接近年根的一天，苏东坡至其家，见其正在"治桃符"，便信手在上面题了一联："门大要容千骑入，堂深不觉百男欢。"意即主人应该把门扩大，能使几千匹马进入，大厅也要增宽，可容几百人欢宴，以此来戏谑王文甫的热情好客。周密《癸辛杂识》书中记录了因写春联而获罪一事：盐官县有一个小官叫黄谦之，甲午春岁，兴之所至，戏题一联："宜入新年怎生呵，百事大吉那般者。"结果有人告到上司那里，遂因不满官府而被罢官。《名臣言行录》记载：一日，宋仁宗见宫门上贴着一副副春联，篇篇立意新妙，不觉驻足观看，问左右侍臣措词者何人，侍臣答为欧阳修。宋仁宗便叫人将对联全部揭下，贴在自己的房间细细欣赏，并赞赏道："举笔不忘规谏，真侍从之臣也。"

一直到明代，人们才开始用红纸代替桃木板书写对联。明太祖朱元璋大力倡导对联，不仅自己挥毫书写，还常常鼓励大臣书写。有一年除夕，他传旨："公卿士家，门上须加春联一副。"初一便微服出巡，他看见满街交相辉映的春联十分高兴。行至一户人家，见门上没有春联，便问何故。一打听才知道，原来主人是个杀猪的，正愁找不到人写春联。朱元璋当即挥笔为屠夫书写一联："双手劈开生死路，一刀割断是非根。"自此，春联在明代盛行起来，题联作对成为一时风尚，文人学士以此为雅事，或以文会友，或附庸风雅，奇联妙对蔚为大观。

入清以后，乾隆、嘉庆、道光三朝，名联佳对，层出不穷。尤其是乾隆年间，对联集前代之大成，姿、香、韵、色俱全，笔法纯熟，风格多样，用途广泛，达到了空前的鼎盛繁荣。紫禁城内，宫门对联比比皆是。皇帝乾隆也热衷于题写对联，出自其手的北京名胜楹联达179副。清代千古名联无数，如郑板桥的六十自寿联，何绍基的题岳阳楼联，孙髯翁被誉为"天下第一长联"的大观楼联，钟云舫长达1612字的江津联，洪秀全定都南京后所写的"重开尧舜之天"联。对联大家云集此朝，李渔、俞樾、郑板桥、孙髯翁、邓石如、梁同书、翁方纲、伊秉绶、何绍基、袁枚、宋湘、纪晓岚、顾复初、钟云舫、康有为、梁章钜、林则徐、左宗棠、张之洞等人，占历代楹联名家的三分之二以上，可谓群星灿烂，高手辈出。

俱往矣，前尘旧事都已作古，而文化却能一脉流袭。对联经历代的锤炼推敲，终以"诗中之诗"的凝炼工整蔚成中国文化一景，并且融入书法墨彩之中，形神兼备，心手合一，将汉字的意韵发挥到了极致。所以，欣赏对联，和读汉赋唐诗宋词元曲明清小说一样，都是走入中国文化林中，染一身清气出来，风采自非一般。

● **知识链接**

对仗，指对联的格律，即"六相"：字数相等、词类相当、结构相应、节奏相同、平仄相谐、意义相关。根据对仗的宽严程度，可分为工对、宽对、失对三种。工对也就是严对，要求严格遵守对仗原则，尤其必须做到词类相当、结构相应、节奏相同。特别是词类对仗，要求所对仗的词属于同一小类。传统诗联创作中，词可划分为28小类：天文、地理、时令类、宫室类、器物类、衣饰类、饮食类、文具类、文学类、植物类、动物类、形体类、人事类、人伦类、代名、方位、数目、颜色、干支、人名、地名、同义连用字、反义连用字、连绵字、重叠字、副词、连介词、助词。对联尽力求工，但求工太过，形成同义反复，则是作联之大忌。即"合掌对"。相对于工对而言，对仗的要求可适当放宽，古今楹联作品以宽对为主，因为刻意求工，往往因词害意，步入形式主义。因此，高明的联家往往是顺其自然，能工则工，难工则宽。上下联全体或部分完全不符合对仗规则的，即为"失对"。全联完全失对者，自然不算是对联，而部分失对者，则称之为"病联"。

# 桃李杏春暖一家

## ——春联

有一则谜语："两姐妹，一般长，同打扮，各梳妆，满脸红光，年年报吉祥。"谜底是春联。

春联是中华民族最普及的一种民间文学形式，春节期间张贴在门上，以增添节日的喜庆气氛。一般都是吉言兆语，如"庚日多晴游子乐，辰星常曜太平年"、"春回大地百花争艳，日暖神州万物生辉"、"雷鸣龙起蛰，泥暖燕含春"、"顺雨调风龙气象，锦山秀水凤文章"，祝福新年美好，预示一年的好光景。春联文字绚烂，韵致丛生，如"松竹梅岁寒三友，桃李杏春暖一家"，冬日里，松、竹、梅"岁寒三友"绽放过后，桃、李、杏在初春相继开花，红、白、粉颜色斑斓，煞是好看，因此，古人常以桃、李、杏指代春天，故曰"春暖一家"。但民间也有一些内容相左、新奇怪异的春联，读来颇为有趣。

从前，陕西合阳县有个刘姓穷苦农户靠做长工度日，遇到灾难，只好向富人借债。可是借债容易还债难，每到年关，为了躲债，他进不得屋，一家人不能团圆。那一年过年前夕，他写了一副对联贴在大门两旁，没想到竟无人上门讨债。原来对联写的是："是君子容我过年，乃小人找咱讨债。"横批是"看刀子"。这"看刀子"三字用得狠辣，看来是心意已决，万一逼得无路可走，不是自杀，就是杀人，难怪无人敢上门要债。

清代乾隆年间，安徽桐城的乡村理发匠吴鳌颇有才学，但生活窘迫。有一年春节，他写了一副对联贴在自家门上："半间茅屋栖身，站由我，坐亦由我；几片萝卜度岁，菜是它，饭也是它。"居茅屋，啃萝卜，穷困之状跃然而出。明代福州有个叫徐五的屠夫小有文才，但沉溺于吃喝嫖赌，致使家徒四壁。时至大年除夕，无奈自署一联："鼠因粮绝潜踪去，人为家贫放胆眠。"联句绝妙，既不脱雅语，又不避俚言，极言家庭贫困，就连老鼠都不愿停留，小偷也懒得光顾，尽可敞门大胆睡觉，语气无奈，辛酸中亦不乏自嘲。还有一个懒汉，挣钱不多却用钱无度，日子过得入不敷出，负债累累。有一年春节，他写了一副春联贴在门上："行节俭事，过淡泊年。"第二天早晨，他起床一看，不禁吃了一惊，不知是谁在上下联各加了一字："早行节俭事，晚过淡泊年。"懒汉看了，深有所感，从此起早贪黑，勤俭持家，终于脱离贫困，日子越过越好。

明末清初，安徽枞阳有位名叫陈淡然的秀才，屡考不中，一生潦倒。有一年春节，他写了一副直抒胸臆的春联："功名、事业、文章，今岁已无望；嬉笑、悲欢、怒骂，明年可再来。"诙谐幽默，文锋犀利，寄悲愤于幽默之中，构思奇特，泼辣大胆，读罢令人深思。

清代浙江宁波的老中医范之甫写过两副奇特的春联，一副贴在药店大门："但愿人常健，何妨我独贫。"另一副贴在自家门上："何必我千秋不老，但求人百病莫生。"无独有偶，清末湖南也有一位开药铺的老中医，在家门也贴着同样奇特的春联："只要世间人莫病，何愁架上药生尘。"两位老中医在除旧迎新之时，不求自己富贵吉利，却祈求他人平安健康，其医德可赞，救世之心令人敬佩。

明代书法家祝枝山给一家酒店撰写春联："明日逢春好不晦气，终年倒运少有余财。"店主看后，在心中念道："明日逢春，好不晦气；终年倒运，少有余财。"顿时笑意转为怒气，欲要责问，却听祝枝山朗声念道："明日逢春好，不晦气；终年倒运少，有余财。"店主听了笑逐颜开，当即置酒敬宾。

古人写过这样一副春联："屋後（后）流泉幽咽洽香草，庭前垂柳珍重待春風（风）。"（繁体）这副联妙在上下联都是九个字，每个字都是由九画组成，从冬至（一九）到九九正好是八十一天，上下联句笔画也恰好是八十一画。这样，从冬至开始，每天写一笔，到九九的第九天，对联全部写完，至此，严冬已去，春到人间。故称此联为"消寒迎春联"。这种联构思精巧，须选择适当的字词组句，又不能以词害义，写起来有一定难度，因其难方显珍奇。此联既表达了人们对春天的向往，又可作为一份别致的日历，所以被称为联中上品。

● 知识链接

最大的石刻联：安徽省黄山青鸾峰（立马峰）绝壁上的摩崖石刻一副对联："立马空东海，登高望太平。"每一个字直径平均9米多，大约有三层楼高，平均每一笔画的宽度达0.6米。

最小的对联：苏州工艺美术研究所微雕家沈为众先生的一副刻在头发上的对联："黑发若知勤学好，白首更觉读书甜。"上联刻在一丝黑发上，下联刻在一丝白发上，与联语中的"黑发"和"白首"暗合。由于使用了微雕技术，所以要看清字迹，必须放大200倍才可见。

# 一腔胆识浮纸上

## ——言志联

言志联，即通过对联来抒写情致、志向、理想，以鞭策自己、激励他人。包括自勉联、修身联、治学联等。从形式上说，一些自题联与赠联由于关涉志趣也是言志联。格言警句联省己励人，也应属于言志联。

舜帝曰："诗言志，歌咏言。"一副对联可以看出一个人自小的志趣和抱负。林则徐少年便吟诵："海到无边天作岸，山登绝顶我为峰。"很有气势，日后他果然成就了一番事业。清代大臣陶澍十二三岁时，在自家门口贴了一副春联："红芋包谷蔸根火，这种福老夫所享；齐家治国平天下，那些事小子为之。"出语不凡，长大后果然大有作为。洪秀全少年时，在星光灿烂的夜晚游泳，口吟一联："夜浴鱼池，摇动满天星斗；早登麟阁，力挽三代乾坤。"胸有雄心大志，最后揭竿而起，成为农民起义领袖。李自成16岁时，老师出句："雨过月明，顷刻呈来新世界。"李自成对："天昏云暗，须臾不见旧江山。"从中看出他从小就有建立霸业的大志。郭沫若小时偷桃子吃，老师发现后对其一番训斥，并出一上联要求作答："昨日偷桃钻狗洞，不知是谁？"郭沫若马上写出下联："他年攀桂步蟾宫，必定有我。"老师看了颔首称好，也免了他的处罚。

楹联与诗歌一样"持人情性"，表达撰联者无邪之情和宏图大志。

蒲松龄少时几次赴考都名落孙山，于是愤而放弃科举，转而著文。为激励自己，特意书一联刻于铜镇尺上："有志者事竟成，破釜沉舟，百二秦关终属楚；苦心人天不负，卧薪尝胆，三千越甲可吞吴。"志存高远，气吞山河。

明代杨继盛因弹劾奸相严嵩而无辜被杀。临刑前，他挥毫在狱壁上写下一联："铁肩担道义，辣手著文章。"表达了自己不屈之志。李大钊十分崇敬杨继盛的为人，1916年，他翻造此联，书赠杨子惠："铁肩担道义，妙手著文章。"把"辣"改为"妙"，仅易一字却尽抒己志，又蕴含励人奋发之意，新境豁然顿生。

明代名臣袁崇焕曾撰一联："心术不可得罪于天地，言行要留好样与儿孙。"告诫自己心存正直，言行得当，上对得起天，下对得起子孙。胡适作联自况："偶有几茎白发，心情微似中年；做了过河卒子，只能拼命向前。"一介书生务实求真的治学精神油然而出。徐悲鸿写过"独持偏见，一意孤行"的联语，看似偏执，实是明志，表示自己不与恶势力同流合污的决心。

孙中山早年曾写过这样一副对联："愿乘风破万里浪，甘面壁读十年书。"字里行间渗透出他壮志凌云的胸怀。后来，孙中山留学归国，途经武昌时，闻张之洞正办洋务兴实业，便投帖拜访："学者孙文求见之洞兄。"张之洞见此人口气不一般，便在纸条上写出一联："持三字帖，见一品官，儒生妄敢称兄弟。"自恃位高权重，居高临下，现出一脸的不屑，然后他让门官送交孙中山。孙中山看后，旋即写出下联："行千里路，读万卷书，布衣亦可傲王侯。"不卑不亢，气势逼人。张之洞见了暗暗称奇，立即下令开中门迎接。

毛泽东青年时在湖南第一师范学校读书，他改写了旧时一副治学联："贵有恒，何必三更眠五更起；最无益，莫过一日曝十日寒。"意即读书做事要持之以恒，切忌一时冲动，三分钟热血。他还撰联自勉："与其苟且偷生，生无足道；非为奋斗而死，死有余哀。"生要有价值，死亦重如泰山，正气逼人，掷地有声，于此可见毛泽东的英雄气概和领袖胸襟。

清代大臣曾国藩写过许多自题联，都是立身处世的箴言警句。其一："养活一团春意思，撑起两根穷骨头。"穷且不坠青云之志，依然怀揣一片春光，联语平白如话，却见一片朗朗胸襟，眼光自是不凡。其二："不为圣贤，便为禽兽；莫问收获，但问耕耘。"做人要向圣贤看齐，从小事做起，脚踏实地，切忌急功近利。其三："天下断无易处之境遇，人间哪有空闲的光阴。"天上从来不会掉馅饼，只有珍惜时间、辛苦做事才会有收获。其四："战战兢兢，即生时不忘地狱；坦坦荡荡，虽逆境亦畅天怀。"心中常存戒心，才不会胆大妄为，即使身处逆境，也要心胸宽广畅达。其五："酿五百斛酒，读三十年书，于愿足矣；制千丈夫裘，营万间广厦，何日能之。"有书有酒相伴的日子就足以聊慰平生，而为苍生谋福之愿不知何时能实现？其六："莫苦悔已往愆尤，但求此日行为无惭神鬼；休预怕后来灾祸，只要暮年心气感召吉祥。"君子坦荡荡，小人长戚戚，坐得正，行得直，才不怕半夜鬼来叫门，才无悔此生。其七："虽贤哲难免过差，愿诸君谠论忠言常攻吾短；凡堂属略同师弟，使寮友行修立名方尽我心。"人非圣贤，孰能无过，希望大家能诤言以谏，也愿诸位修养身心成就一世功名，毕竟我们亦师亦友亦兄弟。其八："有诗书，有田园，家风半读半耕，但以箕裘承祖泽；无官守，无言责，时事不闻不问，只将艰巨付儿曹。"读书修身，植园怡情，不问世事，不涉宦海，过自给自足的生活，是持家守业之道。曾国藩是一位很有争议的历史人物，且不论功过，仅以自箴语看，确实也当得起堂堂男儿、铮铮儒生，其言亦可作座右铭启迪人生。

赠联是题赠友人的对联，或叙友情，或抒胸襟，或赞品格，别有情境。

谭嗣同1898年8月离家进京时赠妻子联云："为人竖起脊梁铁，把卷撑开眼海银。"联语本是化用陈昌齐"竖起脊梁立行，放开眼孔观书"，却格调高拔，英气逼人，意境新出。人如其联，谭嗣同是一位"不论穷达生死，直节贯殊途"的血性男儿，"脊梁骨硬似铁，拗不折"，刚正不阿，舍生取义，我自横刀向天笑，去留肝胆两昆仑。"海银"即银海，道家谓目为银海，指读书要能明察事理，有独立的见解，才能获得真知灼见。

翁方纲赠谨庭联云："结幽兰以延伫，抚孤松而盘桓。"梁同书赠友联："闲为水竹云山主，静得风花雪月权。"赞叹友人的高尚节操，情真意挚。鲁迅赠瞿秋白联："人生得一知己足矣，斯世当以同怀视之。"饱含得遇知音的欢欣。周恩来赠王朴山联："浮舟沧海，立马昆仑。"只八字却浓缩了广阔的空间和深邃的情感，让人感受到一股济世救国的英雄气概。可谓言简意赅，用字如金，而没有昆仑沧海的胸襟，断然写不出这样气势雄壮的对联。叶圣陶与俞平伯互赠联句："得句疑人有，看书不厌忘。"表达了二人严谨的治学态度。张大千赠好友国华联："人到万难须放胆，事当两可要平心。"处世既要有胆识也要有平和之心，语言明白晓畅，寓意深远。

一怀正气，两袖清风，正是由于撰联者身体力行、言行一致，才见一腔胆识跃然纸上，冲天豪气震烁古今。读言志联，让我们胸中酣畅激荡，让我们知道路在何方，让我们领略到人生极致风光。

书画联：指题写在绘画作品上的联语。它将联语、书法、绘画糅为一体，别具新意，独辟蹊径，深邃隽永，画中有联，联中寓画，给人以新的艺术享受。如李苦禅题画竹联："未出土时便有节，及凌云处尚虚心。"将竹子品格渲染得更加明确，与书法、绘画浑然一体，臻于完美。

# 一心只为酬三顾
## ——名人联

对联内容丰富、语句精练，深得人们的喜爱。其中，赞誉或讽刺历史人物的对联也不少，不仅概述了历史人物的事迹，也表达了撰联人对历史人物的评价，别有一番情趣。

杜甫曾写诗赞颂三国军事家诸葛亮"三顾频烦天下计，两朝开济老臣心"，后来许多人都在武侯祠题联，赞颂诸葛亮的丰功伟绩和高尚节操。如："收二川，排八阵，六出七擒，五丈原前点四十九盏明灯，一心只为酬三顾；取西蜀，定南蛮，东和北拒，中军帐里变金木土革爻卦，水面偏能用火攻。"陈述诸葛亮七擒孟获、布八阵图、火烧连营及东和孙权北抗曹操等历史事件，以事实说话，来突出诸葛亮的军事才能。

而民间更把侠义勇猛的关羽视为神明，到处为他建关帝庙。"师卧龙，友子龙，龙师龙友；弟翼德，兄玄德，德弟德兄"。此联出自广东揭阳榕城镇关帝庙，对仗工稳，用字巧妙，将诸葛亮、赵子龙、刘备和张飞的名字入联，清晰准确地反映了关羽与刘备、诸葛亮、张飞、赵云之间的关系。

南宋抗金名将岳飞16岁从军，戎马生涯20年，力主抗金，多次打败金军，曾四次举兵北伐，屡建奇功。1140年，出师中原，收复郑州、洛阳等失地，大破金兵，正欲乘胜北进，却被赵构、秦桧逼令班师，解除兵权，不久被以"莫须有"罪名诬陷下狱，1142年除夕的前一天被害于杭州大理寺，年仅39岁。岳飞被害后21年冤案才得以昭雪，朝廷将岳飞遗体以礼改葬于西湖栖霞岭下，筑墓建庙，即杭州岳飞墓庙。如今，它与河南汤阴岳忠武王庙、开封朱仙镇岳飞庙、湖北省武昌岳王庙并称"中国四大岳飞庙"。清张汉题汤阴岳飞庙："凛凛生气，悠悠苍天。"老将军魏传统题河南省汤阴岳飞庙，高度评价这位抗金英雄："孤愤书两表，墨迹犹在；报国秉一心，浩气长存。"书画大家董其昌作为明朝高官，对岳飞效忠朝廷和皇帝的行为更是大加赞赏："南人归南北人归北，小朝廷岂求活耶？孝子死孝忠臣死忠，大丈夫当如是矣！"

民族英雄文天祥南宋末期任右丞相，1278年元兵进犯，奋力抗元，后兵败被俘，掳至大都，囚禁在兵马司土牢达4年。当时元将张弘范让他招降张世杰，文天祥便抄录《过零丁洋》一诗，当张读到"人生自古谁无死，留取丹心照汗青"两句时不禁动容，不再强逼。元世祖忽必烈爱其才，多次劝降，文天祥誓死不从，但求一死。1283年1月9日，文天祥在北京菜市口跪拜南方，引颈就刑，从容就义，年仅47岁。行刑不久，忽必烈惋惜道："好男子不为吾用，杀之诚可惜也。"文天祥杀身成仁，浩然正气，万古流芳。浙江温州文天祥祠就是摘其诗句"人生自古谁无死，留取丹心照汗青"作联，诗句为尾联，虽不工却恰如其分，由毛泽东题字，即使在"文革"期间亦无人敢动此联。另有题文天祥祠联："久要不忘平生之言，古谊若龟鉴，忠肝若铁石！敢问何谓浩然之气？镇地为河岳，丽天为日星！"文字壮丽，语气豪迈，自是后人对英雄的敬仰。

明代名臣、民族英雄于谦少年立志，12岁时即写下明志诗《石灰吟》。"土木之变"后，于谦拥立朱祁钰为帝，率军民保卫北京城。英宗复辟后以谋逆罪将于谦杀害。《明史》载，于谦"死之日，阴霾四合，天下冤之"。而锦衣卫去于宅籍没家产时，见正屋门紧锁，疑为藏有巨资，打开一看，却只放着皇帝御赐的蟒衣、剑器，家中再无值钱物品，这些人也忍不住落泪。成化年间，明宪宗特诏追认于谦复官，将其故宅改为忠节祠，万历年时改谥"忠肃"，并在祠中立于谦塑像。林则徐题杭州于谦庙："公论久而后定，何处更得此人。"对于谦命运感同身受，因为他们亦有相似之处，于谦有功而被戮，林则徐有功而遭贬谪。不过，林则徐倒是豁达从容，相信历史自有公论，英雄精神永存。

甲午战争后，清政府与日本签订了丧权辱国的《马关条约》。谭嗣同愤中国积弱不振，呼号维新变法。慈禧太后密谋要废黜光绪帝，光绪帝密诏康有为相救。谭嗣同夜访袁世凯，争取他的支持。袁世凯假意应承，转身却向慈禧亲信荣禄告密。慈禧遂发动政变，囚禁光绪帝，捉拿维新派。危急之时，谭嗣同将书信和文稿交给梁启超，要他东渡日本避难，并慨然而言："不有行者，无以图将来；不有死者，无以酬圣主。"友人动员他出逃日本，谭嗣同回答："各国变法，无不从流血而成。今中国未闻有因变法而流血者，此国之所以不昌也。有之，请自嗣同始！"慷慨赴死。临刑前他高呼："有心杀贼，无力回天。死得其所，快哉快哉！"浏阳市谭嗣同祠联写道："亘古不磨，片石苍茫立天地；一峦挺秀，群山奔赴若波涛。"正是对他舍生取义的高度赞颂。

吟咏名人联数不胜数。俞樾题史可法祠墓联云："明月梅花拜祁连高冢，疾风劲草识板荡忠臣。"也是为英雄击节称叹；秦瀛题湖南长沙岳麓寺三闾大夫祠联："何处招魂？香草还生三户地；当年呵壁，湘流应识九歌心。"是对爱国诗人屈原的高度评价；鲁迅评价司马迁的历史功绩，称其《史记》为"史家之绝唱，无韵之离骚"。郭沫若称赞蒲松龄"写鬼写妖，高人一等；刺贪刺谑，入木三分"。张岱题林逋墓："云出无心，谁放林间双鹤？月明有意，即思冢上孤梅。"还有一些为佚名者所题，如范仲淹祠联："甲兵富于心中，一代功名高宋室；忧乐观乎天下，千秋俎豆重苏台。"韩愈祠联："天意起斯文，不是一封书，安得先生到此；人心归正道，只需八个月，至今百世师之。"白居易祠联："枫叶四弦秋，枨触天涯迁谪恨；浔阳千尺水，勾动江上别离情。"四川眉山三苏祠联："一门父子三词客，千古文章四大家。"皆是对古代文学家的评价和纪念。

为近代名人撰写的对联也有许多。1907年，秋瑾被捕就义，辛亥革命成功后，孙中山题联于风雨亭秋瑾墓："江户矢丹忱，感君首赞同盟会；轩亭洒碧血，愧我今招侠女魂。"1911年4月11日，孙中山和黄兴等革命党领导人领导和发动了著名的广州起义。黄兴亲自带领起义战士进攻两广总督衙门，但终因寡不敌众而失败，七十二人英勇牺牲，后被葬于黄花岗，被誉为"黄花岗七十二烈士"。黄兴为缅怀捐躯烈士，寄托痛悼之情，特撰此联："七十二健儿酣战春云湛碧血，四百兆国子愁看秋雨湿黄花。"碧血染黄花，英雄气贯长虹，感情充沛，对仗工整，堪称一副佳联。安庆市徐锡麟烈士纪念楼有一联："登百尺楼，看大好河山，天若有情，应识四方思猛士；留一抔土，以争光日月，人谁不死，独将千古让先生。"联语气势磅礴，雄浑壮丽，一气呵成，饱醮真情，用词得体，张弛适度。反清志士徐锡麟与秋瑾计划起义，在谋刺皖抚恩铭时被捕遇害。"人谁不死，独将千古让先生"这一惊世之笔铿锵有声，诠释了人生的终极意义。

● 知识链接

　　胜迹联：胜迹指名山大川中的建筑物，胜迹联是题写或镌刻于宫、殿、楼、堂、台、榭、塔、桥、庐、馆、寺、院等古代胜迹上的楹联。它融书法与文采于一体，或赞美山光，或寓情于景，或鉴古喻今，或托物言志。按形式可分为：台榭楼阁联、寺庙道观联、名人联、桥亭联、墓联、戏台联。

　　风光联：是指题写于山岩、关、峰、洞、湖、海、江、泉、池、潭、井等自然风景处的楹联。

# 巾帼不必让须眉
## ——妇女联

　　古代才子风流，吟诗作对，拂花穿柳，一时佳话不穷。而旧时女子才情亦不输男子，同样是代有传奇。

　　朱元璋有"对联天子"的雅称，皇后马氏也善对。马皇后看丈夫日理万机，很担心他的身体，便以朱元璋扇上之画为题出联："扇描黑龙，呼风不能唤雨。"朱元璋深感妻子厚意，想宽慰一番，忽见皇后穿一双绣有金凤的绿缎鞋，即对道："鞋绣金凤，着地哪堪登天？"夫妻二人大笑不已。

　　梁武帝时的刘令娴是位才女，其兄刘孝绰被罢官后出一联："闭门罢庆吊，高卧谢公卿。"言语中流露颓唐退隐之意。刘令娴见后，即作一联："落花扫仍合，丛兰摘复生。"其中不乏抚慰之情。

　　唐代的女子善诗能对的也有许多。晚唐有一位叫红杏的女子在酒店门口贴上一联："但凭水流浇红杏，借助火光烧彩云。"这是一副谜语联，联中嵌入了自己的名字。当时，诗人杜牧说她还道出了自己的姓："有水能浇，有火方烧，无水无火，不就是'尧'吗？"

　　相传，北宋文学家苏东坡有一天对苏小妹说："都说你才智不凡，要是能一夜间对出我的对子，我就佩服你。"苏小妹笑答："何需一个晚上。"苏东坡说了一个上联："水仙子持碧玉簪，风前吹出声声慢。"苏小妹听罢，竟一时对不上。正思忖时，见月光下一个丫环端酒菜款步而来，触景生对："虞美人穿红绣鞋，月下引来步步娇。"苏东坡听了，连声赞妙。这副对联恰到好处地嵌入"水仙子"、"虞美人"、"碧玉簪"、"红绣鞋"、"声声慢"、"步步娇"六个曲牌名，而且用拟人手法赋予了一种生动具体的形象，如见美人月下娇态，出对巧，应对更妙，令人叹服！

浙江天姥山有座动石夫人庙，相传南宋时金兵入侵，有一老妇推山头巨石抵挡住金兵的进犯，保存了浙东片土，因此后人建祠以祀。有一次，晚清女革命家秋瑾路过这里，听了动石夫人的故事，有感而发："如斯巾帼女儿，有志复仇能动石；多少须眉男子，无人倡议敢排金。"此联对仗工整，可见秋瑾不仅英气逼人，亦才气冲天。当时，安徽的吴芝瑛女士一直支持秋瑾从事妇女解放和反清斗争。一次聚会上，她挥毫题写了一副对联赠秋瑾："今日何年，共诸君几许头颅，来此一堂痛饮；万方多难，与四海同胞手足，竞雄世纪新元。"绍兴秋瑾故居有副对联也是出自吴芝瑛之手："英雄尚毅力，志士多苦心。"秋瑾被捕牺牲的噩耗传到日本，时任留日女学生会会长的唐群英悲痛万分，挽之以联："革命潮流是秋风吹起，自由花蕊要血雨催开。"此联正义凛然，颇见巾帼不让须眉的胸襟和气度，因此被广为称颂。

女革命家宋庆龄生前撰写了不少佳联妙对。当年国民党反动派制造了震惊全国的"平江惨案"，杀害新四军官兵数十人，宋庆龄义愤填膺，撰联表达对烈士的哀思和对正义斗争的支持："和平大业犹赊，贤劳正赖，何竟中道捐弃，碧血长天永留恨；民主曙光初吐，瞻望方殷，难堪噩耗惊传，苍天土地尽含悲。"1925年，孙中山先生逝世，宋庆龄万分哀痛地撰写了两副挽联："先生先行，因求大公舍小我；后人后继，誓变曲径为通途。""志在求大同，热爱黎民热爱我；星沉乱方寸，痛哭社稷痛哭君。"联中高度评价孙中山为实现"天下为公"的夙愿，不顾安危，毅然北上，谈判未成身先死。"小我"既指孙中山本人也指宋庆龄自己，妙语双关，令人叫绝。联语还表示作者决心继承和完成孙中山遗志的决心。全联对仗工稳，出语不凡。

革命先辈邓颖超撰联水平高超，20世纪40年代在八路军重庆办事处工作时，她曾赠冯玉祥将军一副寿联："写诗写文章，亦庄亦谐如口出；反帝反封建，不屈不挠见胸期。"而其母杨振德女士就是一位作联高手，撰过不少对仗工整、艺术思想性俱佳的名联。如："靠权势，靠钱财，不如靠技术；从父子，从丈夫，哪及从自己？""相处相知相爱慕，自成情侣无需父母命；互学互助互敬重，天生夫妻何必媒妁言。"

作家冰心自小受家庭影响，与对联结下一生不解之缘。1924年，她从美国疗养院寄回一副集清人龚自珍的诗句对联："世事沧桑心事定，胸中海域梦中飞。"1930年，冰心的母亲在沪逝世，她代父撰联哀悼："教养全赖卿贤，五个月病榻呻吟，最可怜娇儿爱婿，几辈伤心失慈母；晚近方知我老，四十载春光顿歇，哪忍看稚孙弱媳，承欢强笑举家和。"这两副对联平仄对仗都十分工整，极富文采。

还有许多才女，撰联水平丝毫不低于男人。

廖仲恺夫人何香凝惊闻廖仲恺被国民党右派暗杀，含泪撰写了一副对联："夫妻恩，今世未全来世再；儿女情，两人共负一人完。"夫妻恩爱之情溢于联外，读后不禁让人动容。

著名女书法家肖娴平生主张"作书吟对，关乎性情，通乎造化"，撰有许多脍炙人口的对联，其中题赠淮安吴承恩纪念馆的短联"伏怪以力，取经唯诚"，言简意赅，概括了《西游记》的中心内容。在她南京寓所枕琴室中挂着一副自题联："廉不言贪，勤不言苦；尊其所闻，行其所知。"寥寥十六字，便可见其治学勤奋、正直坦荡的品德。

革命烈士夏明翰的母亲陈云凤，生于仕宦之家，从小遍览经史子集，熟读诗词歌赋。一天，长孙夏德辕说一下联尚无人对出："李太白春夜宴桃李，桃花太红李太白。"陈云凤稍加思索便对道："柳如是良宵攀松柳，松荫如斯柳如是。"柳如是乃明末名妓，后为江南才子钱谦益妾，能诗善画，联语对得相当巧妙工稳。

这些才女以其灵慧和雅致蔚成联之风景，芬芳着一代代后人。

● 知识链接

对联专著：早期对联专著有清梁章钜《楹联丛话》、《楹联续话》、《楹联三话》、《巧对录》；清梁恭辰《楹联四话》、《巧对续录》；清林庆铨《楹联述录》、《楹联续录》；清李伯元《南亭四话》。清代李渔所著的《笠翁对韵》集音韵、对仗、典故等范例之大成，对后人古典诗词创作有巨大影响。

# 有情人终成眷属

## ——贺婚联

浙江杭州西湖月老祠有一对联："愿天下有情人都成了眷属，是前生注定事莫错过姻缘。"上联出自《续西厢》，金圣叹批《续西厢》时从头骂到尾，却对最后两句兴致盎然、赞赏有加。看来，成就一桩美事，送给新人祝福，总是让人春风拂面，如果再横加指责，怕是要惹起众怒了。估计老金深知此理，才没有横挑鼻子竖挑眼。更何况这句话淡俗平常却真诚动人，代表了婚联所蕴含的情理。

相传，秦观与苏小妹新婚之夜，苏小妹三难新郎，第三难题就是出了一个上联："闭门推出窗前月。"让夫君对句。秦观在门外思来想去却不得妙句，急得来回踱步。此时，苏东坡在花丛间看到秦的窘境，便拾起一块石子，远远投入园中小池。秦观听到声音一惊，随即豁然开悟，立时对出下联："投石冲开水底天。"苏小妹闻之，心里称奇，遂打开房门，迎新郎入洞房，共度红烛良宵。

又传说，一个新娘模仿苏小妹，在洞房花烛夜给新郎出对："梳妆楼头，痴情依依，痴眼依依，有心取媚君子君不恋。"新郎苦思无对，竟郁郁而终，留下这副绝联。后来黄庭坚对上此联："焉支山上，落木萧萧，落花萧萧，无缘省识春风春难留。"自比春风，而把他人喻作"落木"、"落花"，在残花败叶衬托下，"春风"拂面，愈显超然拔俗、雅逸清朗，文辞精妙，不露些微痕迹，对得十分恰切妥帖。

明代山西有一位名医叫乔嗣祖，家有二女，名珍姐和珠妹。乔老不想把祖传医术传给外人，决定出一联应对招婿入赘。他出联："珍珠双花红娘子。"一天，一位身穿绿锦袍的少年上门应对："枸杞二丑绿宾郎。"乔老问少年："下联作何解释？"少年笑道："我叫吴杞，兄弟叫吴枸，他有病在家，我穿绿锦衣前来，兄的文才和医术胜我十倍多。"乔老听了心中大喜，当即招吴枸兄弟入赘。

旧时某夫妇新婚之夜，新郎揭开新娘盖头，忽出一联："十八年前未谋面。"新娘是个有胆有识的女子，细声应道："二三更后便知心。"一切尽在妙言中，洞房花烛夜，才子佳人相对吟，更添几分情趣。

过去江西某地盛行轿对，即女方出半对，由男方对答。有一位新娘出嫁，喜轿上写着"今月乃古月，美景良辰心相意"，联中用拆字法和嵌名法把新郎胡美意写进了对联。于是，男方回答："新人真可人，妙龄佳偶竞婵娟。"联中也嵌入新娘何妙娟的名字，对得相当巧妙。

谈婚论嫁，人之常情。旧时，男女授受不亲，全凭邂逅和偶然，于是才有了许多千古佳话。对联中也有不少有趣的故事，妙在几句对话，就演绎了一出出情节丛生的戏剧。

从前，洞庭水乡有位年轻的私塾先生，发现一个学生的作业簿上经常有批改的字迹，蝇头小楷，清秀工整。学生告诉他是姐姐写的。渐渐地，先生对那位女子生出一份爱慕之情。有一天，他悄悄在学生的作业簿里夹一张字条："桃李杏鲜花何时开放？"女子看到字条后，以为先生心术不正，便提笔在背面写道："稻粱菽杂种什么先生！"先生看到揶揄自己的下联并不生气，又在字条上写了一句："竹本无心，节外偏生枝叶。"姑娘见先生并无恶意，便回复："藕虽有孔，胸中不染埃尘。"先生见女子语气稍有缓和，便借势表白自己心迹："湖水涟漪一碧深情，何不生莲（怜）？"聪慧的女子看后，对这位一往情深、文采风流的书生也不禁有了兴趣："秋波含笑两只秀目，怎可无眉（媒）？"先生顿悟，原来联中暗示自己可以找媒人牵线，便急忙央请媒人说合。一对俊才美女终由对联一线牵，成就了美满姻缘。

某员外儿女双全，女儿及笄待嫁，儿子尚在私塾读书。塾师生性刁钻油滑，一日，他给学生留下作业："有客登堂，惊醒万里春梦。"学生央其姐姐代对，姐姐对"无人共枕，枉存一片痴心"。第二天，塾师看了就问学生，知是姐代弟对，便以为小姐对他有意，自作多情地又留一联："六尺绫罗，三尺系腰三尺坠。"小姐看后挥笔而就："一床锦被，半床遮体半床闲。"塾师认为小姐对自己一定倾心，便又传一联："风紧林密，问樵夫何处下手？"小姐见塾师心术不正，立即严词训斥："山高水深，劝渔翁及早回头！"塾师心中凉了半截，但仍纠缠不放："桃李杏梅，这些花哪时开放？"小姐不客气地回敬："稻麦黍稷，此杂种是何先生？"至此，塾师无计可施，但心中总是忿忿不平。不久，小姐出嫁。一年后，小姐生了对双胞胎儿子，回娘家做满月。刁塾师凑上去，指着双胞胎戏弄小姐说："谁是先生子，孰为后生儿？"小姐怒从心起，正颜道："后生为我子，先生是我儿。"塾师羞得无地自容，逃之夭夭，而在场的宾客无不捧腹。

别致的婚联都是利用文字技巧表达各种复杂情绪。前面的例子有的用拆字嵌名，有的用双关谐音，不仅见出作者的聪明机巧，也反映了中国文字的变化多致。

　　还有一些婚联把个别字空起来，寓意联外，如："人称新郎新娘，原本是旧相思一对；你吃喜糖喜酒，能不有□□风味几番？"结婚时前来喝喜酒的人，自然都会感到几番风味。但是，个人体会不尽相同，用一个词表达恐怕失之偏颇，不如空出几个字，让大家自己去想象填补。

　　有的婚联用减字法别出心裁。传说旧时有一人家操办婚礼，忙中出错，将一副写着"流水夕阳千古恨，春露秋霜百年愁"的丧联贴在了喜堂上。来宾见了惊异万分，却碍于情面不便明说。当新娘来到喜堂见之，心里暗暗叫苦。但她灵机一动，走上前，将上下联的尾字撕去，丧联立刻变成了喜联："流水夕阳千古，春露秋霜百年。"众人见了，也纷纷赞叹新娘才智聪慧。

　　有的婚联用复字法烘托喜庆气氛。如抗日战争时，一对恋人因战争而一再推延婚期，直到日本投降后，他们才举行婚礼。于是，有人写了一副婚联："喜气溢江夏，喜报上林春，喜十年订就良缘，喜今夕吹箫引凤；幸寇退浠川，幸从离乱出，幸三生结成佳配，幸此日淑女乘龙。"以"四喜"对"四幸"，感叹一对恋人历经磨难终结良缘，读来酣畅淋漓。有的婚联用夸张的修辞方法："牵天上牛，截角雕梭，织就鸳绢迎淑女；捉月中兔，拔毫扎笔，写成凤帖配才郎。"气势不凡，极尽赞美之意。

　　到了现代，婚联一般都写得庄重得体，写法上基本保持传统格调。而有的婚联却别具一格、风趣幽默。如某人赠给数学老师的婚联："自由恋爱无三角，幸福人生有几何？"某大学物理老师与一数学老师结婚，学生书赠一联："阴电阳电异性电性性吸引，大圆小圆同心圆心心相亲。"有一位观众为两位戏曲演员结婚撰写了对联："娘子官人，平日无非演戏剧；生哥莺妹，今宵真要做夫妻。"作者以他们平日合演的《西厢记》入手，立意新颖，而且以口语拟联，调侃中亦有庆幸，别有生趣。

　　如今，婚联又被赋予了时代性，提倡健康的婚姻观。过去男到女家称"招婿入赘"，世俗对此颇有偏见，常被人歧视。现在男女平等，男到女家也已成为平常事，一副婚联就态度坚决地表明："婿是儿，儿是婿，美中添美；媳是女，女是媳，亲上加亲。"充分体现了现代社会的文明和谐景象。

● **知识链接**

最早的贺婚联：清朝乾隆年间，天津地方官牛稔文之子娶妻，《四库全书》总编纂纪晓岚书赠"绣阁团圆同望月，香闺静好对弹琴"一联。上联暗用"牛郎织女"的传说故事，下联隐嵌"对牛弹琴"的成语。联中字字无牛，却又直指牛字，颇有几分意趣。这副对联被后人推为最早的贺婚联。

最早的婚庆联：清乾隆年间，老儒冯成修与夫人结缡六十载，欣喜之余，他自撰一联："子未必肖，孙未必贤，屡添科名，只因老年误晚景；夫岂能刚，妻岂能顺，重偕花烛，幸邀天眷赐遐龄。"

# 世上还钟百岁人
## ——祝寿联

祝寿联指专门为祝贺寿辰所撰写的对联。最早的祝寿联是北宋末年吴叔经创作的，联云："天边将满一轮月，世上还钟百岁人。"以一轮明月比喻百岁老人：月将满，象征圆满；月恒久，祝福长寿。可谓天心圆满、吉寿恒昌，呈现出一派吉祥之兆。

乾隆是清代帝王中年寿最高、在位最久的皇帝。他从25岁起，一直做了整整60年皇帝。纪晓岚20岁就当他的侍读学士，常陪他吟诗作对、游山玩水。乾隆五十大寿时，纪晓岚撰一副祝寿联："四万里皇图，伊古以来，从无一朝一统四万里；五十年圣寿，自今而后，尚有九千九百五十年。"歌功之诚，对仗之工，前所未有。乾隆八十大寿时，纪晓岚又撰祝寿联："八千为春，八千为秋，八方向化，八风和庆，圣寿八旬逢八月；五数合天，五数合地，五世同堂，五福备至，嵩期五十有五年。"构思奇巧，工整自然，无懈可击。乾隆的生日是农历九月九日的重阳节，将近九月九之时，乾隆携几位重臣北巡热河，准备去承德过八十大寿，行至万松岭，一位叫彭羡门的大臣突发灵感，出一上联："八十君王，处处十八公，道旁介寿。"此联有深度也有难度，因为乾隆此时80岁，而十八公喻万松岭的松树，故将"松"字拆成"十八公"，与前面的"八十"正好颠倒换位。纪晓岚听后随即对道："九重天子，年年重九节，塞上称觞。"帝王所居之所称"九重"，时逢重阳节又称"重九"，也正好与"九重"换位。此句实属难得，可见纪晓岚撰联不凡的功力。

清代有个李员外喜逢七十大寿，他耳聪目明，身体硬朗，行善积德，口碑甚好，邻居和亲朋都祝愿他活到一百多岁。张秀才便代表大家撰寿联相赠："花甲重放，外加三七岁月；古稀双庆，内多十个春秋。"众人不解其意，张秀才便当众解释：两个"花甲"是120岁，再加"三七岁月"即10岁，计为130岁；两个"古稀"是140岁，减去"十个春秋"即10岁，也是130岁。此联情趣横溢，诗意盎然，令人称奇。

文人爱写自寿联，且随意洒脱，直抒胸臆，说的全是心里话，散出的都是真性情。

清代道光时文人严问樵自撰寿联："儒为戏，生旦净丑外副末，呼十门角色，同拜一堂，重道尊师大排场，看破世情都是戏；学而优，五六工尺上四合，添两字凡乙，共成七调，唱余和汝小伎俩，即论文行已兼优。"一气呵成，将自己一生所为和眼光胸襟铺陈抒写，令人叫绝。

同样，郑板桥六十寿辰时自撰一联："常如作客，何问康宁。但使囊有余钱，瓮有余酿，釜有余粮，取数页赏心旧纸，放浪吟哦。兴要阔，皮要顽，五官灵动胜千官，过到六旬犹少；定欲成仙，空生烦恼。只令耳无俗声，眼无俗物，胸无俗事，将几枝随意新花，纵横穿插。睡得迟，起得早，一日清闲似两日，算来百岁已多。"笔调轻俏幽默，尽现其孤芳自赏、放情山水、自得其乐的达观性情。

清代江津才子钟云舫自作两副五十寿联："世事总浮云，止口休谈名与利；少年曾几日，回头又见子生孙。""半世坎坷，莫说壮心犹未已；几经磨折，剩来穷骨也无多。"50岁的男人在今天看来还是壮年，成熟而稳重，可看钟才子的对联，只感觉着一股横秋老气。其实，这也可以理解，因为晚清社会动荡，国家风雨飘摇，加之个人生活境遇不顺，作者由此感慨时光如流，壮志未酬，傲骨已折，只余几声吁叹而已。

民主革命家黄乃裳作七十自寿联："问以往，于事何裨，历数三万五千日以来成其事业；愿今后，对天无愧，不虚六十有九年之外再度余生。"豪迈昂扬，不怨不悔，老骥伏枥，志在千里，可称可叹。

民国时，正西风东渐、新学甫开之际，文人思想活跃、见识丰富，交游酬酢益为广阔。因此他们纵恣浪漫，挥洒性情，行止狂放，风采翩然，从他们所撰之联便可窥其一斑。

中国地质学奠基人、北京大学地质系教授丁文江贺胡适四十寿联分外佻达，联云："凭咱这点切实功夫，不怕二三人是少数；看你一团孩子脾气，谁说四十岁为中年？"此联尚有一题款："到哪儿去先生四十过生日。"称胡适为"到哪儿去"，饶有风趣。近代著名学者、新文化运动的代表人物胡适，曾经与丁文江共同创办《独立评论》，宣传新思想。丁文江固执地相信"少数人的责任"，认为只要少数社会名流、学者精英戮力同心、积极问政，乱世必有改观，政局定会大变。而胡适经历了"好人政府"的溃散失败后，反省自己所为，承认"到此地步，真可以止了壁了"。此联可见丁的执著，亦有孩童般的天真。他曾经非常感慨地对胡适说，自己只想"在那个无可如何的局势里为国家尽一点点力"，此心可赞，其情可哀。但如果没有正确的思想，没有强大的武装，知识分子要想靠泼笔墨、鼓唇舌来改变世界，也只能是到处碰壁。

另一位新文化运动猛将张元济也撰联贺胡适四十寿："我劝先生常看看贤阃戒指，从今少喝些老酒；你做阿哥好带带小弟北大，享于无限的遐龄。"此联明白如话，正应合当时推行的白话文运动，又不违传统的对仗合韵，用典点睛，更不乏幽默谐谑。"贤阃"是对朋友的好老婆的敬称。胡适怕太太是出了名的，胡夫人江冬秀曾送胡适一枚戒指，上镌"少喝老酒"诸字。张元济长胡适20岁，算得上是胡的长辈，而用如此白话揭挑晚辈"老底"，自然溢出一派盎然情趣，见出二人的亲昵关系。

寿联中可以看出朋友间的情谊、师长的关怀和战友的励勉等诸多情感，真挚而动人。

张大千曾经赠国民党元老张群一副对联："身健在，且加餐，把酒再三嘱；人已老，欢犹昨，为寿百千春。"话语朴素无华，劝老友注意饮食，少喝酒，多吃饭，保重身体。一股殷殷关切之情洋溢在字里行间。

1983年，冯友兰和金岳霖两位哲学家都届88岁。因为"米"字拆开是"八十八"，故称"米寿"。为此，冯老特撰此联为金老贺寿："何止于米，相期以茶；论高白马，道超青牛。"希望他不仅止于"米寿"（88岁）而要活到"茶寿"（108岁），盛赞金老的逻辑才能高于战国的公孙龙子，论道已超过道家始祖老子。此间见不到文人相轻的痕迹，只有钦敬之情，那份相惜相契的文人情怀让人感动。

1941年11月，郭沫若五十寿辰，囚禁在重庆监狱中的叶挺赠一副寿联："寿比萧伯纳，功追高尔基。"蕴含了对郭老的赞誉和尊敬。

寿联大都高度评价寿者的功绩，但也有一些对联借祝寿抒发自己心中的愤懑。相传，有个极善逢迎的人为一富翁题写了上联："寿禄比南山，山不老，老福人，人杰年丰，丰衣足食，食的珍肴美味，位列三台，台享荣华宝贵，贵有稀客，客多是理，理正言顺也。"做寿之日挂在厅堂之上，喜得富翁眉开眼笑。但却无人对出下联。一个穷秀才听说了，便写了下联："晦气如东海，海真大，大贪鬼，鬼面兽心，心术不端，端是财痞杂种，终必一死，死无下葬墓地，地伏饿狼，狼撕其身，身败名裂哉！"以顶真法把富翁骂得狗血喷头，然后叫一小童送入府内。富翁看了气得七窍生烟，寿席也不欢而散。

慈禧七十寿辰时，著名学者章太炎特撰一联："今日到南苑，明日到北海，何日再到古长安？叹黎民膏血全枯，只为一人歌庆有；五十割琉球，六十割台湾，而今又割东三省！痛赤县邦圻益蹙，每逢万寿祝疆无。"痛斥慈禧割地求和、投降卖国，搜刮民脂，穷奢极欲，足见作者忧国忧民之心。

● **知识链接**

撰联名家李调元（1734～1802），字羹堂、赞庵、鹤洲，号雨村、童山蠢翁，绵州（今四川绵阳）人。乾隆进士，历任广东学政、直隶通永道。曾得罪权臣和珅，被充军伊犁，后以母老得释归。戏曲论著有《雨村曲话》、《雨村剧话》。他是清代著名的文学家和戏曲理论家，与纪昀同时，也擅长题联属对，民间流传他不少对对子故事，有人认为李调元的对联水平"放眼古今，无人能及"，这是不恰当的。李调元题四川陇西书院联历来众口称誉："豪气压群凶，能使力士脱靴，贵妃捧砚；仙才媲众美，不让参军俊逸，开府清新。"评人论事，独具慧眼，极好地概括了李白的"豪气"与"仙才"。

# 无求便是安心法

## ——养生联

古人有不少陈述养生之道和益寿延年的佳对名联，不仅深涵丰富文化，也极具科学的健康知识。

明朝郑成功写过一副对联："养生莫善寡欲，至乐无如读书。"说明"寡欲养心"是健身之道，"读书至乐"是健身之理。读书可调节情感、平衡心理、淡化忧郁和修身养性，使脑子越用越活，从而推迟大脑衰老。

清代名士翟公栾有副养生联："静亦静动亦动，五脏克消失欲火；荣也忍辱也忍，平生不履于危机。"道出动静皆宜、宠辱不惊的养生之道，对费心伤神、易动肝火之人是很好的告诫。

郑板桥享年72岁，古时已算长寿者。他在江苏兴化老家的厨房自撰自书一副门联："青菜萝卜糙米饭，瓦壶天水菊花茶。"说自己每天吃青菜萝卜糙米饭，喝天然之水浸泡、用泥壶烹煮的菊花茶，认为常吃粗粮、常饮泉水、清淡饮食才有益于健康。

邓石如有一副修身养性联："少饮却愁，少思却梦，种花却俗，焚香却秽，容人却侮，谨身却病；静坐补劳，独宿补虚，省用补贫，为善补过，寡言补烦，息忿补神。"联中提出的"六却"、"六补"对保养身体不无益处，今天读来，亦觉言之有理，不失一剂保健妙方。

清代两江总督张之洞自撰了两副养生联。其一："无求便是安心法，不饱真为却病方。"其二："能忍耐终身受用，大学问安心吃亏。"前者与《尊生格言》中"节食以去病，寡欲以延年"的养生经有异曲同工之妙。后者通俗地说明能忍者康乐，阐明"无求"和"不饱"是健身之道。事实也是如此，经现代医学研究证明，限制饮食是延年益寿的良方，有助于增强免疫力和延缓衰老。

钟云舫所题弥勒佛联很有意思："你眉头着什么焦，但能守分安贫，便将得和气一团，常向众人开口笑；我肚皮这般样大，总不愁吃忧穿，只讲个包罗万象，自然百事放宽心。"以弥勒佛的口气，劝诫世人笑口常开、胸怀宽广，乐观豁达地对待世事，反映了佛家安贫乐道、守虚致静的人生哲学。

清代名士张仲甫提倡"贪嗔痴,即君子三戒;定戒慧,通圣五经言",将儒教的入世和佛教的出世兼收并蓄,意思是说,佛教讲戒贪婪、戒嗔怒、戒愚痴和《论语》上讲的"君子有三戒"(戒色、戒斗、戒得)相同,只有戒除贪、嗔、痴,才能延年益寿。而佛家的禅定、守戒、得智和儒家的定、静、安、虑、得也是相通的,务必恪守此道,才能健康长寿。另外,诸如"无事在心惟极乐,有功于世不虚生"、"无欲常教心似水,有言自觉气如霜"这样的联语亦同此理。

清乾隆进士顾光旭写有一副联:"万事莫如为善乐,百花争比读书音。"认为读书写字、多做善事可以得到快乐和精神安慰,有助于消除紧张情绪,保持良好的心态,从而有利健康长寿。现代教育家、书法家于右任垂暮之年特意将"种柳观生意,栽松养太和"对联悬于厅堂,说明其养生之道便是勤于劳作。

还有一些倡导养生的对联言简意明,读之对如何保持健康的身体大有益处。如:"爽口物多终作疾,快心事过必为殃。"谆谆嘱咐不要暴饮暴食,切忌大喜大悲,一切皆应有度,否则过犹不及。"只消一盏能和气,切莫多杯自害身。"酒能养生,亦能害身,适可而止,切莫贪杯。还有"闲敲棋子心情乐,闷拨瑶琴兴趣赊"、"登峦未觉疾,泛水便忘忧"、"无事且从闲处乐,有书时向静中观"等对联也是叮嘱人们要培养生活情趣,读书、下棋、赏琴、登山,忘情山水之中,抛却烦恼,舒缓压力,"无愁自得仙翁术,多病能忘太史书",才能意悠悠乐陶陶,善待生命,享受生活。

● **知识链接**

最短的对联:1931年"九一八"惨案后,有人为死难同胞作一副挽联,上联一个"死!"字,下联一个倒立的"生?"字。意为"宁可站着死,不愿跪着生",体现了中国人民不屈不挠的斗争精神。

最长的对联:云南昆明滇池大观楼联上下联共180字,被称为"天下第一联",为清朝孙髯翁所作,他被称为"国内长联第一佳者"。其实,由钟云舫撰写的四川江津临江城楼联才是最长的对联,共1612字,只不过意境和气势略逊于孙髯翁。

# 风风雨雨隔人天
## ——挽联

挽联是为逝者撰写的对联，以寄托哀思，表达生者的怀念之情。有的挽联写得真挚奔放，悲情凝重，一气呵成，动人心魄。

清光绪年间，广州一个候补小官因家庭贫困久病未愈，终于溘然离世。他的妻子痛哭流涕，写了一副挽联："撒手又何悲，数十年贫病交加，纵我留君生亦苦；贱躯何足惜，八千里翁姑未殡，因君累我死犹难。"哀婉凄切。上联写丈夫生时境遇艰难，今虽离世却是一种解脱，去犹胜于生；下联说自己并不是贪生，而是受夫君嘱托要服侍公婆，"累"字看似抒发哀怨与不平，实是表明自己一定会担起家庭重担。这副挽联在灵堂悬挂后，两广总督张之洞一见即为之动容，既感其忠诚，又叹其才华，下令赏赐白银一千两以解燃眉之急。

蔡锷在逆境中与京城一风尘女子小凤仙结成知己，在小凤仙的帮助下逃脱了袁世凯的束缚。后蔡锷不幸早逝，小凤仙闻讯后撰联挽之："万里南天鹏翼，直上扶摇，哪堪忧患余生，萍水姻缘成一梦；几年北地燕支，自悲沦落，赢得英雄知己，桃花颜色亦千秋。"直抒胸臆，如泣如诉，读之扣人心弦，肝肠欲断。

有的挽联写得平实直白，虽无多少赞颂词语，却哀恸至极、伤痛难抑。

"扬州八怪"中，李鱓、李方膺、郑板桥三人先后在山东作过县令，都因触犯权贵而罢归，晚年又都在扬州卖画谋生。相似的经历，共同的遭遇，彼此心意相通，三人结为知己，曾经合绘一幅《三友图》，郑板桥绘瘦竹，李鱓画老松，李方膺涂墨梅。而李鱓与郑板桥是同乡，关系最为密切，所以郑有"卖画扬州，与李同老"之说。当李鱓逝世时，郑板桥撰联悼之："无不开之船，打桨扬帆，老先生脱离苦海；有未完之戏，停锣歇鼓，吾小子收拾坛场。"意思是老友宦海浮沉，一生坎坷，今天终于脱离人世苦海，那留下的余墨残戏，就待我来帮你续完吧。郑板桥用一贯的嬉笑怒骂来怀念老友，却是心碎了无痕，只有罢了罢了。

现代书画大师张大千1980年为宗弟张目寒所写的挽联字字平常、句句动心："春草池塘，生生世世为兄弟；对床灯火，风风雨雨隔人天。"张目寒是国民党元老于右任的重要幕僚，也是大千的义弟，两人友谊历数十年而不衰。"池塘生春草"是南朝诗人谢灵运的诗句，大千借此说明自己与张目寒犹如谢灵运与族弟谢惠连一样兄弟情深。大千哀恸之情绵绵不绝，忆从前，泫然泪下，天人永隔，只有期待来世再见，重逢时一定要拉住你的手，不放开，让我们生生世世都做兄弟吧。读了不觉泪湿。实在惊叹世上竟有如许才华横溢的人，诗书画印俱绝，艺品人品皆超人一等。大千画艺卓越，文字也有画意，但用的不是他独创的泼彩泼墨技法，而是简单的黑白线条勾勒，完全是中国式的写意，意在笔先，情动于衷，却最是传神。

静寂的夜晚最适怀人，所有的忙碌都可以停下，思念却时时泛起。风雨夜，周作人辗转反侧，起身披衣，临案挥墨，挽故友马隅卿："月夜看灯才一梦，雨窗敧枕更何人。"1935年2月18日元宵节，他们还一道出门观灯，二人兴致颇浓。不料翌日马隅卿在课堂上因突发脑溢血而长逝。雨滴敲窗，周作人思起故人，不禁唏嘘，再不可能与君对酌长谈了。联语洗练平白，既不写逝者生平业绩，也不写自己悲痛欲绝的情状，只写二人平常相处小事，淡如水的君子情谊便油然而逸。周作人娓娓叙事、幽幽思人，笔风和他描写江南风物一致，蕴藉悠长。1939年，他挽钱玄同也是如此凄恻感伤："戏语竟成真，何日得见道山记；同游今散尽，无人共话小川町。"钱玄同，北京大学教授，语言文字学家，二人是同学又同事多年，交谊甚厚。遽然丧友，他悲从中来。想起自己戏谑的话："道山何在？无人能说，君既曾游，大可作记以示来者，惟寄到时君已不及见矣。"此言竟然成真，君真的再也不见。而每星期日同去小川町民报社听章太炎先生讲《说文解字》，如今也都已成旧事。还是那样的平白如话，宛如和故友正用家乡话聊天，看似淡然，其实心底已是波澜一片。

书法家林散之挽高二适同样挚情深怀："风雨忆江南，杯酒论诗，自许平生得净友；烟波惊湖上，衰残衔泪，哪堪昨夜写君碑。"高二适是著名书法家、诗人、学者，1965年，他敢于挑战权威，就《兰亭序》真伪，提出与郭沫若相反的观点，引起学术界一片惊呼。高的老师章士钊称赞他为人低调，"愿天下人知有独学自成，不求人知之高二适其人"。高二适傲岸耿介，落落寡合，"素不乐随人俯仰作计"，却独与林散之一见如故，林也将其引为刎颈之交。1977年春，高二适因心脏病逝于南京，林撰联悼念并在墓碑上冠"江南诗人"头衔。联中思及二人对酌倾谈的风雨之夜，悲从中来，情何以堪，惟有刻碑烙下哀痛和怀念。

有的挽联不见悲意，而是放达豁朗，一副驾鹤西游的仙风道骨，大多是作者生前自己写成。

撰写昆明大观楼长联的孙髯翁一生诗文俱佳，而功名不显，晚年两副自挽联却是谈笑自如，颇见其人洒落风度。其一："这回来得忙，名心利心，毕竟糊涂到底；此番去甚好，诗债酒债，何曾亏负着谁?"其二："五十年经史罗胸，也喜饮酒也喜看花，开平丧乱饱经过，百事无成只诗卷长留天地；八十载光阴弹指，不愿升仙不愿作佛，富贵功名如梦灯，一端最好有书香付与儿孙。"言及自己一生成就、平生喜好和人生态度，举重若轻，一语带过，却散出旧式中国文人穷达之观和禅意诗韵。

清代著名学者俞樾写过一副自挽联："生无补乎时，死无关乎数，辛辛苦苦，著二百五十余卷书，流播四方，是亦足矣；仰不愧于天，俯不怍于人，浩浩荡荡，数半生三十多年事，放怀一笑，吾其归乎。"述其一生所为和做人原则，从容澹定，书生意气，挥斥方遒，放一叶扁舟，归去来兮，好不洒脱！

邓石如自挽道："长七尺大身躯，享不得利禄享不得功名，徒抱那断简残编有何味也；这一块臭皮囊，要什么衣裳要什么棺椁，不如投荒郊野草岂不快哉。"毕沅自挽道："读书经世即真儒，遑问他一席名山千秋竹简；学佛成仙皆幻相，终输我五湖明月万树梅花。"吴熙载临终自挽："平生惟有挽联多，想吴季子论定盖棺，当有几副佳章，送来悦目；此世已经穷饿死，非赵元帅亲手画押，许我百万财产，誓不投胎。"这些对联颇见文人傲然风骨。

军阀吴佩孚曾经在1922年的"直奉之战"中打败张作霖。1923年，他残酷镇压京汉铁路工人大罢工，制造了"二七惨案"。1924年9月，他又被卷土重来的张作霖击退，自此锐气大减，江河日下，一蹶不起，终于退出政治舞台，隐居北京。当时，一些失意的军阀政客极力怂恿他东山再起，均被其谢绝。抗日战争时，汪精卫组织伪政权，日本多次迫其出任伪政府首脑，汪也频繁动员他"出山"相助，"共赴国难"，但都遭到吴佩孚的严辞拒绝。1939年12月4日，他因患牙疾请日籍医生医治，结果拔牙后流血不止而逝世，终年65岁。吴佩孚曾经自挽："得意时清白乃心，不纳妾不积金钱，饮酒赋诗，犹是书生本色；失败后倔强到底，不出洋不走租界，灌园抱瓮，真个解甲归田。"称自己尚存书生本色，亦不惮于言败，只求留最后一丝清白。吴一生无功可言，然晚年拒绝汪精卫之邀，不当汉奸，保持了一身晚节，此一点便当刮目相看，值得称叹。

有的挽联充溢着一股英雄气，慷慨激昂，催人奋进。

谭嗣同的战友唐才常英勇就义前留下一首绝命诗："徒劳口舌难为我，剩好头颅付与谁？慷慨临刑真快事，英雄结束总如斯。"且自挽道："七尺微躯酬故友，一腔热血溅荒丘。"黄花岗四烈士之一的钟明光刑前正气凛然，自题："国破家亡，千古英雄千古恨；身歼名在，万年史记万年春。"后有佚名为其撰题墓志联："生经白刃头方贵，死葬黄花骨亦香。"革命烈士汤祥瑞被害前咬破手指，以血为书："嫉恶如仇，几根硬骨撑天下；舍生取义，一颗头颅落状元。"共产党员王步文因叛徒出卖而被捕，就义前自挽："是革命家是教育家，怀如此奇才生而无愧；为革命生为大众死，仗这般大义死又何妨。"共产党员、民族英雄吉鸿昌被国民党杀害前自挽："松间明月长如此，身外浮云何足论。"共产党员俞作豫被国民党逮捕后大义凛然，视死如归，写下自挽联："十载英名宜自慰，一腔热血岂徒流。"英雄虽去，浩气长存。

1936年秋，鲁迅先生逝世，社会各界人士纷纷撰联悼念。徐懋庸挽道："敌乎友乎余惟自问，知我罪我公已无言。"青年文化社高度评价鲁迅："一生战斗刚毅不屈是青年先锋，满腔热血慈爱至诚为大众导师。"日本友人佐藤村夫挽鲁迅："有名作有群众有青年先生未死，不做官不爱钱不变节是我良师。"唐弢长歌当哭："痛不哭苦不哭屈辱不哭，今年诚何年，四个月前流过两行热泪，又谁料这番重为先生湿；言可传行可传牙眼可传，斯老真大老，三十载来打出一条血路，待吩咐此责端赖后死肩。"胡子婴女士所撰挽联最朴实也最为生动："国家事岂有此理，正需要先生不断咒骂；悲痛中别无他说，只好劝大众继续斗争。"赞扬鲁迅先生甘为孺子牛，横眉冷对千夫指，对敌人口诛笔伐，继而劝大众化悲痛为力量，投身火热的革命洪流中。

1976年1月8日，周恩来总理与世长辞，举国悲痛，人们纷纷撰联来表达对总理的无限敬爱和深切怀念。总理品格高尚，有如"泰山凭海先接日，寒梅仗节最凌风"；总理革命的一生，"一腔热血荐轩辕，奋斗终身感乾坤"；总理"有雄才有伟略有奇勋实在有德；无后裔无偏心无享受真正无私"，"生为国家，死为人民，耿耿忠心昭日月；功同山岳，德同湖海，洋洋正气结丰碑"。周总理当得起这样的赞誉，值得人民永远怀念。

人生自古谁无死？留取丹心照汗青。正因为人格的力量和深厚的情谊，才会有如许感天动地的对联，也才真正打动我们的心灵。

● **知识链接**

最早的挽联：是宋人叶梦得《石林燕语》中记载的苏子瞻挽韩琦联："三登庆历三人第，四入熙宁四辅中。"也有人说是苏东坡为妾朝云所写的挽联："不合时宜，惟有朝云能识我；独弹古调，每逢暮雨倍思卿。"

最长的挽联：是李大钊挽孙中山先生联，全联计212字："广东是现代史潮汇注之区，自明季迄于今兹，汉种孑遗，外邦通市，乃至太平崛起，类皆孵育萌兴于斯，先生诞生其间，砥立于革命中流，启后承先，涤新淘旧，扬民族大义，决将再造乾坤，四十余年，殚心瘁力，誓以青天白日，红血红旌，唤起自由独立之精神，要为人心留正气；中华为世界列强竞争所在，由泰西以至日本，政治掠夺，经济侵凌，甚至共管阴谋，急思奴隶牛马而来，吾党适于此会，丧失我建国山斗，云凄海咽，地暗天愁，问继起何人，依然重振旗鼓，亿兆有众，惟工与农，须本三民五权，群策群力，遵依牺牲奋斗诸遗训，成厥大业慰英灵。"

# 大羹有味是读书
## ——书斋联

文人墨客喜欢在自己的书斋中挂一副对联，以明心志，以示清雅。诗人陆游自幼好书，自称"我生学语即耽书，万卷纵横眼欲枯"。

有人问他读书何为，他朗声应答："一身报国有万死！"他在书斋挂上一联："万卷古今消永日，一窗昏晓送流年。"他一生读书不倦，七八十岁还研读《资治通鉴》，日课二万言，且以蝇头小字在页间评注，真正做到"壮心未与年俱老，死去犹能为鬼雄"。

明朝末年的金声早年生活潦倒，曾自题书斋联："穷已彻骨，尚有一分生涯，饿死不如读死；学未惬心，正须百般磨练，文通即是运通。"写得刻骨铭心，悲愤至极。后来金声得中进士，清兵入关时，组织义师抗清，兵败被俘，坚贞不屈，慷慨就义，实践了他在联语中的决心。明末爱国志士王夫之在抗清失败后，隐姓埋名，发愤著述四十年，他的书斋贴有一副抒发豪情壮志的对联："六经责我开生面，七尺从天乞活埋。"表达了一位正直知识分子决不随波逐流和宁死不贰的决心。

书斋联要恰到好处，不宜夸海口，否则会贻笑大方。清代才子袁枚居随园时曾在书斋内挂一联："此地有崇山、峻岭、茂林、修竹；是能读三坟、五典、八索、九丘。"所谓《三坟》、《五典》、《八索》、《九丘》，是上古之书，早已失传，如何读得到？好友汪客甫听了，登门找他借书，他自感惭愧，便撤掉了对联。

古人读书目的是金榜题名，升官发财，光宗耀祖。清朝乾隆进士彭元瑞写过这样一副书斋联："何物动人，二月杏花八月桂；有谁催我，三更灯火五更鸡。"原来各省乡试在八月，正是桂花飘香时节。礼部会试在二月，正是杏花开时。学而优则仕，靠废寝忘食读书而能中举。彭元瑞刻苦读书，果然一举得中，后步步高升，官至吏部尚书，协办大学士，如愿以偿，圆了功名宿愿。

但也有读书不为功名只为消闲的人。晚清徐照的书斋联云："志不求荣，满架图书成小隐；身虽近俗，一庭风月伴孤吟。"一派孤芳自赏的神态。道光秀才朱景昭也写过一副书斋联："平生一片心，不因人热；文章千古事，聊以自娱。"表示自己不愿攀附权贵，希望躲在书斋读书自娱。但他后来还是做了两江总督李鸿章的幕僚，因人而"热"起来。其实，如此自娱只是朱景昭为自己未被重用所找的托辞，一旦有人赏识，就立马欢欣鼓舞。相比之下，爱国教育家蔡元培举进士后，供职翰林院，曾在寓所贴一联："都无作官意，惟有读书声。"蔡先生看透官场腐败，只想退回书房读书，得一心灵慰藉和安宁，这才是真无做官意。

也有的人读书是为结交同道知己。南宋孝宗隆兴进士楼大防，官至枢密院参知政事，其书斋联是："门前莫约频来客，座上同观未见书。"他惜时如金，不愿和俗气之人聊天扯淡，若有奇书异卷，必定要邀请同仁友好共赏。书斋主人对待客人的两种截然不同的态度，正体现出楼大防读书求友的一片苦心。包世臣自题书斋联："喜有两眼明多交益友，恨无十年暇熟读奇书。"还有一书斋联很有韵味："认天地为家休嫌室小，与圣贤共语便见朋来。"都饱含深情地表达了读好书、交良朋的心情。

许多书斋联表达了个人的志向。顾宪成自题联："风声雨声读书声，声声入耳；家事国事天下事，事事关心。"彰显读书济世之心。清代邓石如题碧山书屋联："沧海日，赤城霞，峨嵋雪，巫峡云，洞庭月，彭蠡烟，潇湘雨，武夷峰，庐山瀑布，合宇宙奇观，绘吾斋壁；少陵诗，摩诘画，左传文，马迁史，薛涛笺，右军帖，南华经，相如赋，屈子离骚，收古今绝艺，置我山窗。"上联集日、霞、雪、云、月、烟、雨、峰、瀑布等自然景观，下联汇集诗、画、文、史、笺、帖、经、赋、离骚等文学体裁，气派非常，内蕴丰厚，表白自己要读万卷书、行万里路的雄心抱负。

还有如下书斋联也都婉曲心志、各尽其妙。

海瑞自题："干国家事，读圣人书。"朱彝尊题："千树梅花百壶酒，一庄水竹数房书。"郑板桥自题："书从疑处翻成语，文到穷时自有神。"傅山自题："竹雨松风琴韵，茶烟梧月书声。"刘墉题书屋："绕屋岚光三径客，满帘风雨一床书。"左宗棠题家塾："身无半亩，心忧天下；读书万卷，神交古人。"翁同龢自题："文章真处性情见，谈笑深时风雨来。"吴敬梓自题："读书好，耕田好，学好便好；创业难，守成难，知难不难。"俞樾自题："读书养气十年足，扫地焚香一事无。"金圣叹撰联："真读书人天下少，不如意事古今多。"吴熙载自题："平生好读游侠传，到老不闻绮罗香。"鲁迅题："至乐无声惟孝悌，大羹有味是读书。"周恩来写联："与有肝胆人共事，从无字句中读书。"郁达夫撰联："绝交流俗因耽懒，出卖文章为买书。"郭沫若拟联："韬略终须建新国，纷飞还得读良书。"范文澜作联："板凳要坐十年冷，文章不写一句空。"他们或谈读书的好处，或讲如何读书，字字珠玑，都是人生格言警句，一直激励着后人奋发向上。

● 知识链接

　　文房四宝联：旧时文具店中贴"五色艳称江令梦，一枝春暖管城花"、"一气呵成凭运腕，五更梦处顿生花"笔联。取"梦笔生花"之典，可谓妙趣天成。纸联如："纸上纵毫万水千山，雪中缀景百态多姿。"写纸的妙用；"俪翠骈红，巧传十样；更黄匀碧，贵重三都。"罗列纸的品种。砚联有："笔势染来虹气现，砚痕干处月轮开。"笔有神，砚亦有神，书法家向来崇尚"以纯为体，以静为用；如玉之坚，如砥之平"，要人如砚台一般纯净坚平。古代文人对墨十分珍爱，称其为"乌玉块"，"金不换"。"墨化飞絮露，笔阵起雄风"，"玉霞磨来浓雾起，银笺染处淡云生"，俗中见雅，把名墨特色和用墨的乐趣表现得极富情韵。

# 看破世情都是戏

## ——戏剧联

　　旧时戏台两侧一般都刻有对联，以引导观众看戏、烘托剧场气氛。

　　朱元璋曾为某戏班子写过一联："日月灯，云霞帐，风雷鼓板，天地间一场大戏；汤武净，文武生，桓文丑末，古今人俱是角色。"将历史浓缩于一方舞台上，古人今人一起演出一场戏：汤王扮成花脸，文王扮成武生，齐桓公、晋文公饰成丑末，浓墨重彩，有声有色，焉得不让人击掌叫好？

　　纪晓岚撰北京圆明园戏台联却不单介绍戏剧特点，且立意高远，见解独到："尧舜生、汤武净、五霸七雄丑末耳，伊尹太公便算一只耍手，其余拜将封侯，不过摇旗呐喊称奴婢；四书白、六经引、诸子百家杂说也，杜甫李白会唱几句乱弹，此外咬文嚼字，大都沿街乞食闹莲花。"戏里，皇帝贱如平民，英雄扮成丑角，文人沦为乞丐，戏谑的是古人，讽谏的是今人。正如浙江杭州西湖水上戏台联"借虚事指点实事，托古人提醒今人"，还有嘉峪关戏台"离合悲欢演往事，愚贤忠佞认当场"所说，原来戏言并非大话，人生不是儿戏。看懂的，不再游戏

031

人生；懵懂的，仍旧嬉戏红尘。入戏必得出戏，娱乐也有警世之用。

　　吴立甫题戏园："凡事莫当前，看戏何如听戏好；为人须顾后，上台终有下台时。"潮汕城乡戏棚："你也挤他也挤，此处已无落脚地；好且看歹且看，大家都有下场时。"这两联都是借写仕路浮沉来砭苍生际遇，可发噱，亦深思。某地乡下戏台联："看不见姑且听之，何须四处钻营，极力排开前面者；站得高弗能久也，莫仗一时得意，挺身遮住后来人。"看戏也有规矩，人多碍眼，就姑且听戏吧，何必到处乱蹿，影响别人的兴致。此联意在讥讽当时官场为谋私利而四处钻营、踩着别人肩膀向上爬的人。还有一联："无端鼓角齐鸣，插雉尾，着龙袍，称霸称王，试问风光能几日？不觉鬼魔现象，假头衔，戴面具，非牛非马，焉知世上少斯人。"戏台上，帝王将相转眼不就成了尘土？妖魔鬼怪岂敢以真面目示人？言外之意，世上还是多一些平等和真实，少一些骄横和虚假罢。

　　某地戏台联云："神是人，鬼是人，人也是人，一二人，千变万化；车行步，马行步，步也行步，六七步，四海五洲。"精辟概括了京剧演员的表演形式，一忽儿为人，一忽儿是鬼，一桌二椅，几招几式，可以日行千里，可以上天入地，京剧程式化的表演简单却变化万端，也吸引了无数观众眼目，艺术之魅正是用想象来成就梦想的。

　　与之相似的还有这副楹联："看我非我，我看我我也非我；装谁像谁，谁装谁谁就像谁。"精巧风趣，隽永平易，仅用八字就把戏剧演员入戏状态淋漓尽致地表达出来。细细品味，此中还有一种哲蕴：假作真时真亦假，人生伪饰太多，就失去了本真，沉湎于想象中，便逃避现实。要知道，戏是失意人生的补充，因为生活里有太多的不完美和不如意，当一种艺术形态可以极大地慰藉空虚和痛苦时，便会受到众多的追捧和欢迎。所以，可以将它当成一剂安定，让我们的心灵舒缓平衡，这也正是艺术的价值所在。"穷的富的，贵的贱的，睁睁眼看他怎的；歌斯舞斯，哭斯笑斯，点点头原来如斯。"戏终归是戏，跳出戏情，谁都得回到自己的生活中，这就是真实的人生。刘竹贤题湖北云梦古戏台："未上台谁是我，既上台我是谁，谢观众，须知我原非我；不认真难做人，太认真人难做，嘱诸生，牢记做人要像人。"说得极是。

　　湖南省光明山戏台联："入场容易出场难，问谁心地光明，立脚不随尘俗转？看戏何如听戏好，想见大山罗汉，有耳都倾古刹来。"浙江绍兴城隍庙戏台联："任凭你这样做法，且看他如何下场。"江苏无锡城隍庙戏台联："报应莫嫌迟，开场即是收场日；施为休弄巧，看戏无非做戏人。"精警喻世，读之让人慨叹。

明代书画家徐渭狂狷、疯癫、谐趣，他撰的几则戏曲楹联很有意味："做戏逢场，原属人生本色；随缘说法，自有大地众生。""假笑啼中真面目，新歌舞里旧衣冠。"尽现世情百态，原来人间的种种悲欢离合不过是逢场作戏，啼笑皆非为戏中人也为自己。"天下事无非儿戏，世上人何必认真？"人生如梦，人生如戏，戏里情节无意间会成为人生真实，但现实却要比戏里惨烈寒酷。"乱哄哄你方唱罢我登场"，茶会凉，戏终会散场，繁华必有凋零，人生际遇不过如此。在别人的戏里流自己的眼泪，自己的人生何尝不是充满戏剧？

● **知识链接**

最早的扇联，是我国后唐时范质题写的"大暑去酷吏，清风来故人"。据宋代文莹《玉壶清话》记载，范质为后唐进士，对君臣不满，辞官回家路上，在白纸扇上题了这副对联。

最早的园林联，是五代兵部尚书王瑶所题的孟昶花园之百花潭联："十字水中分岛屿，数重花外见楼台。"

# 万紫千红总是春
## ——色彩联

五彩缤纷的色彩装饰了大千世界，也触发着艺术家的灵感，诗词书画斑斓映射，风光无限，满足着读者不同的审美情致。而对联中嵌入赤、橙、黄、绿、青、蓝、紫等色彩词后更耐人品咂。

据《三国演义》第七十七回记载：关羽死后即被封神，且常常在玉泉山一带显圣护民。当地百姓为感其德，便在山顶上修建了一座关帝庙，此后即有人四时致祭。关帝庙有一副门联："赤面秉赤心，骑赤兔追风，驰驱时无忘赤帝；青灯观青史，仗青龙偃月，隐微处不愧青天。"工稳奇巧，以色彩对关羽的外貌、坐骑、兵器、爱好以及品德等方面的特点进行概括与点评，四"青"四"赤"，精练准确，流畅自然，令人拍案叫绝。还有关于关羽的一副怪联："关公骑马过赤壁，红、红、红；孝子放羊上雪山，白、白、白。"此联上半部是隐喻的色彩对，上下联各用三个"红"与"白"加以重叠，色彩更加鲜明。

明朝功勋大将徐达曾题金陵明宫："大江东去，浪淘尽千古英雄，问楼外青山，山外白云，何处是唐宫汉阙；小苑春回，莺唤起一庭佳丽，看池边绿树，树边红叶，此中有舜日尧天。"将朱元璋比作古代的尧舜，有恭维溢美之嫌，却也色彩斑斓、美不胜收。

据传，大臣刘乘良陪乾隆春日踏青，来到了江南水乡姜州。乾隆见禽欢鱼跃，风韵别致，不由得口占一联："鹅黄鸭绿鸡冠紫。"联中嵌有鹅、鸭、鸡三种动物和黄、绿、紫三种色彩，众人一时无对，面面相觑。不知不觉中，君臣一行来到了村头。这时，只见一只白鹭从一片小树林边飞过，刘乘良随即对出下联："鹭白鸦青鹤顶红。"鹭、鸦、鹤三种动物与上联的三种动物相对，白、青、红也是表示色彩的词，自然和谐，乾隆当场称妙。不知过了多少年，这副对联成了洗染店的行业对联。

清代周起渭任江南主考，一日游碧波洞，见洞口右侧贴有一联："乌须铁爪紫金龙，驾祥云出碧波洞口。"周起渭索笔对下联于左侧："赤耳银牙白玉兔，望明月卧青草池中。"上联含乌、紫、碧三色，下联则以赤、白、青三色对之。又嵌"紫金龙"、"碧波洞"、"白玉兔"、"青草池"之名，极为形象传神。

清时，金山寺有一小和尚善对，镇江太守出对云："史君子花，朝白午红暮紫。"小和尚不慌不忙答："虞美人草，春青夏绿秋黄。"联语共含六种颜色，史君子与虞美人为嵌名。联语意趣悠然，太守也频频点头。

涉及色彩的对联还有许多，匠心独具，各存机趣。

从前，有个富家子弟一味贪玩，新婚不久依然和一群纨绔子弟斗鸡走狗、饮酒作乐。新娘恨其不思进取，便出了个上联："点点杨花入砚池，近朱者赤，近墨者黑。"新郎苦思良久也对不上来。第二天一早，他就去请教一位老先生。老先生听后就说："她是在奉劝你要近君子、远小人、学上进。"新郎惭愧不已。老先生见其有悔意，就帮他对了下联："双双燕子飞帘幕，同声相应，同气相求。"从此，新郎发愤读书，终于学有所成。

"紫燕黄莺布谷，红梅绿柳迎春。"此联含紫、黄、红、绿四种颜色，燕子、夜莺、布谷鸟，梅花、柳树、迎春花，排列出一幅江南草长莺飞的春天景色，如："炭黑火红灰似雪，谷黄米白饭如霜。"好似描述做晚饭的场景。"大老爷做生，银也要，钱也要，红白兼收，不分南北；小百姓该死，麦未熟，稻未熟，青黄不接，有甚东西？"此为一秀才"贺"安徽霍山县令的寿联，联中嵌有"红白"和"青黄"表色彩词，同时又嵌有"南北"和"东西"表方位的词。"泪酸血咸，却不该手辣口甜，只道世间无苦海；金黄银白，但见了眼红心黑，哪知头上有青天？"上联嵌有酸、咸、辣、甜、苦五种表味道的词，下联用了黄、白、红、黑、青五个关于颜色的词来对以此讽刺那些鱼肉百姓的贪官。

● **知识链接**

撰联名家袁枚（1716～1798），字子才，号简斋、随园老人，浙江钱塘（今杭州）人。乾隆进士，曾任江宁、溧水等地知县，政绩卓著。辞官后侨居江宁，筑园林于小仓山，号随园。论诗主张书写性情，创性灵说，反对虚假和庸俗，对儒家"诗教"表示不满。其联一如其诗，悠游灵动，别有韵味，如自题联："不作公卿，非无福命皆缘懒；难成仙佛，为爱文章又恋花。"又曾为超度亡灵事题联："是天下莫须有之事，尽人子不得已之情。"自由的思想和幽默的性情，在当时不说石破天惊，也实属难能可贵。袁枚33岁于南京小仓山筑随园并在此从事著述，其著作多以此园命名，如《随园诗话》、《小仓山房集》等，随园名噪天下，成了当时的"文化沙龙"。袁枚自题随园联："放鹤去寻三岛客，任人来看四时花。"又云："风暖鸟声碎，日高花影重。"放达之怀跃然纸上。三岛，指东海中蓬莱、方丈、瀛洲三座仙山。三岛客，即仙人也。而当时的骚客文人题赠随园联亦甚多，如李因培赠联云："此地有崇山峻岭，茂林修竹；是人读三坟五典，八索九丘。"徐兆璜赠联云："廉吏可为，鲁山四面墙垣少；达人知足，陶令归来岁月多。"庄念农赠联云："著手成春，卷中著述皆千古；有官不仕，林下逍遥见一人。"可见，袁枚的随园几乎成了当时的一个楹联艺术馆。

# 报得春风一寸丹

## ——师生联

我国从古至今就有尊师重教的传统美德，尊师对联也是精彩缤纷。

1941年，著名教育家马寅初先生在重庆庆祝六十大寿，周恩来亲自书写了一副寿联："桃李增华坐帐无鹤，琴书作伴支床有龟。"盛赞马寅初的教育成果，祝福其健康长寿。

中国当代教育家陶行知一生忠诚于教育事业，他为某师范学校撰联："同稻粱菽麦黍稷打交道，与马牛羊鸡犬豕做朋友。"他用《三字经》语入联，生动有味。陶行知一生为培养人才、开办学校历尽艰辛，曾自书一联："捧着一颗心来，不带半根草去。"表露一心为公、毫无私利的博大心胸，令人崇敬。1944年12月，郭沫若曾为南京晓庄师范校园内陶行知墓门题写楹联："千教万教教人求真，千学万学学做真人。"联语纯朴无华，却将陶先生的事业、品德、理想、追求都重笔浓缩其中，读之让人感叹。

著名散文家朱自清先生长期在清华大学任教，深受师生爱戴，51岁时因积劳成疾不幸逝世，许德珩为他撰写了挽联："教书三十年，一面教，一面学，向时代学，向青年学，生能如斯，君诚健者；生存五一载，愈艰苦，愈奋斗，与丑恶斗，与暴力斗，死而后已，我哭斯人。"简括了朱自清的生平和性格，诚挚感人。

教育家、毛泽东夫人杨开慧烈士的父亲杨昌济先生曾撰一联抒怀："自闭桃源称太古，欲栽大木柱长天。"杨老先生思想进步、品德高尚、学识渊博，他投身教育工作，只想培养栋梁之才，撑起国之长天。

教师是人类灵魂的工程师，可谓"恩比青天，广施甘露千株翠；节犹黄菊，报得春风一寸丹"。他们用"三寸粉笔，三尺讲台系国运；一颗丹心，一生秉烛铸民魂"，值得所有人尊敬。

因此，我国将每年的9月10日设为教师节。这一天是教师的节日，也是学生们表达敬意的时刻。有一个学生写联："一支粉笔两袖清风，三尺讲台四季晴雨，加上五脏六腑七嘴八舌九思十想，教必有方，滴滴汗水诚滋桃李满天下；十卷诗赋九章勾股，八索文思七纬地理，连同六艺五经四书三字两雅一心，诲人不倦，点点心血勤育英才泽神州。"对联用十个数字，生动写照了人民教师甘作蜡烛愿为春蚕的崇高境界。有位中学生送老师这样一副对联："指数函数，对数函数，三角函数，数数含辛茹苦；平行直线，交叉直线，异面直线，线线意切情深。"联中巧嵌数学名词，贴切自然，耐人寻味，师生联不光是溢美之词，同样蕴含几多意趣。

师生对在过去是常事，他们之间有时也用对联开玩笑。清代大学者纪晓岚小时爱搞恶作剧，有一次他把砖墙挖了一个深洞养家雀。此事被石先生发觉后，将家雀摔死，又送回洞内，用砖头堵好，并在墙上书了上联："细羽家禽砖后死。"纪晓岚知是石先生干的，一气之下续了下联："粗毛野兽石先生。"石先生大为恼怒。

革命家何叔衡早年在家乡教书，有一次听到邻居小孩哭得很伤心，一问才知道塾师要他对对子，因为对不出要挨板子。先生出的上联是："世上少有蠢伢子。"何叔衡认为塾师对学生不仅不启发诱导，反而用对联讽刺，便替学生对道："人间难得好先生。"这个塾师看了，脸红了好一阵子。

到了现代，师生联更是运用课堂知识来调侃。如几何教师和物理教师新婚燕尔，调皮的学生书赠一联："大圆小圆同心圆，心心相印；阴电阳电异性电，性性相引。"横批"公理定律"。一位数学教师历经曲折终缔良缘，同仁撰联相贺："爱情如几何曲线，幸福似小数循环。"横批"苦尽甘来"。一对数学教师结为百年之好，学校赠一副喜联："恩爱天长，加减乘除难算尽；好合地久，点线面体岂包完。"还有一副是："解括弧，加因子，求得结果；过中点，作垂线，直达圆心。"联中尽用数学术语，意蕴丰富，别有风味。

● **知识链接**

五行联：金、木、水、火、土称为五行，在中华五千年的文明史中，随处可见它的踪影。在对联中，也不乏它的身影，五行入联给人一种妙趣横生的感觉。传说乾隆一次临江南科考，两名举子不分上下，乾隆于是出联："烟锁池塘柳。"一名一见当场调头就走，另一名想了半天只好悻悻而去。乾隆于是御点先走的为第一。众臣问其故，乾隆说："此联为绝对，能一见断定者必高才也。"此联实可称为绝对，上联五字，嵌"火、金、水、土、木"五行为偏旁，且意境很妙。若干年后，终于有人对出下联："炮镇海城楼。"单从字面上看，也是以五行为偏旁的，但意境与上联相差太远，只是勉为其对罢了。后来还有人续"灯深村寺钟"和"茶烹凿壁泉"，这两副下联意境稍好，但五行偏旁的位置又不吻合。

# 月到中秋分外明
## ——中秋联

古往今来，文人墨客留下了许多中秋赏月的佳联奇对，这些吟月联充满诗情画意，韵味深长。

"中天一轮满，秋野万里香"。虽不见月，月满之景却浮现眼前。"人逢喜事尤其乐，月到中秋分外明"。"几处笙歌留朗月，万家箫管乐中秋"。"地得清秋一半好，窗含明月十分圆"。这三副对子清新可读。唐代诗人李贺《金铜仙人辞汉歌》中的"天若有情天亦老"被称为绝对，后来有人对"月如无恨月常圆"，可谓神来之笔，天衣无缝。唐代元稹与白居易在临江楼中秋赏月时对道："北斗七星，水底连天十四点；南楼孤雁，月中带影一双飞。"情景交融，意境幽然。清代戏剧家李渔与方丈有个对句："天尽山头，到了山头天又远；月浮水面，撬开水面月还深。"语言平实，动感十足，仿佛已见月华映射山川、天地一片浩茫与寥廓之景。

相传，杨廷和的父亲一次与客人对饮到深夜。父亲出上句"一夜五更，半夜五更之半"，客人思索良久无对可言。这时，8岁的小廷和语出不凡："三秋八月，中秋八月之中。"一语惊人。过去，一夜分为五更，两小时一更；古称秋季三个月为"三秋"，即初秋七月（孟秋），中秋八月（仲秋），晚秋九月（季秋）。"半夜"与"五更之半"说的是同一时刻，"中秋"是八月十五，正是"八月之中"。个中情趣，妙不可言。据说，杨廷和还对过："冬至冬冬至，每冬先寒节而至；月明月月明，按月以圆时愈明。""月明"指每月十五，有时也用来指"中秋"，与"冬至"正好相对。由此可见杨廷和的聪慧与机灵。

同是神童，清代的徐稚小时老师出上句："中秋赏月，天月圆，地月缺。"他对下句："游子思乡，他乡苦，本乡甜。"上联的"天月圆"

实指天上明月，"地月缺"指八月十五，暗寓"月圆人不团圆"。中秋节又称团圆节，每逢佳节倍思亲。"圆"与"缺"、"苦"与"甜"形成鲜明对照，真切动人，道出浪迹天涯的游子"每逢佳节倍思亲"，盼望归乡与家人团圆的心情，堪称中秋咏月联中的佳品。

一群书生中秋节聚在一起饮酒赏月，粤东才子宋湘仰望明月忽得一句："天上月圆，人间月半，月月月圆逢月半。"吟后却始终拟不出与之媲美的下联。其他书生趁着酒兴，七嘴八舌，却没有一个人对得上来。一直到岁末除夕夜，这群书生又相聚饮酒守岁，宋湘忽发灵感，对出了下联："今宵年尾，明日年头，年年年尾接年头。"构思奇巧，对仗工整，结构严谨，上联六个"月"、下联六个"年"字重复运用，抒发了岁月交替、时光如水的人生体验，令人拍案叫绝。此联被称为"中秋出句年尾对"。

同是秀才中秋相聚赏月，也有一故事。说一个秀才楼上望月，兴之所致，脱口吟出一联："秋中赏月对高楼，月对高楼酒上游；游上酒楼高对月，楼高对月赏中秋。"众人不禁击掌称绝。原来，这是一副回文联，将上联回文作下联，互为倒读，通顺流畅，联语贴切，意境优美，有如天成，读来兴趣益然。

明末小说评点家金圣叹到镇江金山寺闲游，寺庙长老出对向他讨教："半夜二更半。"他苦思不得下联，只得悻悻下山。回去后又苦苦思忖，却数年未果。后来，他因抗粮哭庙一案被判问斩。临刑时，正是中秋佳节，他猛然想起下句，便唤来儿子，嘱其转告长老，下联已经对出："中秋八月中。"下联与上联对得严丝合缝，自然巧妙，可惜却成为金圣叹人生最后一"叹"。历史上称此为"生题死对"。

月之澄澈明朗，总是能勾起人们细腻的情感，"不知明月为谁好，更有澄江消客愁"。于是，古人喜欢赏月咏月，在山水之间建亭榭楼阁，并在其上题赏月楹联，佳联妙句数不胜数，各尽其妙。

杭州西湖水月亭有一联："水凭冷暖，溪间休寻何处来源，咏曲驻斜阳，湖边风景随人可；月自圆缺，亭畔莫问当年初照，举杯邀今夕，天上嫦娥认我不?"典雅明丽，平中出奇，自然天成，富于想象力。平湖秋月处有一对联："静观万物，欲平天下有如湖；佳景四时，最好秋光何况月。"赵孟頫题扬州迎月楼联："春风阆苑三千客，明月扬州第一楼。"把迎月楼喻为神仙聚会之地，契合迎月楼名和登楼赏月主旨，可谓妙哉。扬州瘦西湖畔月观亭背山面湖，风景绝佳，其抱柱上有一副咏月联："月来满地水，云起一天山。"联语形象贴切，充满诗情画意。上海豫园得月楼有一联："楼高但任云飞过，池小能将月送来。"语言通俗流畅，阐明"尺有所短，寸有所长"的道理，毫无雕琢痕迹，呈现出一幅月夜美景图。台湾阿里山古月亭联云："满地花阴风弄影，一亭山色月窥人。"对仗工整，韵味无穷，"弄"、"窥"两字用得恰到好处，最是传神。

还有许多赏月佳地亦有不俗之作。厦门虎溪岩是赏月胜地，名景"虎溪夜月"有一对："虎踞迎风爽，溪流印月清。"东林寺也有一联："千江有水千江月，万里无云万里星。"意境甚为辽阔高远。重庆巫峡瑶台的咏月联："月月月明，八月月明明分外；山山山秀，巫山山秀秀非常。"运用叠字法写出了"月到中秋分外明"的特色，与巫山秀色为内容的下联相对，工整自然，珠联璧合。每年中秋前后，正是著名的钱塘江涨潮时，杭州的浙江府贡院有一副楹联："下笔千言，正桂子香时槐花黄后；出门一眺，看西湖月满东海潮来。"描述了时令与涨潮的关系，宛如一幅浓墨酣畅的水墨画。黄州赤壁有一副题联："月色如故，江流有声。"寥廓苍茫，内涵深远，不禁让人忆起苏轼泛舟赤壁的风流往事，感叹世事变化无常。居庸关也有一联："辽海吞边月，长城锁乱云。"描写边塞景象凝炼蕴藉，雄浑悲壮，一"吞"一"乱"，虽夸张却将时世艰危、守关艰难的现实情景烘托渲染出来，其情状与范仲淹《渔家傲》所写相似，"人不寐，将军白发征夫泪"。

佳联与美景相偕相融，互为映衬，联从山水中生情，山水因联而生色，涵意蕴藉而绵长，这也正是中国独有的文化，契合儒家"天人合一"的哲学思想。因此，欣赏中秋联，必得入景才能入情。

● **知识链接**

天地对：以天对地的对联不少。某君嘲慈禧联："垂帘廿余年，年年割地；尊号十六字，字字欺天。"慈禧的尊号是"慈禧端佑康颐昭豫庄诚寿恭钦献崇熙"，而她的言行却无一字与之相符。老百姓对贪官污吏恨之入骨，有人戏挽贪官联："早死一时天有眼，再留三日地无皮。"曾有某县令出联："天不怕，地不怕，就是老婆也不怕。"县令怕老婆竟与天地相比，令人喷饭。

某生员就这样对道："杀何妨，剐何妨，即便岁考又何妨。"生员怕考试，竟与杀头剐皮相连，叫人笑掉门牙。

# 人与梅花一样清
## ——咏梅联

中国人喜欢以物喻事，花草树木，山水风物，信手拈来，便折射成人格、品质、抱负、情感，铺染成一种人生哲学，一花一世界，一沙一天堂，枯燥乏味的说教顿时神色飞扬，让人心有灵犀、豁然开悟，原来梅兰竹菊、渔樵耕读、琴棋书剑之中，端现的正是中国文化的意象和中国文人的品格。

郑板桥谓："花开花落僧贫富，云去云来客往还。"洒脱不俗；林则徐云："一榻梦生琴上月，百花香入案头诗。"情致横生；"不知明月为谁好，时有落花随我行"、"但教有花春满眼，何曾不醉月当头"、"染指何妨因涤砚，折腰不惜为浇花"、"古花已见古人醉，今花还对今人红"等写花的对联意蕴悠然，一派风清月朗，简直就是中国文人气质的隐喻。

在众多花木中，中国文人独爱梅兰竹菊四君子，尤以梅花为癖，历来有关梅花的妙联比比皆是，以林逋的"疏影横斜水清浅，暗香浮动月黄昏"最为传神动人。此句虽是《山园小梅》中的诗，却同样可以作为联语欣赏，不着"梅"字，可是梅之风神却卓然逸出，成为最脍炙人口的咏梅佳句。

梅花凌霜傲雪、冷艳清雅，文人常以此自喻，陆游期待"何方化得身千亿，一树梅花一放翁"；清代同治进士姚步瀛愿意"淡如秋菊何妨瘦，清到梅花不畏寒"；郑板桥决意像梅花一样傲然，因为"虚心竹有低头叶，傲骨梅无仰面花"；徐霞客自比梅花，"春随香草千年艳，人与梅花一样清"；画家黄宾虹自称"心肠铁石梅知己，肌骨冰霜竹可人"；周恩来总理情操高尚，"泰山凭海先接月，寒梅杖节最凌风"，一生光明磊落，像梅花一样高洁挺拔，万代敬仰。他们代表了中国文人的品格，象征了正直浑厚、淡泊宁静、清雅脱俗、不慕名利、不附权贵的节操品格，让人击节称叹。

咏梅联写法各有千秋，却都是巧思佳构，别有洞天。

据说有一日，宋代米芾与佛印禅师于雪后观赏梅花。米芾出上联："雪中白梅，雪映白梅梅映雪。"佛印对下联："风中绿竹，风翻绿竹竹翻风。"上下联各以相同之字"雪"、"风"为头脚，交叉互用，雪梅相映，风竹并谐，意出天然，妙手偶得，意味无穷。

浙江莫干山蓼雪亭联云："蓼花映月频来鹤，雪片随风乍放梅。"上联素描"蓼花映月、鹤舞山林"情景，下联勾勒梅花傲霜斗雪姿态，只见朔风袭来，雪片飞舞，傲骨梅挺立不屈，像极了一个硬汉的品格。

江苏扬州市区东北隅的个园遍植翠竹，因竹叶形似"个"字，故有其名。清乾隆进士袁枚曾为个园题联："月映竹成千个字，霜高梅孕一身花。"上联摹竹叶状，清朗月色下叶泼无数个字；下联绘梅花韵，酷寒冷霜中梅凝一树烂漫。一叶一花，竹梅相映成趣，尽得超尘之境，端现文人清高风骨。

清初，一个进士做了十年的候补知县，新年时自撰一副春联："十年宦比梅花冷，一朝春随爆竹来。"巧借梅花，抒发多年不能赴任的落寞心情。但他并未颓废悲观，而是心中仍存春光一片，透出士子的一番傲骨和雄心。

明末，清兵入关围攻扬州，史可法在四方无援的情况下，整饬军队，修筑城垣，对百姓晓以民族存亡大义，激励军民固守孤城。清摄政王多尔衮五次致书诱降，他誓死不从。清军强攻不破，伤亡甚众，遂乔装明军，得计入城。史见大势已去，欲拔刀自刎，被一参将拦住并护其撤退。至小东门，见军民遭屠戮，即挺身而出，大呼："吾史督师也！万事一人当之，不累满城百姓。"于是被俘。多铎对史可法相待如宾，口呼先生劝降，史可法答曰："我为天朝重臣，安肯苟活？城存与存，城亡与亡，吾头可断，身不可辱，即劈尸万段，甘之如饴。"遂从容就义。殉国后，嗣子副将史德威寻遗体不得，乃葬其衣冠于梅花岭下，并在史氏宗祠东宅建立忠烈祠。清代诗人张尔荩为史可法祠撰联："数点梅花亡国泪，二分明月故臣心。"最是传神。严问樵题联："生有自来文信国，死而后已武乡侯。"将史可法与文天祥和诸葛亮比肩，只字不言史公，却句句言史公，梁章钜称此联"自是天造地设语，他有作者，不能出此范围"。清黄文涵题史可法祠联："万点梅花尽是孤臣血泪，一抔故土还留胜国衣冠。"佚名撰联："殉社稷，只江北孤城，剩水残山，尚留得风中劲草；葬衣冠，有淮南抔土，冰心铁骨，好伴取岭上梅花。"以梅花之魂衬托英雄之心，恰切精妙，让人肃然起敬。

清末沈葆桢题梅花厅："梅开六十树，雪是精神，梦寄罗浮忘物我；航受两三人，花为知己，笑经沧海载乾坤。"梅花厅在江西湖口县石钟山上，周围种有六十株梅树，又叫"六十本梅花寄舫"。隋开皇时，赵师雄在广东罗浮山邂逅一美女，邀其到酒家共饮，且酩酊大醉，昏昏睡去，醒来时发现自己身在梅花树下。后人因之以罗浮梦喻梅。一切浑忘，不知是我是物，不知梅花是我还是我为梅花。到此境界，心中只有梅花，整个天地只容得下梅花。全联超尘脱俗。联句处处用典，看似平铺直叙，幽静高雅之趣尽在其中。

名胜古迹还有不少以梅花为主题的对联，杭州龙井园联："诗写梅花月，茶煮谷雨春。"湖南衡阳李生祠联："颜烈炳潭州，千载英名垂竹帛；崇祠仍故宅，一龛清供有梅花。"广东南雄梅关联："不必定有梅花，聊以志将军姓氏；从此可通尊海，愿无心宰相风流。"杭州孤山巢居阁联："华表千年，遗蜕可闻玄鹤语；孤山一角，暗香先返玉梅魂。"大庾岭挂角寺联："挂角何时，偶为岭上主人，犹想象千秋风度；举头欲问，可许山中置我，试管领万树梅花。"彭玉麟题黄鹤楼联："我从千里而来，看江上梅花，直开到红羊劫后；谁云一去不返，听楼中玉笛，又唤回黄鹤飞高。"都是以梅喻人，梅之风骨已然沉入历史风尘中。

还有伊秉绶题惠州西湖朝云墓："从南海来时，经卷药炉，百尺江楼飞絮雪；自东坡去后，夜灯孤塔，一湖风月冷梅花。"深情有加。梁同书挽袁枚："瀛海度金针，二十三科前进士；苍山埋玉骨，一千余树古梅香。"人与梅共芬芳，斯亦足矣。弘一法师题："寒岩枯木原无想，野馆梅花别有春。"禅意无穷。

"无意苦争春，一任群芳妒，零落成泥碾作尘，只有香如故"。陆游的词正诠释了梅韵梅格。也正因如此，梅花才成为文人士子永远的精神追求，在诗词文赋楹联中恒久地散着清香。

● **知识链接**

玻璃联：联中上下左右字型结构基本对称一致，造成一种汉字的形态美。这样的字用篆书写在玻璃上，无论正看还是反看，字体均相同，如"大"、"文"、"因"、"天"之类。有这样一副玻璃联："山中日出，水里风来。"清代梁章钜《楹联续语》中说："吴山尊学士，始出意制玻璃联子。一片光明，雅可赏玩。"玻璃联因用篆字书于玻璃上，选字必须要求对称统一，以达正反如一。这副对联简练精短，用词严谨，符合玻璃对的基本要求，是一副极妙的绝对。"文同画竹两三个，丁固生松十八公"。此联载于清人李伯元的《南亭四话》，文同为宋代大画家，善画竹和山水。"两三个"是指竹叶，恰似"个"字。丁固为三国时吴国人，初仕尚书，因梦松树生于腹上，便对人说："松字拆开乃十八公也，再过十八年我当为公。"后果官至司徒（汉代称司马、司徒、司空为三公），此联不仅反正皆宜，且用典自然，可谓形式与内容的完美统一。

# 竹子虚心是我师
## ——咏竹联

竹是绿中之秀，躯干通直，挺拔向上，叶细纷繁，浓荫盖地，岁寒不凋，"可焚身而不毁其节"，与松、梅一起并称"岁寒三友"。其品性正是中国文人向往的最高精神境界。文人自比竹，忧道不忧贫，富贵于我如浮云，达则兼济天下，穷则独善其身，全然是一派儒家中庸平和、隐仕两兼的卓然风骨。

杜甫与竹为友，"平生憩息地，必种数竿竹"，结庐浣花溪畔，种竹植树，且自得其乐，"我有浣花竹，题诗须一行"；白居易居必营园，园必植竹，其《养竹记》咏物托意，认为竹似圣贤，本固、性直、心空、节贞。君子应该学竹"善建不拔"、"中立不倚"、"应用虚受"、"砥砺名行"之节操，理趣盎然，物我相融；苏东坡爱竹，宁瘦不俗，"可使食无肉，不可居无竹；无肉令人瘦，无竹令人俗"；最是郑板桥爱竹成癖，三间茅屋，窗里幽兰，窗外修竹，竹林徜徉，竹魂入骨，"我有胸中十万竿，一时飞作淋漓墨"，一生画竹写竹，"写取一枝清瘦竹，秋风江上作渔竿"，画中有真气，字里蕴真意，心中存真趣，爽直洒脱。从其联语中便可见其真性情："咬定几句有用书，可忘饮食；养成数竿新生竹，直似儿孙。"勉励儿子像竹一样志高气洁；他"扫来竹叶烹茶叶，劈碎松根煮菜根"，淡泊而知足。他生活清贫，心灵却不枯淡，因为他喜欢竹有节有香有骨，植竹画竹则满堂散君子之风，面对如此青苍翠色，"任他逆风严霜，自有春风消息"，澹定而从容。

咏竹的对联很多，情境丛生，各有佳妙。

清代第一书家傅山云："竹雨松风琴韵，茶烟梧月书声。"将人生挥洒成一幅绝妙的山水画。陈毅集杜诗联并悬于杜甫草堂："新松恨不高千尺，恶竹应须斩万竿。"颇见革命家的气魄。革命家方志敏志趣高洁、光明磊落，曾在卧室自题一联："心有三爱，奇书骏马佳山水；园栽四物，青松翠竹白梅兰。"画家李苦禅认定竹子"未出土时便有节，及凌云处更虚心"，其笔墨犹有峭拔之风。国民党将领顾祝同在卧室里悬挂一联："刚日读经，柔日读史；怒气写竹，喜气写兰。"竹乃至刚至直之物，正宜怒时泼墨。

许多写竹的对联都表达了对竹的敬意。

"山色不随春老，竹枝长向人新"、"为天地生春，抚节长存终古绿；与松梅作伴，洁身共证避寒心"，翠竹四季长青，生机无限。"竹笋出墙，一节须高一节；梅花逊雪，三分只是三分。"雨后春笋长成嫩竹，坐看成林，春意无限。"屈屈伸伸，雪压千屋犹奋直；潇潇洒洒，风来四面又何妨？"大丈夫能屈能伸，若竹一样有凌云壮志，承四面风雨，得心而应手。"石头解性真吾友，竹子虚心是我师"、"水能性澹为吾友，竹解心虚是我师"、"千古虚心尊此老，九州高节拜先生"，和竹以师相称，对其品格无比钦佩和仰慕。竹有灵性，亮节高风，"宜和竹论虚和实，不与谁争高与低"、"虚心为竹，清节而秋"、"人间清品如荷极，学者虚怀与竹同"，虚怀若谷，拔节直上，有人的节操。竹坚韧不拔、朴素无华，"劲节生来瘦，高材老去刚"、"竹青怀素志，梅老秉芳心"，梅花愈老愈芬芳，竹越长越青翠、越高越刚劲，都不屈寒霜，值得称道。

正是竹心一片，中国文人才会"窗含竹色清如许，人比梅花瘦几分"，愈加玉树临风，卓然不俗。

互文：也称互参，是把本应合起来的话分两句说，互相补充渗透。如毛泽东为刘胡兰烈士的题词："生的伟大，死的光荣。"上联写生，下联写死，从两个方面入笔，写的都是一种精神，是说她生与死都是伟大而光荣的。再看下联："诸葛一生惟谨慎，吕端大事不糊涂。"人生处事，要谦虚谨慎，小事要通融马虎，大事要坚持原则。联语借用两个古人为典，从两个方面去写，说明的却是一个道理，这也是互文的一种。再如："宁为玉碎，不为瓦全。"写做人应刚直不阿、无私无畏、一身正气，不奴颜婢膝、苟且偷生，上联以"玉"自誉，下联以"瓦"点化，两个角度传达的是一种精神，闻声见物，令人叹止，乃精妙之笔。

# 秋月春花名士酒
## ——酒联

酒联指悬挂或张贴在酒店、酒楼、酒肆门前的联语，亦称"酒对子"、"酒楹联"，并与酒帘巧妙结合，成为悠久的民俗文化。金代壁画中的酒楼高挑酒帘，上写"野花攒地出，好酒透瓶香"，便是对仗工整、韵味十足的酒联。

民间酒联数不胜数，佳话趣闻也频频不断。

相传，杜康在洛阳开作坊卖酒，门前贴一副对联："猛虎一杯山中醉，蛟龙三盏海底眠。"酒仙刘伶偏不信，兴冲冲地跑到酒坊，连饮三盅，却一醉不醒。众以为死，杜康将其埋于后院酒糟中。时隔三年，杜康去刘伶家讨酒账，刘妻却向杜康要人。杜康说其是醉而不是死，刘妻不信。二人到杜康家后院，开棺一见，刘伶面如敷粉，如梦初醒，睁开眼睛的第一句话是："杜康好酒也。"因此，好多酒店都借刘伶入联来扬名："刘伶借问谁家好？李白还言此处香。""韩愈送穷，刘伶醉酒；江淹作赋，王粲登楼。"极言本店酒香浓醇。

传说秦观与苏轼一天乘船出游，见一个醉汉骑着毛驴，东倒西歪地走在岸边。苏轼出对："醉汉骑驴，步步颠来算酒账。"秦观一时不能对出，寻思片刻，忽见船尾艄公摇船一仰一俯的样子，即对："艄公摇橹，深深作揖讨船钱。"对得实是奇巧，诙谐而幽默，将醉汉和艄公的形象描绘得惟妙惟肖，尤其醉汉摇晃的形态真有"铁汉三杯脚软，金刚一盏摇头"的神韵，让人忍俊不禁。

明朝有三位朝廷官员，一日微服出游，见一村野酒肆，便兴致勃勃地坐下饮酒，因酒店是小本生意，未备下好酒好菜，其中一人即景吟上一句："小村店三杯五盏，无有东西。"那两人听了，抓耳挠腮，无以答对。这时恰好店主送酒上来，脱口而出："大明国一统万方，不分南北。"三人听了，深为折服，第二天早朝时，自惭江郎才尽，坚决辞官归里。

明朝的唐伯虎与友人在会春楼饮酒，酒美人醉，作对以助兴。友人出上联："贾岛醉来非假倒。"贾岛乃晚唐著名诗人，传有"推敲"典故，贾岛谐"假倒"，说明会春楼酒好酒醇，喝醉是真倒而非假倒。唐伯虎竖指称妙，接着吟出下联："刘伶饮尽不留零。"刘伶乃西晋"竹林七贤"之一，谐音"留零"，说明会春楼酒好，喝得点滴无余。会春楼挂上此联后，引来不少客人光顾，生意甚好。

《水浒传》中的蒋门神在孟州开了个河阳风月酒店，两边悬联："醉里乾坤大，壶中日月长。"酒香诱人，经久不散，且豪霸之气四溢，胆怯者谁敢光顾？《红楼梦》中秦可卿房里挂的《海棠春睡图》中有一酒联："嫩寒锁梦因春冷，芳气袭人是酒香。"暗指秦可卿艳色逼人、酡颜春醉的睡态，颇有几分暧昧情色。明代话本小说中，才子佳人对酌，"三杯竹叶穿心过，两朵桃花脸上来"，佳人脸泛红晕，"茶为春博士，酒是色媒人"，于是，动了春心，四目相对，便演绎了一段风流韵事。

酒联风味各不相同，浓淡相宜，可见撰联者的趣致和性情。

有的酒联诗意盎然、情趣浓郁，乱世英雄曹操"对酒当歌，人生几何"，胸襟豁朗，不愧为一代枭雄。明代画家徐渭"无求不着看人面，有酒可以留客谈"，狂狷之态逸出。现代作家郁达夫自诩"曾因酒醉鞭名马，生怕情多累美人"，风流蕴藉不输古人。还有人集唐宋诗妙连成联："劝君更进一杯酒，与尔同销万古愁。"前句是王维《送元二使西安》的名句，后句出自李白《将进酒》，大有慷慨悲歌、壮士不归的豪气。有酒联云："秋月春花名士酒，青山绿水美人箫。"士大夫饮酒听美人吹箫，赏心悦目，志得意满。"酒杯在手六国印，花雾上身一品衣"。同样是一派洋洋自得，矜夸之色油然而出。申涵光书房有副对联："学古之志未衰，每晨必拥书早起；干世之心已绝，无夕不饮酒高歌。"大有看淡功名、出世离尘之心，透出的是颓然消沉之气。

有的酒联趣随境迁，浑然天成。杭州平湖秋月有一家仙乐处酒楼贴联为："翘首仰仙踪，白也仙，林也仙，苏也仙，我今买醉湖山里，非仙也仙；及时行乐地，春也乐，夏也乐，秋也乐，冬来寻诗风雪中，不乐亦乐。"少林寺前酒馆联云："四大皆空坐片刻，无分你我；两头是路喝几杯，各自东西。"浙江嘉兴县东兴酒店门前一联曰："东不管西不管酒管，兴也罢衰也罢喝罢。"倾尽一番消闲之心。

有的酒联哲理深涵、予人启迪。"共对一樽酒，相看万里人"、"一醉千愁解，三杯万事和"，是饮酒寄兴，功夫在诗外，所谓"醉翁之意不在酒也"。"交宜小心，须知良莠难辨；酒莫过量，谨防乐极生悲"。"陶潜善饮，易于善烹，饮烹有度；陶侃惜分，夏禹惜寸，分寸无遗"。这两联都是在规劝饮者要喝酒有度，适可而止，不伤友情，不伤身体，才算喝到好处，才是一种享受，才能品出真正的酒味。

● **知识链接**

换位：为了某种需要，对联故意将句子中的词语作对换位置的一种修辞方法。抗日战争时期，由于国民党反动派采取不抵抗政策，致使日寇长驱直入，中华民族陷入水深火热之中。可国民党军队却一退再退，大吃大喝。当时有人写一副对联讽之："前方吃紧，后方紧吃。"通俗直白、语句精短，仅八个字，一个"前方"，一个"后方"，一个"吃紧"，一个"紧吃"，便形象地描绘了当时的两种势态。上联"吃紧"指情况紧张，下联做了一下换位，则变为大吃大喝、不可终日的意思。稍动一字，差之千里。从中不仅领会作者遣词之妙，同时，也悟到了中国汉字的神奇魔力，因此，好联不在辞众，而在意法之妙。

# 入口方知气胜兰
## ——茶联

以茶入联、文墨相兼的体裁便是茶联。茶联的出现至迟应在宋代，目前有记载且数量较多是在清代，尤以郑板桥为最。

郑板桥能诗善画，既喜品茗，又懂茶趣，一生写过许多茶联。考举人之前，他曾在镇江焦山别峰庵苦读。焦山位于长江之中，满山苍翠，风光宜人，郑板桥"汲来江水烹新茗，买尽青山当画屏"，见"楚尾吴头，一片青山入座；淮南江北，半潭秋水烹茶"，心胸为之一阔。在四川青城山天师洞，他"扫来竹叶烹茶叶，劈碎松根煮茶根"，过着清贫而自尊的平淡日子。40多岁时，他来到仪征江村故地重游，在家书中写道："此时坐水阁上，烹龙凤茶，烧夹剪香，令友人吹笛，作《梅花落》一弄，真是人间仙境也。"品茗风雅不减当年。他为扬州青莲斋题联："从来名士能评水，自古高僧爱斗茶。"这其实也正是他人生的写照。郑板桥生性豁达，落拓不羁，不慕名利，只求"茅屋一间，新篁数竿，雪白纸窗，微浸绿色。此时独坐其中，一盏雨前茶，一方端砚石，一张宣州纸，几笔折枝花，朋友来至，风声竹响，愈喧愈静"，而"最爱晚凉佳客至，一壶新茗泡松萝"，在他看来，只要与翠竹、香茗、书画和挚友相伴，再清贫的日子也是人生至乐。

如今，茶馆、茶楼、茶园、茶亭的门庭或石柱上，茶联随处可见，佳茗香气浓郁，泛在茶上的逸事趣闻使茶色更醇厚更深酽。

传说清代学者阮元游平山堂，寺庙方丈将阮元当做一位普通游客，只说了一声"请"，又对下人说"茶"。随之与阮元交谈，觉其出语不凡，便改了口气，道声"请坐"，又吩咐下人去"泡茶"。当他知道来人是大学士阮元时，忙不迭地说"请上坐"，催下人要"泡好茶"。阮元临走时，方丈求墨宝，阮即出一联："坐、请坐、请上坐；茶、泡茶、泡好茶。"活脱描绘出一个前倨后恭的势利者形象，方丈看完，神情十分尴尬。

洪承畴以先朝重臣降清，又死心塌地辅佐清廷，为时人所不齿。他告老回到福建南安老家，谷雨日与一位客人对弈。丫鬟上来送茶，客人饮罢，只觉清香扑鼻，随口道："我道茶香味这样浓，原来是雨前茶！"洪承畴便信口吟出一对："一局棋枰，此日几乎忘谷雨。"客人缓缓对答："两朝领袖，他年何以别清明？""两朝领袖"指洪承畴在明清两朝都做大官。"别清明"与上联"忘谷雨"相对，谷雨、清明都是阴历节气，实是嘲讽洪承畴受明恩却降清朝，何谈清明？洪承畴听后，不觉面红耳赤，无言以对。

茶联因传说流传千百年，也因其中的奇巧机智让人口有余香。

清乾隆年间，广东梅县叶新莲曾为茶酒店写过这样一副对联："为人忙，为己忙，忙里偷闲，吃杯茶去；谋食苦，谋衣苦，苦中取乐，拿壶酒来。"联语通俗易懂，辛酸中有谐趣。

清末民初，广州的大同茶楼为招徕顾客悬赏征联，要求联中必须嵌入"大、同"二字，并蕴品茗之意。当时应者无数，最后入选的是："好事不容易做，大包不容易卖，针鼻铁，薄利只凭微中削；携子饮茶者多，同父饮茶者少，檐前水，点滴何曾倒转流。"联中巧妙嵌入"大、同"二字，既品茗，又述以经商之道，深得店主人的欢心。于是，店家将这副联语用良木雕刻，悬于门上。自此，大同茶楼门庭若市，生意兴隆。

抗日战争时期，西安莲湖公园中的奇园茶社门上贴着一副对联："奇乎？不奇，不奇亦奇！园耶？是园，是园非园！"上下联第一字把"奇园"二字分别嵌入，别有情味。然而，当时人们并不了解其中真意，直到后来才明白，原来该茶社是我地下党梅永和建的一个秘密交通站。抗战时，重庆某茶馆亦有一联："空袭无常，贵客茶资先付；官方有令，国防秘密休谈。"感伤时局，隐刺官家，令人啼笑皆非。

重庆嘉陵江茶楼一联立意新颖、构思精巧："楼外是五百里嘉陵，非道子一笔画不出；胸中有几千年历史，凭卢仝七碗茶引来。"绍兴驻跸岭茶亭曾挂联："一掬甘泉，好把清凉洗热客；两头岭路，须将危险告行人。"措辞含蓄，寓意深刻，甘泉佳茗带给路人一缕清香，人生旅途却到处充满艰险。上海天然居茶联更是匠心独具，顺念倒念都成联："客上天然居，居然天上客；人来交易所，所易交来人。"另外如"趣言能适意，茶品可清心"，回读则为"心清可品茶，意适能言趣"，妙趣横生。

广东潮阳的海潮古刹倚西岩山而立，古寺有一眼泉井，叫"问潮井"，井边一块石碑上刻着一副独脚联："吾乡陆羽茶经不列名次之泉。"据说此联出自清代一位才子之口。那位才子游历至此，喝了用井水冲泡的香茗后赞不绝口，口占一联，说井中泉水虽未被茶圣陆羽记在《茶经》中，却是甘美异常，品味悠长。吟后却找不到下句，只得饮恨而去。此后，慕名前来应对者不少，却没有一人对上。此茶联也堪称一绝了。

茶联中到处流溢着清雅气息。"欲把西湖比西子，从来佳茗似佳人"，品茗就像欣赏对面坐着的美人，说不出的适意，还有一丝春情泛滥。"美酒千杯难成知己，清茶一盏也能醉人"，只有清茶一杯，与友人对酌，其味入腑，其情醉人，襟袖飘香。"熏心只觉浓如酒，入口方知气胜兰"，原来茶便是这般芬芳，"小天地，大场事，让我一席；论英雄，谈古今，喝它几杯"。"来为利，去为名，百年岁月无多，到此且留片刻；西有湖，东有畈，八里程途尚远，劝君更尽一杯"。"客至心常热，人走茶不凉"。茶最慰心，茶最清心。

书法家启功说得好："若能杯水如名淡，应信村茶比酒香。"相信人生淡泊若此，再平淡的日子也会隆起声色。

施茶亭位于浙江丽水市遂昌县。此亭建造据说源自于"斗茶"习俗，故又名斗茶亭。长濂村人传承遂昌农村乐善好施的传统习俗，用遂昌特产茶叶招待到访旅客并进行茶艺表演。

● 知识链接

　　反语：即将意义相同或相反的两个或几个词组成对联，从而产生一种既相互矛盾又相互统--的效果。这种手法在对联中极为常用。它含蓄有味，能增强讽刺性和幽默感。例如，在军阀混战时期，南京城内有人写了这样一副春联："许多豪杰，如此江山。""豪杰"本意指才能出众的人，但联中却指的是那些割地分封的军阀；"如此江山"原为褒意，在这里喻为军阀混战中的破碎山河。再看下面这副对联："红黑炭火，烫冷热美酒，名传远近；大小布匹，裁老少新装，美化短长。"这是为一门两店写的对联，一店是酒馆，一店为裁缝铺。作者抓住两种事物的特点发挥想象，使生意性质得到了升华。可以说，这是一副运用技巧非常高妙的反语对联。

# 国老使君千年健
## ——中药联

　　中草药和中医是中国的国粹，又因中草药品种繁多，药名五彩斑斓，多含双关语意，许多人便借来作联，意在制造一种奇趣和佳境。

　　某县有两家药材铺，两家的老板一个是丧妻的鳏夫，一个是丧夫的寡妇。同行同病相怜，寡妇热心为鳏夫做媒，不料媒未做成，寡妇却对鳏夫有了意思，又不知鳏夫心意如何，便用信封装了两片陈皮，写下一联试探："红娘子陈皮两片。"老鳏夫拆信一看，知寡妇心事，也选了一根硕大的熟地装好，并对下联回复寡妇："白头翁熟地一条。"上下联都以药名为对，一语双关，耐人寻味。两人心思默契，很快就结成秦晋之好。

　　有个老郎中膝下无子，只有一个如花似玉的女儿。转眼女儿到了婚嫁年龄，老郎中一怕自己医术失传，又舍不得女儿离开自己，于是便和女儿商定以药联择婿。他出了个上联贴在门旁："金叶银花一条根。"药联贴出后，许多求婚者乘兴而来，可是看了上联后却对不出下联，只得扫兴而归。一天，来了一个年轻人，挥笔就在门旁写出下联："冬虫夏草九重皮。"老郎中见这位年轻人出手不凡，当即又在门旁题一上联："水莲花半枝莲，见花照水莲。"年轻人稍加思索，提笔书写道："珍珠母一粒珠，玉碗捧珍珠。"老郎中看了，心中暗喜，却不紧不慢，又出一个上联："白头翁牵牛耕熟地。"年轻人又对道："天仙子相思配红娘。"在场人看了无不拍手喝彩。老郎中更是喜上眉梢，当下拍板，选定年轻人做自己的徒弟和女婿。

　　苏东坡在杭州任知府时，城西有个庞家庄，庄主庞安时性格豪爽，扶困济贫，好善乐施，是远近闻名的一位老中医，与苏东坡交往甚厚，他们经常在一起谈诗论对，切磋医学。一天，庞中医到苏府拜访东坡，看见书房门旁新挂了两只灯笼，不由得诗兴大发，随口吟出一上联："灯笼笼灯，纸（枳）壳原来只防风。"苏东坡正好迎出门来，听了略一沉思，立刻心领神会，随即续出下联："架鼓鼓架，陈皮不能敲半下（夏）。"二人相视大笑，携手走进后院，庞中医看见园中生长的翠竹葱绿苗壮，灵机一动："烦暑最宜淡竹叶。"苏东坡随口对道："伤寒尤妙小柴胡。"二人品茶谈天，庞中医抬头看见园中玫瑰开得娇媚，触景生情，又出一联："玫瑰花开，香闻七八九里。"东坡听了，未加思索，也脱口而出："梧桐子大，日服五六十丸。"庞安时坐了一会儿，告辞出来，随口又出一联："神州到处有亲人，不论生地熟地。"东坡含笑而答："春风来时尽看花，但闻藿香木香。"二人所对联中的枳壳、防风、陈皮、半夏、竹叶、柴胡、玫瑰花、梧桐子、生地、熟地、藿香、木香都是中药名，对得工整和谐，妙趣横生。

苏小妹之女自己做主嫁给了一个家境贫困却才华横溢的秀才。一天，苏小妹顶着风雨去探望女儿，见室内摆设虽简陋却有条不紊，便指着窗台摆的海棠花问女儿："半窗红花为防风雨？"女儿马上答："一阵乳香便知母来。"上联用红花、防风两味中药询问女儿生活状况，下联也用乳香、知母两味中药巧妙相对，蕴含母女情深，还有撒娇的意味。后来，苏小妹见女儿生活虽然清苦，但夫妻相亲相爱，便放心离去了。

明朝解缙从小才华出众，善于吟诗作对。一次，他到药店买药，店主一面算钱一面随口吟出一句："但愿世间人长寿。"他在柜下接道："何妨架上药生尘？"店主听后一惊，见是个小童，就又念出一句试探："红花红豆红孩子。"小解缙爽快地回答："白果白梅白头翁。"联中以三味中药名作对，白对红，妙不可言。店主深为惊异，再以联试之："我这里济世救人，葫芦久贮长生药。"解缙略一思索便应："贵宝号解危治病，金鼎常炼不老丹。"店主欣逢对手，欲罢不能，指着药橱说："敝店熟地经营，利生五倍。"解缙忙深施一礼："祝贺淮山贸易，财发千金。"店主连连称奇，索性连药钱都给他免了。

药联多用拟人手法，但要做到内容贯通，无斧凿之痕，并非易事，巧妙化用才见灵气和创意。

传说唐懿宗出中药名"白头翁"为上联求对，国子监助教温庭筠当即以"苍耳子"应对，对仗工整，雅俗共赏，饶有风趣。四川内江仁和堂老铺门旁悬挂一副隶书木刻金字楹联："熟地迎白头，益母红娘一见喜；淮山送牵牛，国老使君千年健。"将熟地、白头翁、益母草、红娘子（灰蝉）、一见喜（穿心莲）、淮山、牵牛子、国老（甘草）、使君子、千年健十味中药名，用"迎"、"送"两字串联起来，对仗工整，颇为得体。

看这一联："白头翁，持大戟，跨海马，与木贼草寇战百合，旋复回朝，不愧将军国老；红娘子，插金簪，戴银花，比牡丹芍药胜五倍，从容出阁，宛如云母天仙。"此联分别嵌入九味中药名，借药名叙事抒情，风雅别致，诙谐多趣。这么多药名组成联语却毫无堆砌杂乱之感，反而熨帖自然，相得益彰。一刚一柔，一文一武，老将战功赫赫、威风八面，少女雍容娴雅、貌若天仙。联中"持"、"跨"、"插"、"戴"、"胜"等字用得形象鲜活。全联构思奇特，独具匠心，历来为人所称道。"栀子牵牛犁熟地，灵芝背母入常山。"全联用六种药名成对，"背母"即"贝母"，"常山"既是药名又是县名，联中只缀入"犁"、"入"二字，便组成了两个拟人化的生动句子，结构工整，平仄无差，浑然成对，趣味盎然。

中药联或写景状物，或寄意述志，或答问警勉，或讥诮谐谑，尽展斡运曲折之奇。

晚清黄遵宪写过一副言志联："药是当归，花宜旋覆；虫还无恙，鸟莫奈何。"借四种花鸟草虫抒发归隐后的复杂心态。"当归"即中药当归，"旋覆"即中药旋覆花，"无恙"为虫名，"奈何"即杜鹃。联语中的当归、旋覆、无恙、奈何均为双关词，由字而引伸出双关寓意，以抒发不甘寂寞、与命运抗争的心志。而"寄奴无远志，知母便当归"、"当归方寸地，独活世人间"中用寄奴、当归、独活等中药言志抒怀，很有励志意味。江南某古城药店有一副对联："携老，喜箱子贝（背）母过连翘（桥）；扶幼，白头翁时（拾）子到常山。"此联共嵌六味中药：喜箱子、白头翁、常山、贝母、连翘、时子。此联像讲一个携老爱幼的故事，形象生动。

其实，还是湖南衡阳花药寺的刻联最直截了当："苍天本无知，花雨焉能解结习？众生徒多事，药石岂可疗贫穷？"药王庙戏台联更是一针见血："名场利场无非戏场，做得出泼天富贵；冷药热药总是妙药，医不尽遍地炎凉。"药能治病却不能救贫，无论对联怎样用中药设局制谜，也只是一种文字游戏，权作消遣之用。所以鲁迅说"医学并非一件紧要的事情"，只有唤醒沉睡麻木的心灵，才是复兴中国之良方。他也正是以改造中国人的思想为己任，弃医从文，成为一名叱咤文坛的斗士。而民主革命家孙中山先生弃医从政，身体力行，与军阀展开艰苦卓绝的斗争，终于推翻了几千年的封建帝制，实现了他民主救国的宏愿。

● **知识链接**

中草药联韵：里对表，皮对毛，甘草对苦蒿。枣皮对枳壳，磁石对芒硝。熟地黄，生石膏，苦楝对辣蓼。花粉小乌头，锦纹大红袍。防己续断为独活，附子寄生靠人胞。金樱子蜕衣一把伞，徐长卿昆布三晋刀。马兜铃响使君子当归，石指甲破金佛手连翘。根对芽，叶对花，扁豆对木瓜。桂枝对桔梗，地榆对天麻。夜交藤，合欢花，赭石对朱砂。射干一枝箭，益母九节茶。茯神难敌大力子，黑丑偏娶金银花。女贞子仙茅佩龟板，红孩儿大戟披鳖甲。山豆根穿破石越寸冬，路边黄开金锁过半夏。

# 只道世间无苦海
## ——烹调联

中国烹饪文化源远流长，以烹调为内容的对联经巧思妙构，有滋有味，溢出古色古香。

"四季色香调羹鼎，八珍美味协阴阳"。此联古朴典雅，不仅道出传统烹饪所注重的色、香、味、美，更指出其目的是为"协阴阳"，也指出烹饪所需的物料：四季色香、八珍美味。

清代京城一个小酒馆贴着一副对联："客上天然居，居然天上客；人过大佛寺，寺佛大过人。"据传，当年乾隆皇帝微服私访，在京城偏僻小巷看到一家叫"天然居"的酒店，店虽小却很洁净，店名也别致，便进店就餐。饮菜倒也整齐，烹饪得有滋有味。乾隆吃得胃口大开、诗兴大发，挥笔写出上联："客上天然居，居然天上客。"正为下联伤脑筋时，随行的纪晓岚已经对出下联："人过大佛寺，寺佛大过人。"此事很快传遍京城，成为轰动一时的佳话。天然居也因此门庭若市，文人墨客更是往来不绝，生意十分红火。

从前，北京郊区有一饭馆张联一副，构思巧妙，读来别有滋味："烹调五味供甘者，掇拾群芳补太和。"这副烹调联很有名，甘者指美味佳肴，太和指人体元气。阐述了烹调理论（五味调和）、烹调选料（掇拾群芳）、烹调效果（补太和），言简意赅，表现力极强。

杭州西湖莼菜馆有一副妙联："忆到新莼鲈可脍，时陈香稻蟹初肥。"《世说新语》载，晋代的张翰在洛阳为官，秋风乍起，突然忆起家乡苏州的莼菜和鲈鱼，于是叹道："人生贵得适意尔，何能羁宦数千里以要名爵！"遂命驾而归。为了想吃莼菜鲈鱼羹，甚至弃官不做，实在天真得可爱。此联妙用典故，亲切随和，让人涌起思乡之情。

成都青城山张天师洞饭堂有一联："扫来竹叶烹茶叶，劈开松根煮菜根。"这是郑板桥撰写的妙联，世称绝品。联语就地取材，随手拈来，清新质朴，刻画出道教祖师的生活情景。细品之，其味馨香，其韵淡雅，超凡脱俗，不免心生归隐之意。

有一酒楼贴一副联："刘伶借问谁家好，李白还言此处香。"巧借酒仙、诗仙之问答招揽顾客，因之多有饮者前来买醉。另一联云："座上不乏豪客饮，门前常扶醉人归。"同是矜夸之词，意在勾起顾客饮酒兴致。

宋代京城开封一家酒楼办得红红火火，为了吹嘘饮酒可以"一醉解千愁"，便张挂了一副生动易懂的集句联："劝君更进一杯酒，与尔同销万古愁。"上联取自唐代诗人王维《送元二使安西》中的名句，下联摘自诗仙李白的《将进酒》。妙手拈来，浑若天成。

过去潮州有家韩江酒楼，张贴的对联别致新颖："韩愈送穷，刘伶醉酒；江淹作赋，王粲登楼。"韩愈是唐代文学家，写过《送穷文》。刘伶是西晋"竹林七贤"之一，嗜酒佯狂。江淹是南朝梁代文学家，擅作赋。王粲为汉末"建安七子"之一，著《登楼赋》。对联妙用四位古人的典故，首冠"韩江"，尾嵌"酒楼"，恰好是这家酒楼的字号，妥帖自然，因而脍炙人口，广为传颂。韩江酒楼也名声大振，顾客慕名而至，生意火爆。

将烹调入联，不仅是装点门面、招揽生意，也是借此寓意人生、开悟世人。

古都长安鼓楼街有一家饭庄，老板请秀才撰一联，此联含双关意："治若烹鲜惟庄子，才同宰肉有陈平。"借用烹调表达丰富含义。《老子》一书中夸庄子才高，说他"治大国若烹小鲜"；《史记》中说宰相陈平年轻时曾为全村人分肉，分割得十分均匀，并自谓，若"得宰天下，亦如是肉"。上下联都是以厨师高超的烹饪技艺，暗示了一种从政治国的才能，比喻贴切，可谓匠心独运。故有人也据此撰联："或能治大国，不辞烹小鲜。"

安徽定远县城隍庙有一副妙联有色有味："泪酸血咸，悔不该手辣口甜，只道世间无苦海；金黄银白，但见了眼红心黑，哪知头上有青天。"联中道出人生原是酸咸辣甜苦五味俱全，只愿世间少苦多甜，贫者不贫，忧者不忧；奉劝做官的怀揣一颗慈悲心，对人不可残暴，见钱不可眼开。全联省人劝世，耐人品哂。

清代才子袁枚倡导作诗应书写性情，切忌虚假和庸俗，其"性灵说"影响了不少的文人。他所作之联一如其诗，悠游灵动，风致清扬。他有一副自题联："柴米油盐酱醋茶烟，除却神仙少不得；孝悌忠信礼义廉耻，没有铜钱可做来。"神仙可以不食人间烟火，世人一定要像吃饭喝茶一样，时时进补道德的营养。只不过，这样的精神大餐却不费一文钱，于人于己都是一种茶余饭后的享受，那又何乐而不为呢？

"君试思世变何如哉？横流沧海，频起大风波，河山带砺是谁家？愿诸生尝胆卧薪，每饭不忘天下事；士多为境遇所累耳！咬得菜根，才算奇男子，将相王侯宁有种？看前哲断齑画粥，读书全靠秀才时。"这副对联是清代的吴熙题湘潭昭潭书院饭厅。全联波涌浪推，似江河一泻千里，尽吐肺腑之言：勾践卧薪尝胆才实现复国大计，一雪亡国之耻；好男儿要咬住菜根，每饭不忘匹夫之责，珍惜时间，成就一番伟业。语重心长，感慨良多。

佳肴，美酒，妙联，烹调联使饮食更具文化意韵。品尝美食的同时，也是在品味人生。人间至味是清欢，味蕾经过五味杂陈，最后渴望的却是一杯清水。菜根虽淡，却愈嚼愈香。人生如此，爱情如此，友情如此，处世如此。其实，只要记住"惜福"二字，就不会浪费一粒粮食，也就不会丢掉一身品德。

● **知识链接**

绕口：采用汉语一字多音、异字同音的特点组成复杂的有趣联语，以造成变读绕口的效果，这种制联方法称作绕口法。

如"屋北鹿独宿，溪西鸡齐啼。"据说这是一位叫徐晞的文人和太守的应对。出句为太守求对联，对句是徐的即兴应对。出句除"北"外，其他字的韵母都是"u"，下联字的韵母都是"i"。对句高出句一等，内容更为丰富自然。清代楹联大家梁章钜写过一副联："客来醉，客去睡，老无所事呼可愧；论学粗，论政疏，诗不成家聊自娱。"此联为押韵对，只是对句的"娱"押"ü"韵，与"粗"、"疏"相比，稍有变韵之嫌。再如："游西湖，提锡壶，锡壶掉西湖，惜乎锡壶；寻进士，遇近视，近视中进士，尽是近视。"上联"西湖"与"锡壶"两个截然不同的词却声韵相同。下联"进士"、"近视"也然。作者采用了同音异词之妙，组装成联，使二词相互关联，读之上口，又别有情趣。

# 露花倒影柳三变
## ——姓氏联

传统楹联艺术中，巧嵌人名、妙拆人名，意趣横生，足见中国文字独有的魅力。据说最早的姓氏联是宋代庄绰《鸡肋篇》中所记的两副全以姓名组成的对联，第一联为"崔度崔公度，王韶王子韶"，第二联为"马子山骑山子马，钱水衡盗水衡钱"。

传说某地朱、项两大家族相邻，常为炫耀家族尊贵而争风吃醋。有一年，朱家在门上贴一副醒目的楹联："两朝天子，一代圣人。"上联指梁朝太祖朱温和明代开国皇帝朱元璋，下联指宋代理学家朱熹，时人称其为"亚圣"。项家见此，不甘示弱，立马重金征得一副妙联："烹天子父，为圣人师。"上联指项羽用大鼎煮死汉高祖刘邦的父亲，下联指圣人孔子曾经拜项橐为师，两人的声望均高过朱姓的前辈。朱家人看到后气得七窍生烟，却也无可奈何。

明万历年间，艾自修与张居正同科中举。艾名列榜末，旧称背虎榜。张便嘲笑他："艾自修，自修自修，白面书生背虎榜。"极尽刻薄。当时就把艾自修气得倒仰，一时无语，却记恨在心。后张居正做了宰相，传言他与皇后关系暧昧。艾自修灵机一动，拟出下联："张居正，居正勿正，黑心宰相卧龙床。"用词狠辣，总算报了一箭之仇，一雪多年心头之恨。上下联皆巧妙嵌入"自修"与"居正"名，重复使用"修"、"正"二字，对仗工稳，堪称绝对。不过，以二人的名望地位，如孩童般斗气拌嘴，确实有失身份。

这样的对联只是逞一时之气，泄一己私愤，有伤和睦，不值得提倡。对联不光讲"智"，也应重"理"和"趣"，如此才会使中国文字绚烂多彩，且深具文化内涵。

如"赵"姓就有一副妙联："常山骄子英雄胆，松雪道人绝妙书。"嵌入三国勇将赵子龙和元代书画家赵孟頫（号松雪道人）之姓名，天缘巧合。与此相似，"曹"姓楹联用"野田黄雀行千里，芹圃红楼梦百回"来隐示，因为"野田黄雀行"是曹植的诗句，《红楼梦》是曹雪芹之作，嵌二人作品入联，暗寓曹姓，既炫人又极具华采。

看这一联："沈醉于东海西湖南州北国之游，梦里溪山尤壮美；括囊乎天象地质人文物理之学，笔端谈论自纵横。"嵌有"沈括梦溪笔谈"，将《梦溪笔谈》的内容和沈括创作情况做了简要的介绍。"学士青莲，尚书红杏；中郎绿绮，太史黄庭。"此联用四位文人学士与四种颜色相配，色彩斑斓，风雅十足。宋代女词人李清照撰过这样一副妙联："露花倒影柳三变，桂子飘香张九成。"柳三变即柳永，和张九成都是宋代词人；"露花倒影"是柳永的词句，"桂子飘香"是张九成的文句；"成"和"变"皆为我国古代乐理名词。人名相对，数字相配，可知此联平仄对仗天衣无缝，喻事也相得益彰。

清代才子纪晓岚祝贺表兄牛稔文娶儿媳的贺联也很巧妙："绣阁团圆同望月，香闺静对好弹琴。"暗嵌"牛家喜婚"之意，用了"犀牛望月"和"对牛弹琴"的典故，堪称妙联。

明代文坛"前七子"之首李梦阳督学江西时，见一生员之名与自己相同，便有些不悦，即以战国名相蔺相如和西汉辞赋家司马相如为题出联难之："蔺相如，司马相如，名相如，实不相如。"意思是说两个相如名同水平却不可等量观之。生员知其话外音是说自己不自量力，即以战国魏无忌与唐代功臣长孙无忌为题对出下联："魏无忌，长孙无忌，彼无忌，此亦无忌。"是说他们没有忌讳，你又何必忌讳呢？李梦阳听了暗暗称奇，又出一联考之："杜诗汉名士，非唐朝杜甫之杜诗。"话音刚落，生员即说出下句："孟子吴淑姬，岂邹国孟轲之孟子。"李梦阳转怒为喜，点头称赏，后来还举荐他入了仕途。

"季子敢言高，仕未在朝，隐未在山，与吾意见大相左；藩臣独误国，进不敢攻，退不能守，问他经济有何曾？"这副对联乃曾国藩与左宗棠戏做，上联含左宗棠（字季高），下联隐曾国藩。

"有客如擒虎，无钱请退之。"这副对联是宋代一人某年除夕为京口韩香所作。擒虎，指隋朝大将韩擒虎；退之，指唐文学家韩愈（字退之）。上下联均切韩姓。

明臣黄道周被清军俘虏后，投降了清朝的洪承畴去牢里看他，他闭目不见。洪承畴无奈离开，黄道周举笔疾书一联："史笔流芳，虽未成名终可法；洪恩浩荡，不能报国反成仇。"上联嵌入"史可法"，下联以谐音字嵌"洪成仇（承畴）"三字，一忠一奸，两相对照，发人深思。

李自成年少时即很有才学，为乡人所称誉。而当时的知府大人冯驯对此很不以为然。他让人把李自成叫到府衙，并出一上联，让李自成当场作对。他所出的上联为："冯二马，驯三马，冯驯五马诸侯。"这则上联嵌入了"冯驯"二字，并分别拆成"二马"和"三马"，二者加起来为"五马"，而"五马诸侯"在古代是知府、太守一级官员的别称，复指自己名字，意颇自得。李自成听完上联后，大声对出了下联："伊有人，尹无人，伊尹一人元宰。"下联嵌入了商代开国贤相"伊尹"的名字，而"伊"字有一"人"，"尹"字无"人"，二者加起来还是"一人"，"一人元宰"比起"五马诸侯"权位不知要高出多少倍。堪称天衣无缝、妙趣天成。

清朝道光初年，大臣赵礼甫与叶延琯相处莫逆。一天，赵礼甫出一上联让叶延琯对："马宾王，骆宾王，马骆各宾王。"马宾王名马周，宾王为其字，和骆宾王都是唐朝初年人，前者是朝中大臣，后者是文学家。联中用"各"字巧妙地把两个"宾王"联系在一起，且"马、各"二字合而为"骆"字，别具匠心。叶延琯绞尽脑汁也没对出下联。一直到了道光三十年乡试之时，皇上派大臣龙僖和龚宝莲分别出任贵州与云南两省的主考官。此事使叶延琯猛然想起30年前的绝对，叶灵机一动，终于对出下联："龙主考，龚主考，龙龚共主考。"该下联用"共"字把两个"主考"连在一起，且"龙、共"二字合为"龚"，兼之云贵两省相邻，龙龚二人同科，遂使"共"字进一步坐实。真可谓珠联璧合，妙手偶得。

1932年，民国才子易君左写了一本《闲话扬州》，讽刺扬州人说话啰嗦。此册行文不失严谨，引发扬州人的不满。最后易君左登报向扬州人道歉，上海中华书局将全部印好的《闲话扬州》销毁，了了此公案。事后，有好事者撰了半副对联："易君左，闲话扬州，引起扬州闲话，易君左矣。"不少人续撰下联，有一联续得最好："林子超，国府主席，何尝主席国府，林子超然。"国民党元老林森，字子超，原任南京国民政府立法院副院长，1931年12月，蒋介石辞去国民政府主席，林任代主席，却无半点实权，实权仍操控在蒋手上。而林非常超脱，不与蒋争权。这副下联与上联契合得天衣无缝，所对亦系真人实事，真乃奇对。

1937年，时任国民党第二战区司令官的阎锡山到无锡游览，登上锡山后想出一个上联："阎锡山过无锡登锡山锡山无锡。""无锡锡山山无锡"本是一个旧联，阎锡山改造后一连出现三个"锡山"、两个"无锡"，而且又是人名又是地名，一时竟无人能对。1945年，《新华日报》华中社社长范长江随陈毅到安徽采访，到达天长县时，灵感突至，对出了阎锡山的绝对："范长江到天长望长江长江天长。"用了三个"长江"和两个"天长"，同样既有人名也有地名，完全符合上联的要求，而且气势恢弘，真可谓神来之笔。

近代革命者焦达峰在日本时曾自题一联："达向九霄云路低，峰高五兵从山低。"上下联首分别嵌入其名"达峰"二字，联语大气磅礴，表达了革命者勇往直前、战胜困难的革命精神。抗日战争时期，有人用作家、画家的名字合为一联："齐白石，傅抱石，老石少石，两石画坛同凸兀；许地山，欧阳山，前山后山，双山文苑互峥嵘。"1938年，郭沫若夫人于立群写了一副慧心独具的嵌名联："立德立言乃是立功之本，群有群享既从群治得来。"这副对联中三次嵌入作者的字，不落俗套，称为佳联。

● 知识链接

撰联名家彭元瑞（1731～1803），字芸楣，一字辑五，江西南昌人。乾隆二十二年（1757）进士，官至吏部尚书。著名学者，工联语，为皇上赏识，曾经巧对乾隆出联："氷冷酒，一点水，两点水，三点水；丁香花，百人头，千人头，万人头。"可谓工巧绝伦。彭元瑞题蒋士铨书房联历来为人称道："何物动人，二月杏花八月桂；有谁催我，三更灯火五更鸡。"写为金榜题名而发奋读书，艺术地反映了科举时代封建知识分子的普遍心态，今天从珍惜时光、热爱生命、励志勤学的角度去看，仍不失其借鉴意义。西湖岳飞墓及于谦祠各有彭元瑞所撰联，语皆悲壮，"则史评也"（梁章钜语），题岳飞墓联云："旧事总惊心，阶前桧贼；感时应溅泪，庙侧花神。"题于谦祠联云："赖社稷之灵，国有君矣；竭股肱之力，死以继之。"又有赠乐清林联："三千水击鹏冥北，百二峰环雁荡南。"气势非等闲可比，"鹏冥"对"雁荡"，于工稳中见一种浩然之气。

# 不教斯人独憔悴
## ——理发联

理发店经常贴上一副对联，以招揽顾客，使生意兴隆、人气更旺。理发联具有职业特色，也别有寓意。

旧时理发店常贴出这样的对联："手中施巧技，头上见奇能。"道出行业特点，理发师只施手上功夫，头上便有新气象。"进店来乌云秀士，出门去白面书生。"语言形象，同是一人，前后面目全非。另有一副长联更是娓娓道来："理世上万缕青丝，操毫末技艺，不教斯人憔悴，古今中外离不得；创人间头等事业，习顶上功夫，能使头面一新，男女老少尽开颜。"看此联："虽是毫末技艺，实属顶上功夫。"语义双关，和前联有异曲同工之妙，却更具诙谐意味。新社会的理发联迥然不同："不教白发催人老，更喜春风满面生。"理发者经过一番改头换面，面貌豁然一新。"新时期从头做起，旧面貌一手推平。"语意双关，胆气横生，反映着白手建设新世界的理想和信心。

清朝画家董邦达曾为北京一家理发店题写对联："到来尽是弹冠客，此去应无搔首人。"某亲王见后大加赞赏，从此董邦达闻名京师，许多人都来求其字画。这副对联立意新颖，"弹冠客"隐喻为官者，顾客理发前"弹冠"，理发后"搔首"，形象生动，剪去烦恼丝，当官有望，万事如意，弹冠相庆，就不用再搔首了。

理发，日常生活小事，却成了一种借喻，表明着开创新世界的决心，蓬勃着英雄征服天下的霸气。

太平天国的翼王石达开曾经为理发店题联："磨砺以须，问天下头颅几许？及锋而试，看老子手段如何？"该联意在言外，上下联全是反诘语气，诙谐风趣，气势凛然，足见英雄的非凡胆识和欲夺天下的壮志。

辛亥革命期间，某理发店贴一副联："握一双拳，打尽天下英雄，谁敢还手？持三尺铁，削平大清世界，无不低头！"借题发挥，看似在说理发者一人店中，不管平民还是英雄，均得剪下俯首，实是表明推翻帝制的决心和勇气。而"一双拳"不仅指操刀理发，却是誓在必得；"持三尺铁"亦不全指剪刀，另有用武装夺取民主革命的最后胜利之意。可谓匠心独运，气魄惊世。

抗日战争期间，冯玉祥将军为一理发铺题联："倭寇不除有何颜面对镜，国仇未报负此头颅为人。"比前者意思要直截了当，完全是要与日寇决一死战，国仇不报无颜再见家乡父老之意。此时，作者已不单纯是在理发，而是理清思路，抛却烦恼丝，志在复国，慷慨悲歌不次于荆轲"风萧争光兮易水寒，壮士一去兮不复还"的豪迈。读之，让人豪情纵天，一欲荷枪上沙场，以酬壮志。

值得一提的是，理发联是行业联的一个种类，而有一个人就写过许多精彩的行业对联，他就是晚清文学家钟云舫。他自号铮铮居士，传世联作约1 800余副，最长的为题四川江津的临江城楼联，被称为"天下第一长联"，时人将其誉为"江津才子"、"长联圣手"。他撰写的行业联不落窠臼，颇多意趣，且深蕴社会现实意义。他为雨伞店题联："虚心原具冲风力，瘦骨犹怀向日心。"为某笔砚店题联："一窥篆隶知秦汉，半向尘埃拾宝珍。"题棉织行："一纬须为嫠妇恤，半生常与布衣交。"题某米铺："果腹自当怜饿莩，终身何取弃糟糠。"题纸厂："半张莫使轻才士，五色还教重校书。"题医馆："国伤才属戕心患，民病终需刮骨疗。"题泥塑铺："神清只可须眉肖，世面原来傀儡多。"题绸缎铺："欲知世上丝纶美，试看机头组织工。"题镜子店："黑暗界有光明藏，往来人在水晶宫。"从这些对联可以看出，作者不仅描写各个行业的职业特点，也揭示了当时社会的诸般生活情状和众生百相，其中不乏一介书生忧国忧民的热血热肠。看似平常无奇的小小对联，却由此生发出不一般的文化蕴味，引人深思自省。

"职业原无贵贱，只要安心务正，就是他剃头唱戏缝衣裳，不算低下；品格应分高下，若是任意胡来，哪怕你做官为宦当皇帝，照样肮脏。"此联语言极恰，指出各个行业应该秉持职业道德。其实，这又何尝不是一句人生箴言，只有卑贱的人格，没有低贱的职业，将心放平放正，谁都会走出一个光明的未来。

● 知识链接

撰联名家朱彝尊（1629～1709），字锡鬯，号竹垞，浙江秀水（今嘉兴市）人，康熙十八年（1679）应博学鸿词，充明史篆修官，后以事罢职。他工诗词联语，是浙派词家的代表，其词师姜白石、张炎，字琢句炼，精工隽永。擅巧对，其联风与词风相近，如题浙江嘉兴山晓阁联："不设樊篱，恐风月被他拘束；大开户牖，放江山入我襟怀。"构思不同于一般风景名胜联，不直写景色如何，而从主体的行为写起，读后却能感到登楼可一望千里，而嘉兴风月无边，同时又体现出作者的博大胸怀。又除夕署门联云："且将酩酊酬佳节，未有涓埃答圣朝。"梁章钜说此联"脱尽名士习气"。又有题某地施粥厂联："同是肚皮，饱者不知饥者苦；一般面目，得时休笑失时人。"一语双关，寓意深刻，后世以名言视之。

# 生生不息话动物
## ——生肖联

对联中常见一些动物，很多人借此来调侃对方或者讥笑他人，所谓指桑骂槐、旁敲侧击也。

从前，几个秀才来闹洞房，想捉弄新娘。新娘看穿他们的用意，便出了一联："弄子弄狮，一副假头皮，难充真兽。"联中"弄子"指舞狮的人。众秀才抓耳挠腮，支支吾吾，答不上来。新娘见他们窘态百出，便念出下联："画师画狮，这等无心腹，枉作生猿。""猿"谐"员"，旧时秀才也称生员。众秀才听了面红耳赤，羞愧而散。

湖南善化县县令姓侯，长沙县县令姓朱，彼此瞧不起对方。一天，赴宴时他们正好坐在同一桌。朱县令作联讥讽侯县令："园门不紧，跳出猴悟空，活妖怪怎能善化？"侯县令一听火冒三丈，当即利用敬酒的机会，回敬对方："湘水横淌，浮来猪八戒，死畜牲流落长沙。"把朱县令骂得直翻白眼。

据《三国志》记载，蜀国使臣张奉在孙权面前以尚书阚泽的姓名相嘲，阚泽不能答。薛综起身为张奉敬酒："蜀者何也？有犬无独，无犬为蜀，横目苟身，虫入其腹。"张奉说："不能说说你们吴吗？"薛综回答："无口为天，有口为吴，君临万邦，天子之都。"于是众座喜笑颜开，而张奉无言以对。

唐玄宗的宠臣杨国忠嫉恨李白之才，总想奚落他。一日，杨国忠约李白去对三步句。李白一进门，杨国忠便用一联讥讽他："两猿截木山中，问猴儿如何对锯？""锯"谐"句"，"猴儿"暗指李白。李白听了，微微一笑，不紧不慢道："请宰相起步，三步内对不上，算我输。"杨国忠只得抬脚，刚跨出第一步，李白便指着他的脚喊："匹马陷身泥里，看畜生怎样出蹄！""蹄"谐"题"，对得很工整。杨国忠本想占便宜，却反被李白羞辱一番，被讥为"畜生出蹄"，弄得他十分尴尬。

清代义和团曾经张贴过一张反抗帝国主义侵略的宣传漫画，名为《射猪斩羊图》，两边题联："万箭射猪身，看妖精再敢叫不；一刀斩羊颈，问畜牲还想来么?!"

"五四"时期曾出现这样一副对联："三鸟害人：鸦、鸽、鸨；一群祸国：鹿、獐、螬。"联中的"鹿、獐、螬"谐音指陆宗舆、章宗祥、曹汝霖，以动物来喻人，意在痛骂三人的卖国行径，借此抒发中国人民对卖国贼的愤恨。

解放前，张难先先生十分痛恨反动政权，便在自家鸡栏边贴了一联："吹牛拍马，是真类狗；攀龙附凤，不如养鸡。"横批"满目禽兽"。非常形象摹写了那些官吏阿谀逢迎的丑态，讽刺他们一举一动有若禽兽，恬不知耻。

这些对联当然都是借动物来讽刺人物，一逞口舌之快，咄咄逼人，不到万不得已最好不用。但如果用来展示自己的志向，格调自是高扬，值得推崇。

相传元朝末年，朱元璋以太平兴国翼大元帅之名统领红巾军攻打南京。途中，他见一小孩在驿站前看马，便口占上句："十岁儿童当马驿。"那小孩机灵地望着他对道："万年天子坐龙廷。"朱元璋喜出望外，抱起小孩，认作义子。此联上下句对仗工巧，尤其下联正中朱元璋下怀。因为他"靠天子坐龙廷"，正是他揭竿而起、东荡西杀的目的所在。登基后朱元璋游马苑，四子朱棣与长孙朱允炆同侍。朱元璋出句令二人对："风吹马尾千条线。"朱允炆对"雨洒羊毛一片毡"，朱元璋认为"气弱"不够雄霸。朱棣对"日照龙鳞万点金"，显然要比前者气象雄浑，朱元璋点头称许。后来，朱棣取代朱允炆登上帝位，并把国都由南京迁到了北京。也许，"马苑应对"一事已经显示出皇孙不是皇子的对手了。

明代邱浚出身贫寒，秉性聪明。一日，因屋顶漏雨淋湿座位，一个少爷和邱浚争抢一个干净座位，二人相持不下，去找先生评理。先生即景出了一联："细雨肩头滴。"说好对上的就可以坐。少爷一时哑口无言，邱浚却朗声答："青云足下生。"对得贴切自然，老师和同学都拍手叫好，于是邱浚坐上了那个座位。少爷回家向父亲诉苦，富人差人把邱浚叫到家里，称如对得上他的对联就不追究此事。然后他一捋胡须道："谁谓犬能欺得虎！"言外之意：邱浚身份低微，怎么敢欺负其子。邱浚不惊不惧，从容对答："焉知鱼不化为龙？"富人听了一惊，慨叹邱浚才思敏捷，非等闲之辈，以后一定前程无量，遂不再为难。邱浚长大后果然大有作为，景泰年间中进士，授编修，成化年间为国子监祭酒，孝宗即位后，任礼部尚书兼文渊阁大学士，参与朝中机务。

明朝学士解缙幼时文思敏捷，曹尚书初到江西吉水，听说神童解缙能诗善对，就想当面试试。曹尚书有意奚落解缙，关了公寓大门，让他走偏门而进，并出上联难之："小犬无知嫌路窄。"小解缙不卑不亢，念出了下联："大鹏有志恨天低。"曹尚书不禁暗暗称妙。大鹏对小犬，大有压倒对方之势，一个"恨"字尽现小解缙鹏程万里的雄心大志。

安徽怀远的年富少时天资聪颖，10岁即能吟诗答对，常为乡邻写春联。父亲望子成龙，花重金从外乡请来名师。老先生有意试试年富的才智。正是深秋时节。一阵狂风将门前树枝刮断，吹落树上鸟窝，几只小鸟跌在地上乱作一团。老先生见景生情，口占一联："风坠雀巢，二三子连棵及地。"后四字谐"连科及第"，喻意深长。年富发现树枝把鸡窝砸塌了一角，公鸡看见月光，以为天已经破晓，便拍打着翅膀叫了起来。年富灵感突至，对答如流："月穿鸡屋，四五声金膀啼鸣。"后四字谐"金榜题名"。老先生听罢，不由得拍案叫绝，极其赞赏，料定此子必有出息。年富后来果然中了进士，做了明朝天顺年间的户部尚书。

明代的汤鼐小时身体瘦弱，家庭贫困，学业却很优异，少年时便声名远播。一天，朝中一个大臣听说小汤鼐才学超人，便来到他的家乡安徽寿州（今寿县），试其高低，他出了一联："室内焚香，烟绕画堂蟠白蟒。"小汤鼐稍加思索，便答道："池边洗砚，墨随流水化乌龙。"对句想象丰富，有动有静，如诗如画。大臣感念其穷且不坠青云之志，决定亲自资助这个穷孩子读书。后来，汤鼐果然发奋读书，终中进士，被朝廷升为御史。

明朝政治家张居正原名叫白圭，两岁认字，5岁入学，10岁通六经大意，12岁中秀才，被誉为"江陵神童"。湖广巡抚顾应璘非常爱才，便把他召来出句索对以探其能："雏凤学飞，万里风云从此始。"张白圭随口对答："潜龙奋起，九天雷雨及时来。"顾巡抚欣喜异常，解下腰间金带相赠，感慨道："此子将来一定攀龙折桂，前途不可限量。"并替他改名为张居正，希望他以后能秉公居正，做个有利于社稷黎民的好官。

明代李东阳和程敏政都少有才名。东阳6岁时和敏政一同去接受英宗的召见。过宫门时，年幼的东阳跨不过高高的门槛，英宗见状出句："书生脚短。"东阳应道："天子门高。"赐御膳时，英宗指着盘中的螃蟹说："螃蟹一身甲胄。"敏政对："凤凰遍体文章。"东阳对："蜘蛛满腹经纶。"英宗又出上联："鹏翅高飞，压风云千万里。"敏政对："鳌头独占，依日月于九霄。"东阳对："龙颜端拱，位天地之两间。"英宗大悦，对左右大臣说："以后让他们一个做宰相，一个做翰林学士。"果然是自古才俊出少年，有志不在年高啊。

● 知识链接

拟声：拟声也称摹声，是通过模拟人物、动物、神仙、器物等声音来制联，取得一种独特的艺术效果。民间流传着一副象声联："山羊上山，山碰山羊角，咩……水牛下水，水淹水牛鼻，哞……"绘声绘色地描写了山羊和水牛的形态。"独揽梅花扫腊雪；细睨山势舞流溪。"上联是由乐谱1、2、3、4、

5、6、7的谐音而来；下联则是阿拉伯数字一、二、三、四、五、六、七的谐音化出，是根据浙江方言制成。又如"母鸡下蛋，谷多谷多只一个；小鸟上树，酒醉酒醉无半杯。"联语仿母鸡和小鸟的叫声，生活气息浓郁。1933年1月，红军到了四川枫香沟，当地乡亲敲锣打鼓迎红军，有人写了一副春联送给红军："红军到，反动逃，土豪劣绅藏猫猫，猫说妙妙妙；苏区乐，满山歌，人欢马叫笑呵呵，鸡鸣喔喔喔。"上联借用猫的叫声，赞扬红军来了，反动派跑了；下联用鸡的叫声来说明苏区欢乐的情景。还有一副拟声联："山童采栗用箱接，劈栗扑篱；野老买菱将担倒，倾菱空笼。"联语很富生活情趣，善意地调侃了一老一小。

# 大肚能容天下事
## ——寺庙联

旧时寺庙道观中，楹联数量极多，或记神话故事，或颂庙主业绩，或言迷信传说，或赞寺庙胜景，或劝世人行善，这些题于神祠、寺庙、道观等场所的联语便是寺庙联，亦可视为名胜楹联。

寺庙中最常见的是这副对联："大肚能容，容天下难容之事；开口便笑，笑世间可笑之人。"此联由明太祖朱元璋撰写，悬在北京潭柘寺、扬州天宁寺、凤阳大龙兴寺等处。联语诙谐，几笔下来，弥勒佛的形象便呼之欲出。而此联妙在移情，意在言外，借弥勒佛的笑容可掬来针砭"天下难容之事"，嘲讽"世间可笑之人"，可谓用心良苦。后来有人又将此联稍作修改："开口便笑，笑古笑今凡事付之一笑；大肚能容，容天容地与已何所不容。"愈见一种豁达和乐观之态，因此流传甚广。

各地寺庙以弥勒佛为题材的对联还有不少。王廷铮题福州鼓山涌泉寺联："日日携空布袋少米无钱，却剩得大肚宽肠，不知众檀越信心时用何物供养？年年坐冷山门接张待李，总见他欢天喜地，请问这头陀得意处是甚么来由？"以设问的形式来揣摩佛的心思，就有了一种开悟禅示的意味。杭州大佛寺联："大肚能容包含色相，开口便笑指点迷途。"借佛讽世喻人，耐人寻味。

寺庙联都深涵佛义，为世人指点迷津，看了让人醍醐灌顶，悬崖勒马，回头是岸。

刘鹗题浮来寺就这样涵义深远："晨钟暮鼓，惊醒世间名利客；经声佛号，唤回苦海梦中人。"点明此处正是看破红尘、戒嗔清欲的圣地。言简意明，直指人心。

成都宝光寺有一副门联："天下事了犹未了，何妨以不了了之；世间事法无定法，然后知非法法也。"意即：有些事不要过于计较，不要太较真，不要耿耿于怀，得饶人处且饶人。做任何事，没有一成不变的方式方法，规矩法则也会因人因时因事而易，在不停变化，因此做事要随意一些，不要拘泥于陈规陋习，不要过于循规蹈矩，有时，"非法"也许是最好的"法"。很有哲学道理，毛泽东当年对此联也是熟记深思。

"鸟识玄机，衔得春来花上弄；鱼穿地脉，挹将月向水边吞。"这则题于漳州开元寺的对联是宋理学大师朱熹著名的状景哲理联。上联说鸟类能把握气候变化规律，穿梭于春天的花草树木之中；下联言鱼类能穿越地下水沟游出水面，与水里月亮嬉戏。意在劝勉读书士子珍惜光阴，把握时机，努力进取。只有如此，方可达到舒展生命、自在生活的境界。

山东济南千佛山北极台联意深韵长："出门一瞧，数十里图画屏风，请看些梵宇僧楼，与丹枫翠柏相间，红的火红，白的雪白，青的靛青，绿的碧绿；归台再想，几千年江山人物，回溯那朱门黄阁，和茅屋蓬扉接壤，名者争名，利者夺利，圣者益圣，庸者愈庸。"时光淘尽尘沙，只有圣者留名、英雄不朽。

吴忠礼题南京弘济寺的一副对联："松声竹声钟磬声，声声自在；山色水色烟霞色，色色皆空。"对联重复使用"声"和"色"字，有声有色，层层递进，仿佛钟声回荡在山谷，震通了听觉和视觉，让人不免身与心俱寂，兀自沉浸在山光水色之中。全联抑扬顿挫，重复而不冗繁，却声声在耳，那一记记钟磬敲击在心底，从此不再茫然四顾，灵魂有了皈依之处。

云南澄江抚仙湖西岸的万松山中有一座万松寺，始建于清康熙年间。相传道士段泰利初到万松寺，流连此处山水形胜，便募资扩建，建好后请来一些文人学士吟诗作对，赞颂斯地风光名胜。只是所有题吟大都平平。此时，一个牧童走到天井，用牛鞭草成一副对联："放眼处，偏惹渔樵耕读来，不能分他们一毫快乐；低头时，便过春夏秋冬去，何曾识自己半点寒温。"众人看了无不称奇叹服，待再找牧童时，已不知去向。后来，段泰利将此联刻成楹联悬于寺中。万松寺还有一副清代云南书法家阚祯兆的草书联："回首息机，举世尘埃野马；放声长啸，此形天地沙鸥。"和前一联放在一起看，都蕴藏禅机妙语，予人哲理。

寺庙联是一帧风景，也是一首好词，更是一幅美不胜收的中国山水画。

清许太眉题上海嘉定花神庙联："海棠开后，燕子来时，良辰美景奈何天，芳草地我醉欲眠，楝花风尔且慢到；碧澥倾春，黄金买夜，寒食清明都过了，杜鹃道不如归去，流莺说少住为佳。"草长莺飞的江南春景醉人，而此联亦清新秀美、温软伤怀，实在可当宋词来读。清魏滋伯题杭州西湖花神庙联："廿四风吹开红萼，悟蜂媒蝶使总是姻缘，香国无边花有主；一百年系定赤绳，愿秾李夭桃都成眷属，情天不老月长圆。"花为媒，一世姻缘红线牵，春景荡漾春情，着实让人神往。

浙江天台山方广寺的题联："风声水声虫声鸟声梵呗声，总和三百六十击钟鼓声，无声不寂；月色山色草色树色云霞色，更兼四万八千丈峰峦色，有色皆空。"和南京弘济寺联有异曲同工之妙，风声水声虫声鸟声诵经声钟鼓声，声声入耳，却不再撩起功名之心；月色山色草色树色云霞色峰峦色，色色照眼，而未能再惹世俗之欲。蝉噪林愈静，鸟鸣山更幽，以"声"和"色"的喧嚣反衬心灵的安静，全现了宗教的最高境界。

杭州灵隐寺有一联："古迹重湖山，历数名贤，最难忘白傅留诗、苏公判牍；胜缘结香火，来游福地，莫虚负荷花十里、桂子三秋。"联中的白傅即指白居易，曾任杭州刺史，苏公即苏轼，曾出任杭州通判。名人游踪，为湖山景色；而"荷花十里、桂子三秋"的西湖又总是吊起游人的兴味，实在妙极。

苏轼之父苏洵题浙江杭州栖云寺："水自石边流出冷，风从花里过来香。"淡然出尘；峨眉山圣积寺联："半天开佛阁，平地见人家。"晓白清畅；云南通海秀山涌金寺联："百道海光千树雨，万山明月一钟声。"颇有气势。这些寺庙联将美景收入笔下，情景交融，具有一种浓厚的人文气息，氤氲得名胜古韵流芳。

有些庙联别有趣味，如贵阳城隍庙联模仿城隍老爷的口气道："站着！你背地做些什么？好大胆还来瞒我；想下！俺这里轻饶哪个，快回头莫去害人！"看了好不痛快！做亏心事的人见了定会心寒腿软。某地有副以财神口吻拟制的对联："只有几文钱，你也求他也求，给谁是好；不做半点事，朝来拜夕来拜，教我为难。"暗讽信徒的盲目崇拜。江苏镇江金山寺斋堂联："一屋一椽，一粥一饭，檀越膏脂，行人血汗，尔戒不持，尔事不办，可惧，可忧，可嗟，可叹；一时一日，一月一年，流水易度，幼影非坚，凡心未尽，圣果未圆，可惊，可怕，可悲，可怜。"其实也道出了信佛不如信己的真理。这些句子格式严密无隙，上下一致，无勉强之处，且平白如语，蕴含嘲讽戏谑之意，对芸芸众生无疑是一记清钟，警世，省心。

● **知识链接**

歧义：楹联在实际应用中是不加标点的，在一般情况下，不同的断句方式对楹联联意的影响不是很大。但是，有一种楹联，是出于某种需要而精心构思的，不同的断句方式下，联意会发生很大变化，甚至相反。这就是利用两读法所制作的楹联。这种楹联不很常见，但构思好了，用在某些特定的场合可以产生特殊效果。明代的祝枝山为一家店写了一副春联："明日逢春好不晦气，终年倒运少有余财。"店主人认为倒霉晦气，祝枝山念给他听："明日逢春好，不晦气；终年倒运少，有余财。"店主人才转怒为喜。这是祝枝山利用断句不同而意有不同，与店主人开的一个玩笑。但由于这副楹联容易产生歧义，店主人终究没有贴出来。传说祝枝山为一个刻薄的富翁写过这样一副歧义联："此屋安能久居？主人好不悲伤！"并念成："此屋安，能久居；主人好，不悲伤。"富翁听后颇为满意，待贴出来后，宾客们却个个暗笑，原来这副对联如不断句，上联分明是疑问句式，下联是感叹句式，谁看了谁也不敢住在这间屋子。

# 明月清风是故人

# ——亭阁联

中国的山水间少不了亭台楼阁。因为有了这样的观处，可身接四面来风，可送目天水之际，那种放远开怀正是中国"天人合一"思想的体现。所以，无数英雄才子纷纷来此，追古思今，望峰息心。

钱塘江观潮亭联极有声势："声驱千骑急，气卷万山来。"联语以"千骑急、万山来"极摹潮势涨落之汹，仿佛潮水扑面而来，让人陡然一惊，不由一步步向后退去。马踏尘来，声震平野，波涛如尘土飞扬，如此磅礴气势却是水之所造，原来至柔才能极刚。所谓无欲则刚也。平仄抑扬的句式，使每个字都槌在心头，像潮水打湿身上，凉沁得让人毛孔收紧。于是，我们看到了波推浪涌的壮观钱塘潮。

伊秉绶撰写的扬州平山堂联抑扬顿挫："几堆江上画图山，繁华自昔。试看奢如大业，令人讪笑，令人悲凉。应有些逸兴雅怀，才领得廿四桥头箫声月色；一派竹西歌吹路，传诵于今。必须才似庐陵，方可遨游，方可啸咏。切莫把秋花浊酒，便当做六一翁后余韵流风。"宋代欧阳修建平山堂，常在此饮酒赏景、吟诗作赋，登堂可见金山、焦山和北固诸山。想六一翁满袖清风，一怀幽思，眼前景色全化为心底波澜。应有些逸兴雅怀，才能赏箫声月色，解扬州风情。君试看，多少繁华如一江春水东流，功名英雄俱成了尘土，只有文章千古。何妨把酒啸东风，学学六一翁的洒脱。

洪武初年，朱元璋建都金陵。秦淮河畔一带有许多妓院，当时称大院，明代士子张岱在《陶庵梦忆》描绘其景之盛："画船箫鼓，去去来来，周折其间。河房之外，家有露台，朱栏绮疏，竹帘纱幔。夏月浴罢，露台杂坐。两岸水楼中，茉莉风起动儿女香甚。女各团扇轻绮，缓鬓倾髻，软媚着人。年年端午，京城士女填溢，竞看灯船。"朱元璋亲自为大院题写对联："此地有佳山佳水佳风佳月，更兼有佳人佳事，添千秋佳话；世间多痴男痴女痴心痴梦，况复多痴情痴意，是几辈痴人。"可见在秦淮河名正言顺地开妓院，与朱元璋的力荐分不开。

徐渭画花鸟山水超绝，题诗撰联也是高手。他题杭州凤凰山极目阁联："八百里湖山，知是何年图画？十万家烟火，尽归此处楼台！"杭州凤凰山地势高峻，临近西湖，上有极目阁。登此阁，看湖山景色，遥想前朝旧事，历史虽风云跌宕，英雄即便叱咤纵横，都俱往矣，化入江山图画之中。联语立意高远，意境宏阔。

"翁去八百年醉乡犹在，山行六七里亭影不孤。"这是滁县琅琊山醉翁亭的一副对联。欧阳修的《醉翁亭记》是千古名篇，其人已逝，而山在亭在，依然讲述着醉翁的故事。兴味盎然，清爽宜人。

"野烟千叠石在水，渔唱一声人过桥。"看陶澍题上海豫园湖心亭联，犹如站在宋代画家马远的《踏歌图》前，那一份山居隐逸之乐让人分外畅想。

"烟笼古寺无人到，树倚深堂有月来。"这是清乾隆进士、内阁学士翁方纲题北京陶然亭联。陶然亭原在北京慈悲庵内，始建于辽代，后遭兵燹之灾而毁，清康熙年间由工部郎中江藻重建，初名江亭。江藻《陶然吟》即阐发白居易诗"更待菊黄家酿熟，共醉一君一陶然"的意境，故命名为"陶然亭"。慈悲庵掩映在烟雾树丛之中，幽深雅静。"无人"和"有月"对比，更加渲染了幽静气氛，淋漓尽致地表现了作者的情致。

陈炽撰九江烟水亭联铺陈九江风光："胜迹表宫亭，况恰当芦阜南横，大江东去；平湖波烟月，谁补种四周杨柳，十里荷花。"此地乃当年周瑜点将台处，宋代理学家周敦颐曾在此讲学，取"山头水色薄笑烟"诗意，名烟水亭。此联借"芦阜南横"、"大江东去"、"四周杨柳"、"十里荷花"等物象，营造了烟水亭胜景。更巧以"况恰当"、"谁补种"二句成佳构，使景色不虚，触之有物。可见作者神思驰骋于联外，而发怀古之幽情。

杭州孤山放鹤亭联极有动感："水清石出鱼可数，人去楼空鹤不归。"在简短的联语中，动词几乎占去了一半，出、数、去、空、归。但用词极巧，不因重复使用动词而使联语有雕琢之感，令人读之生情、意境洞出，给人一种缠绵、空旷、沧桑变幻之感，余味无穷。赖少其为无锡鼋头渚通芬堂所撰一联也有异曲同工之妙："湖阔鱼龙跃，山阴草木香。"简练清朗，连贯自然，修饰词与景物相配，十分得体，无见雕琢。

苏州闲吟亭联拟制了一种艺术情境："千朵红莲三尺水，一弯明月半亭风。"全以白描手法写景，不加半句渲染，千朵红莲衬三尺湖水，一弯明月缀半亭微风，千朵、三尺、一弯、半亭，巧用数字构制佳境，有全景，亦有微缩风光，相互照应，以小见大，风情摇曳，清韵入怀。

江西赣州八境台联展现了一幅别开生面的夜景图："万家灯火依山墚，百转滩声绕石楼"、"满城灯火通明，涛声百转不断"，动静结合，有声有色，将人的所有感官都唤醒，通体舒泰，耳目清爽。

云南昆明大观园览胜阁联寓情于景、气势磅礴："海天纵览观斯大，风雨无边兴自高。"纵览海天才觉海的博大，风雨观景才会兴致勃勃，颇有英雄壮心不已的气魄。

清初文人龚正谦撰题福建邵武市熙春山憩亭联："放开眼界，看朝日才上，夜月正圆，山雨欲来，溪云初起；洗净耳根，听林鸟争鸣，寺钟响答，渔歌远唱，牛笛横吹。"山与水，声与色，人与物，从视觉和听觉方面落墨，新鲜别致，通感灵动，使人全身心地沐浴在大自然之中。

彭玉麟撰题湖口石钟山锁江亭联："忠臣魂，烈士魄，英雄气，名贤手笔，菩萨心肠，合古今天地之精灵，同此一山结束；蠡水烟，溢浦月，浔江涛，马当斜阳，匡庐瀑布，挹南北东西之胜景，全凭两眼收来。"这副长联是彭玉麟为纪念阵亡将士而作，英雄浩气回荡，为昭忠祠增光生色。放眼南北东西，写尽了立身锁江亭所见的远近胜景：鄱湖烟波、溢浦明月、浔江浪涛、马当斜阳、匡庐飞瀑，尽收眼底，应有尽有。上联与下联，写人写景，相映生辉，引人入胜。这副对联长短参差，时而急促，时而舒缓，抑扬合拍，读来朗朗上口。忠臣魂，烈士魄，英雄气，蠡水烟，溢浦月，浔江涛，似连珠实发，诉说不尽，增添对联的气势。此后字数增多，逐步趋于平缓，"合古今天地"，"挹南北东西"，则一气概括无余，力达千钧，情透纸背。

仁者爱山，智者乐水。虽然各地亭台楼阁四时风景不同、江山几多变幻，而登临者际遇迥然、心境各异，却都是把木制建筑倚成一种精神支柱，由此而生英雄情怀、书生意气、壮士胸襟，正是中国儒道精神的自然散发。人与物俱化入山水之中，不是消泯了意志，而是用自然之气充实了心灵，使人生更丰满更踏实。

● **知识链接**

列品：类似于修辞手法中的排比，要求连续列举三个以上类似的或有联系的事物成联，所列举的事物之间不掺杂任何间隔词语。使用列品方法，可以强化对联所吟咏的事物，收到难以预料的效果。如"白马秋风塞上，杏花春雨江南。"此联运用白描手法将几种事物和谐地列举出来，不加任何渲染，展现了一种悠远的艺术空间。还有浙江莫干山十二生肖公园的对联："子丑寅卯辰巳午未申酉戌亥，鼠牛虎兔龙蛇马羊猴鸡狗猪。"上联列十二地支，下联列十二种动物，再不加任何一字一语，干净利索，自然出奇。

# 入木三分骂亦精

## ——讽喻联

历朝历代都不乏为政清廉者，他们在对联中表达了洁身自好、廉洁奉公之心，至今传为佳话。

明嘉靖年间，藩司参议钱业令所属官府都要张贴一副对联："要一文，不值一文，难欺吏卒；宽一分，民爱一分，见佑鬼神。"告诫属下官员务守清廉，不义之财，莫取分文。明代，浙江海宁县南安知府张津题撰一副春联："宽一分则民可受一分赐，取一文则官不值一文钱。"自己少用一分钱，百姓就能多得一些实惠，而多拿一文钱，人格就不值一文。一介小官能将清正廉洁作为校正自己人格的标尺，让人钦敬赞佩。

清代林则徐在升任两广总督后，亲自在府衙题写了一副堂联："海纳百川，有容乃大；壁立千仞，无欲则刚。"提醒自己要广泛听取不同意见，杜绝私欲，做一个顶天立地的血性男儿。他还有一副对联很值得玩味："子孙若如我，留钱作什么？贤而多财，则损其志；子孙不如我，留钱作什么？愚而多财，益增其过。"正是这样的坦然和洒脱，才有如此的胸襟和风度。令人赞叹。

清代官吏余云焕一日在大堂上撰联一副："不要百姓半分钱，原非异事；但问一官二千石，所造何功？"表明为官要宽以待人，不刮民财，只有为百姓造福才算是尽职尽责。言简意明，却是掷地有声。

清代陈景登在晋州为官，因见当时贪风日盛而生愤慨，作联自勉："头上有青天，作事须循天理；眼前皆瘠地，存心不刮地皮。"不要以为贪赃枉法就无人知晓，头上自有青天可鉴。做事正直守德，心中一片纯净，半夜才不怕鬼叫门，睡觉也踏实。

清代工部尚书彭元瑞任浙江督学时写过这样一副门联："天地自成文，湖山有美；国家斯得士，桃李无言。"告诫做官的要从政清廉，克己奉公，多多培养人才。桃李不言，下自成蹊，以自己的品行去影响他人，不仅是修养自己内心，也是为国家造福，关乎国家社稷，关乎百姓安康。

阮元题北新关联："上古无关征，后世不得已而榷关，慎勿失其初意；本朝税有额，小民如其分以纳税，何可使有怨言。"阮元抚浙时，兼管关务。杭州北新关税重吏贪，商民裹足不前。阮元撰书此联挂于署前，声明国家税有限额，警告关吏不得额外征收，晓喻商民如实纳税。联语一出，商家皆拍手称快，北新关税务遂日渐正常。阮元又有题云南盐务衙门联："国以盐为本，开源节流完国课；民以食为天，奖清罚贪安民心。"阮元任云贵总督时，云南盐务问题严重，每年亏空十多万银两。他首先整顿盐务吏治，奖励清官，处罚贪官，杜绝漏洞，同时调剂抵补盐井，不仅使盐务扭亏为盈，充实国库，而且货足而价廉，便利民间食用，老百姓有口皆碑。

清人赵慎畛在桂林做官时，在府衙贴有一联："为政不在言多，须息息从省身克己而出；当官务持大体，思事事皆民生国计所关。"是自省，也是警示，为政克己奉公，做官以民生国计为重。切记，切记。

清代朱文正在浙江老家做主考官时，为防止同乡"走后门"，便大书一联悬于堂上："铁面无私，凡涉科场，亲戚乡党皆谅我；镜心普照，但凭文字，平奇浓淡不冤渠。""渠"在南方话谓"他"，表白自己不讲私情、不开后门，但凭试卷决定弃取。同样，一位姓姚的督学为官清正，每次考试前，都在试院大门上挂起一副对联："科场舞弊皆有常刑，告小人毋摆法网；平生关节不通一字，诫诸生勿听浮言。"亦是一心清正。

清朝有一首《十得》诗描摹了小官吏的形象："一命之荣算得，两根竹板拖得，三十俸银领得，四方地保传得，五十嘴巴打得，六年俸满报得，七品堂翁靠得，八十养廉借得，九品补服僭得，十分高兴不得。"诗含嘲弄之意，将七品芝麻官一生概括得相当精准。其实，这样的自得其乐，无功可言，无过可究，虽说不值得褒奖，却总好过贪官的横征暴敛。而一怀正气的清官尤为人敬佩，郑板桥罢官回乡，"当官不为民作主，不如回家卖红薯"，于谦迁任别处，"清风两袖朝天去，免得闾阎话短长"，对比之下，贪官所为让人不耻。

清代有一贪官自贴一春联："爱民若子，执法如山。"有人在下面各续了几个字："爱民若子，金子银子皆吾子也；执法如山，钱山靠山为其山乎？"还有一个贪官想要标榜自己清廉，除夕晚上在县衙门上贴了一副对子："一心为民，两袖清风，三思而行，四方太平，五谷丰登；六欲有节，七情有度，八面兼顾，九（久）居德范，十分廉明。"横批"福荫百姓"。谁知，大年初一早晨，有人就在他的红对子上贴了白对子："十年寒窗，九载熬油，八进科场，七品到手，六亲不认；五官不正，四蹄不羁，三餐饱食，二话不说，一心捞钱。"横批"苦煞万民"。贪官本想粉饰自己，却被百姓用妙联反击嘲弄，饶具讽刺意味。

清乾隆年间，学官吴省钦到江西主持考试，收受贿赂，按价录人。一个穷学生才华横溢，考得不错，可榜上无名，而几个平时不学无术、家里有钱的阔少爷却榜上有名。穷学生气坏了，写了一副对联，贴在了公布榜文的大门口："少目焉能识文字？欠金安可望功名？"横批为"大口吞天"。这副对联十分巧妙，"少"、"目"合起是"省"字，"欠"、"金"合起是"钦"字，"口"、"天"合起是"吴"字，正好嵌贪官"吴省钦"名字，痛快淋漓，穷学生拍手叫好！无独有偶，长沙巡抚陈本钦巧立名目、募捐纳税为自己建楼修院。完工之时，有人写了一副对联："一木焉能支大厦？欠金何必起高楼！"同样是以嵌名方式讽刺贪官的贪得无厌。

清代有一个官员不学无术，曾奉命到某省当主考官。他既不能凭自己的眼力评判文章，又不便请人代阅，于是心生一计，将考卷编成号，放在竹筒内颠倒倾摇，以首出的号码定为第一名，其余类推。有一个考生作联揭其情状："尔等论命莫论文——碰；咱们用手不用眼——摇。"如此嘲笑昏吏，一针见血。

康熙年间的一次江南乡试，正主考左必蕃和副主考赵晋受贿，将盐商程光奎等人录取为举人。落第秀才十分气愤，便把一尊财神像抬进文庙，又把考场大门上的"贡院"匾额涂改为"卖完"，并在考场大门两边贴出一副对联："赵子龙一身是胆，左丘明两眼无珠。"相传《左传》的作者左丘明是个盲人，赵子龙骁勇善战，刘备曾夸他"浑身都是胆"。此联巧用这两个典故，关合正副主考姓氏，痛斥他们有眼无珠，录取不才，揭发他们胆大妄为，贪赃枉法，舞弊营私，可谓贴切精妙。

　　清朝大余县的戴衢亨勤奋好学，才华横溢，却因县官势利，到30多岁也没有考上秀才。朋友出于义愤，花钱疏通，为他买了个乡试资格。之后的80天里，他由乡试到京试再到殿试，连中三元，被皇帝钦点为状元。衣锦还乡时，他感慨万分，挥笔写下一副对联："三十年前，县考无名，府考无名，道考无名，人眼不开天眼见；八十日里，乡试第一，京试第一，殿试第一，蓝袍脱下紫袍归。"联中重复使用词语，陈述了自己求取功名的艰辛，表现了终成正果后扬眉吐气的心情，借此嘲讽那些玩忽职守、埋没人才的贪官。

　　对联巧妙借用各种手法来讽喻时事，一是因为有难言之隐，二是更具讽刺意味，却收到了意想不到的效果，既让人忍俊不禁，又耐人琢磨。而撰此种对联着实是需要一番智慧和胆识的。

● **知识链接**

　　绘态：也称摹状。即描绘人们对客观事物情状的感觉的方法。它直观地临摹事物的情状、声音和色彩等。常运用叠字、双声、叠韵或其他方式表达出来。这种方式多用于讽刺、诙谐联中。如："著！著！著！主子洪福；是！是！是！皇上圣明。"此联是讽刺清道光年间两个军机大臣潘世恩和穆彰阿的。他们惯于阿谀奉承，凡是皇帝说的话无不点头称是，三个"著"和"是"字便将二人奴颜婢膝的形象描绘得惟妙惟肖，如闻其声，如见其状。近年有人写了一副嘲讽"妻管严"的对联："老母任磕头：哎哎哎，嗳嗳嗳；娇妻只呶嘴：哦哦哦，噢噢噢。"以漫画的手法刻画出对母逆、对妻纵的面孔，上下联尾重用六个语气词，绘形绘声，妙不可言。明代的于谦自幼聪慧，一天，一过路和尚见了在门口玩耍的小于谦，摸着他头上的小抓髻逗他："三丫成鼓架。"于谦马上反讥："一秃似擂槌。"联语形象生动，但下联未免刻薄。

# 东西南北四季春

## ——方位联

对联中有一种利用"东南西北中、上下左右前后"等方位词来制造奇趣的写法，颇有意趣。

江西滕王阁有一名联，为清同治进士金桂馨所撰："大江东去，爽气西来。"作者抓住滕王阁的自然特点，以最洗练的语言进行高度的概括，达到一种超然洒脱、大气磅礴的境界。一"东"一"西"，囊括了事物的独特情韵。犹如一副写意画，给人一种横空出世之感。

相传湖北有个叫贼二爷的穷书生，县官想找碴儿，故意请他和众乡绅到黄鹤楼吃西瓜。县官出一上联："坐北朝南吃西瓜，皮往东甩。"座中无人以对。贼二爷即应道："思前想后看左传，书向右翻。"然后将西瓜皮甩到县官身上，弄得县官狼狈不堪。联句巧妙嵌用了北南西东、前后左右这八个方位词，而真正表达方位的只有北南西东，其余方位词与别的词搭配，词义产生了变化。西瓜是水果，《左传》是书名，两者与方位无关，"思前想后"属于时间范畴词，其意义与方位词关系不甚紧密，然而读起来仍和谐统一。

朱元璋与刘三吾微服出游，来到街市，寻到一酒家，落座点菜，菜样却少得可怜。朱元璋也没有动怒，只是口占一句："小村店三杯五盏，无有东西。"刘三吾未及对出，正巧店主送酒至桌前，随口对答："大明国一统万方，不分南北。"明太祖心下赞赏，次日早朝便传旨将店主召去，赐其官，但店主固辞不受，情愿经营一方小店淡泊度日。"东西"指下酒菜，又表示方向；"南北"与其方向之义相对，是为借对，相当工妙。

传说纪晓岚陪同乾隆下江南时，一个小镇热闹非凡，在东街见到有个当铺，生意特别兴隆，想到先前西街也有个当铺，再想到它们的功用，便拟出一副对联让纪晓岚对："东当铺西当铺，东西当铺当东西。"纪晓岚纵然才思敏捷，也一下子没对出来。此联确实有一定难度，既有复字也有方位词。想到与皇帝一路南来，所经各州县——浮现在脑海，便脱口对道："南通州北通州，南北通州通南北。"以"南、北"对"东、西"，妙哉！

江西萍乡人刘凤诰，字丞牧，号金门，清乾隆进士，是清代著名的文学家。这一年，刘凤诰前往京城应试，中探花。殿试时，乾隆见此人其貌不扬，一目失明，不觉有些反感，几欲除名，但还是想试其是否有真才学，于是便出一对："独眼不登龙虎榜。"此联不免有戏谑之意，刘凤诰并不理会，神情坦然，流利对答："半月依旧照乾坤。"意喻自己虽只一目仍有报国之心、济世之才。乾隆不禁心下嘉许，遂又以四方星辰为题出联再试："东启明，西长庚，南箕北斗，朕乃摘星汉。"此联巧嵌"东南西北"四字，同时融会启明、长庚、南箕、北斗四星宿。刘凤诰略一思忖，信口答道："春牡丹，夏芍药，秋菊冬梅，臣是探花郎。"对仗工整，韵律和谐，"春夏秋冬"正对"东西南北"，且契合他的探花身份。乾隆见他才思敏捷，学识不凡，不禁心悦诚服，欣然御笔钦点其为探花，登上金榜，一时传为佳话，后人亦将他称为"独眼探花郎"。

一位老塾师在地主家里辛辛苦苦教了一年的书，年末却被主人克扣得一个子儿不剩。他告到官府，县官通过调查掌握了真实情况，知道孰是孰非，但想考核一下塾师的能力，就当堂出了一副上联："四面灯，单层纸，辉辉煌煌，照遍东西南北。"难度相当高，既有数字，也有复字，还有方位词。塾师想到自己一年来的经历，不禁悲从中来，愤然吟道："一年学，几吊钱，辛辛苦苦，历尽春夏秋冬。"对仗工稳，同时将自己的辛酸遭遇一一说了出来。县官听了，深为叹服，当场判定地主将一年报酬尽付老塾师。

明万历年间，太监孙隆任苏州提督织造。一天，一位书生手执折扇、穿着冬衣在街上走路，不慎跌倒，挡住了正在行进的孙隆仪仗，当即被人拿下，押到孙隆前。孙隆见是一介穷书生，便出一上联来发难："手执夏扇，身着冬衣，不识春秋。"讥讽书生穿戴寒酸，不懂礼仪。谁知书生眼也不眨就对出下联："口食南禄，心怀北阙，少样东西。"意思是说孙隆虽享受南国的俸禄，心中思念的却是北方的皇上。孙隆上联的"春秋"是一语双关，书生下联的"东西"同样一箭双雕，不仅指方向，也是嘲弄太监的生理缺陷，而且对句比出句更胜一筹，戏谑中还暗含褒奖。孙隆听后不仅没有恼火，反而对书生敬重几分。

据说一个小镇上的两个街坊因为琐事而争吵起来，一个老者边劝架边说了一副对子："同住一镇两街，彼此何分南北；再要七嘴八舌，那就不是东西。"两人听了自觉惭愧，便停止了争吵，握手言和。

农历五月初五是我国民间传统节日端午节，又称端阳节。有一年的端午节，明太祖朱元璋赐宴群臣，席间出一上联："端门北，午门南，朝廷赐宴于端午。"群臣中的沈应思索片刻，对出下联："春榜先，秋榜后，科场取士在春秋。"明代时，春榜也叫甲榜，甲榜取进士；秋榜亦称乙榜，乙榜取举人。下联以"春秋"两榜对上联"端午"两门，可谓对答工巧，贴切自然。

明成化年间，京城主考官来到昆明附近的杨林县城，在老衙当街吟诗，无意中念错了几个字。当地文人私下哂笑他，并想出对为难之。于是，他们凑在一起拟了上联："西先生上东门坡，南来北往。"第二天，他们便邀主考官同游杨林老城。刚上东门坡，便说了拟好的对子，假意向主考官请教。主考官一时对不上，支支吾吾道："请诸位晚上来取下联。"游完老城，主考官回到住处，苦思冥想也没个结果。怕丢面子，天刚亮他就坐轿跑了。因为疲惫，一上轿他便睡着了，时近中午才醒，睁开眼睛问轿夫："现在何处？"轿夫答："到了左右屯。"主考官一听欣喜若狂，吩咐轿夫掉头回杨林。见到等候多时的那些人，他亮出下联："大主考过左右屯，前呼后拥。"虽说不甚工稳，却总算没有跌份儿。这些文人大吃一惊，从此再不敢小觑这个主考官了。

清代江南诗人宋湘幼年赴县试迟到，门吏不允其进场，宋湘再三恳求，门吏答应若能对得一联方可放他入场，他出了一联："急水推沙粗在后。"宋湘答："风车放谷秕行先。"遂得进场应考。宋湘成人后漫游四方，某年，他行至西北某省，与当地名士会聚，有人出联嘲讽他："东鸟西飞，满地凤凰难下足。"宋湘即对："南龙北跳，一江鱼鳖尽低头。"气势高扬，毫不示弱，语中有自信，也有不屑。此联一出，众人皆心服口服，那人也讪讪地低头不语。

明代文学家和书画家徐渭十多岁就已才名远扬。某年秋试，一位姓窦的老太师到绍兴来主试。入城那天，太师坐在大轿中，令手下人持一块"天下无书不读"的御赐金牌在前边喝道开路。当时暑气未消，徐渭故意袒腹躺在东郭门内的官道正中。头牌执事见之回禀太师。太师不想与小孩计较，下轿亲自把徐渭唤醒："何故卧热石板？"徐渭大大方方地答："晒晒肚中万卷书。"太师立即明白这孩子是在向他"挑战"，便说："既喜读书，必会对句。我出上句你来对，若对不出就让道回避。"徐渭却反问："若对得出呢？"太师随口说："那就把全副执事停在此处，老夫徒步进学宫。"于是太师随口占道："南街三学士。"徐渭立即应对："东郭两军门。"太师一听，觉得南街对东郭、文官对武将均很贴切，只好认输，步行到学宫中去了。

这样表方位的对联还有很多，如"北雁南飞双翅东西分上下，前车后辙两轮左右走高低。"上联嵌"北、南、东西、上下"，下联嵌"前、后、左右、高低"，将两个或两个以上的名称交叉重叠地镶嵌于联语中，很是巧妙。"冬夜灯下，夏侯氏读《春秋传》；东门楼上，南京人唱《北西厢》。"这副楹联中，"春秋"交叉重叠共用，一作季节的"春秋"，一作书名《春秋传》；"北西"亦是，一作方位中的"北西"，一作杂剧《北西厢》，《北西厢》即《西厢记》，因后来李日华作《南西厢记》，便有人称王实甫所作为《北西厢》。

有副对联摹写江南乡下看社戏的热闹场景："会真古记性情多，小字低呼，北曲好如南曲；春戏今年重叠做，大家高兴，西村看到东村。"朴实如乡间俚语，亲近随和，让人喜欢。

乾隆年间工部（又称水部）失火，朝廷命一位姓金的司空修建。有人以此事撰联："水部火灾，金司空大兴土木。"包含了五行之水、火、金、土、木，一时无人能对。一位中书说："要对此联，非我同乡纪昀不可。"纪昀就是纪晓岚，他知道此事后，就说："要对不难，只是要得罪阁下了。"中书说："但对不妨。"纪昀应口而出："南人北相，中书君什么东西。"这中书为南方人，在北京为相，故曰"南人北相"，弄得这位中书大人十分尴尬。可这确是一副妙对。

清代戏剧家李渔联曰："有月即登台，无论春秋冬夏；是风皆入座，不分南北东西。"甚是风雅。用来给方位联作注脚，也很恰当。只要巧用心思，何论东西南北，都是人生风景。

● **知识链接**

季节联：传说朱元璋举事前，在大雪天遇到一个叫葛恩的人。交谈中，朱觉得葛是个关心民间疾苦的人，便与他结交，但不知他的才学，朱即景生情，吟出一联："天寒地冻，水无一滴不成冰。"葛恩听了，望了望朱元璋，对道："国乱民贫，王不出头谁是主？"这句话是劝朱出头成大事，朱心中大喜。大雪吟联，促使朱元璋出山得天下。还有一副描绘冬天的对联："雪积观音，日出化身归南海；云成罗汉，风吹漫步到西天。"清代才子王尔烈与方丈元空和尚对的这副对联，对冬天堆雪人、天空云变罗汉的奇趣进行了形象的描写，读之犹如身临其境。

# 世事洞明皆学问
## ——文艺联

古典名著中常出现一些艺术价值很高、亦有一定思想意义的对联。这些对联常被用来点明主旨、描写环境、渲染气氛、刻画人物、贯穿情节，与小说融合成有机的整体，成为作品中摇曳生姿的艺术亮点。

刘鹗所著《老残游记》中，老残游大明湖时记录一副名联："一盏寒泉荐秋菊，三更画船穿藕花。"泉水清澈，秋菊傲然，半夜荡舟穿行荷花之中，"争渡，争渡，误入藕花深处，惊起一滩鸥鹭"，正是李清照的一阕词中的场景。婉约如画，似梦似幻。

《儒林外史》运用对联来刻画人物，揭露那些自命清高的假名士的嘴脸可谓绝笔。书中，扬州暴发户、大盐商万雪斋在厅堂上挂了一副对联："读书好，耕田好，学好便好；创业难，守成难，知难不难。"万雪斋妻妾成群、不学无术，却张口"读书"闭口"耕田"，意在遮掩其道德沦丧、精神萎靡；而他标榜"创业守成难，知难不难"，也不过是为其投机钻营、倾轧权谋、虚伪奸诈的嘴脸贴金。

运用对联数量既多、内容又富表现力，并且和全书浑然一体的古典名著首推《红楼梦》。

《红楼梦》中通过赋诗、填词、题额、拟对、制谜、行令等情节的描绘，多侧面地反映了当时贵族的文化精神生活。人们游赏之余，拟句留题，勒石刻字，风雅十足，这样的行止被称为"乾隆遗风"。在《红楼梦》中，大观园的小儿女们赏菊吃蟹、海棠结社，与当时宗室文人、旗人子弟吟咏唱酬的活动十分相似。如作者友人敦诚的《四松堂集》中就有好些联句，联句者都是其诗伴酒友，由此可见清代文人诗联相和之风。

《红楼梦》中最著名的联语是第五回"游幻境指迷十二钗，饮仙醪曲演红楼梦"中的三副对联。第一副是秦可卿房中的一副联："世事洞明皆学问，人情练达即文章。"第二、三副系贾宝玉梦游"太虚幻境"所见，即："假作真时真亦假，无为有处有还无。""厚地高天，堪叹古今情不尽；痴男怨女，可怜风月债难酬。"前者总括全书主旨，后者提纲挈领。第二副联在书中两度出现，除第五回外，第一回甄士隐梦中亦见此联。甄士隐即"真事隐去"，贾雨村则喻"假语村言"。《红楼梦》开篇"甄士隐梦幻识通灵，贾雨村风尘怀闺秀"，终篇"甄士隐详说太虚情，贾雨村归结红楼梦"，亦真亦假，似有还无，虚虚实实，"穷极世事"也"曲尽人情"，而简短的对联却成了一根线，提起了全书的筋脉。

《红楼梦》其他各回中所作联语大多词意深远，有伏笔之功用。如第一回中写贾雨村"高吟"之联："玉在椟中求善价，钗于奁内待时飞。"此联大有深意。脂砚斋批："前用二玉合传，今用二宝合传，自是书中正眼。"所谓"二玉合传"指神瑛侍者（宝玉）与绛珠仙子（黛玉）的故事。"二宝合传"则云宝玉和宝钗的命运。意谓此联暗示宝玉和宝钗的结局。有人说"玉在椟中"隐指宝玉因于狱神庙，"钗于奁内"则指宝钗等待时机而飞；又因贾雨村字时飞，竟有人推断宝钗最后嫁给了贾雨村。可谓一联奇诡，见仁见智。

《红楼梦》中写景佳联颇多。沁芳亭上有一副对联："绕堤柳结三篙翠，隔岸花分一脉香。"写水而不言水，只用"三篙"、"一脉"描摹出水深和蜿蜒之状，一"借"一"分"，动中有静，想象奇妙。贾宝玉题写的潇湘馆联清幽静谧："宝鼎茶闲烟尚绿，幽窗棋罢指尤凉。"竹林翁郁苍翠，泛起层层绿烟，此时临窗对弈，指尖都染上了凉意。稻香村却是另一番景色："新涨绿添浣葛处，好云香护采芹人。"园中人造乡村逼真而纯朴，绿水荡漾，杏花如云，一派田园风光，让人顿生归隐之心。立于池水之上的藕香榭回廊曲转，一架竹桥与岸相连，"芙蓉影破归兰桨，菱藕香深写竹桥"。一个"破"字写活水波荡漾、芙蓉出水的情状，一个"写"字绘出荷花摇曳、竹桥翩飞之态。

《三国演义》第一回有一联："同心协力，救国扶危；上报国家，下安黎庶。"刘、关、张三人在张飞桃园中，备下乌牛白马祭祀等项，焚香祭拜而言誓，结为异姓兄弟，不求同年同月同日生，只愿同年同月同日死。从第一回"桃园结义"到第八十三回刘备为关羽、张飞报仇讨伐东吴，书中用了将近三分之二的篇幅刻画三人的江湖义气，呼应这副对联。此联如全书筋脉，串起情节，突出主旨：刘、关、张患难与共，至死不渝，实现了所立盟誓。

《三国演义》第三十七回，刘玄德三顾茅庐，初次到诸葛草庐中，见门上题联："淡泊以明志，宁静而致远。"联语出自诸葛亮的《诫子书》："非淡泊无以明志，非宁静无以致远。"第三十六回，徐庶入草庐，告诉诸葛亮已将其推荐给刘备，诸葛亮闻言变色："君以我为享祭之牺牲乎！"拂袖而入。第三十八回，刘备请诸葛亮出山，诸葛亮说："亮久乐耕锄，懒于应世，不能奉命。"刘备听罢失望至极："先生不出，如苍生何！"说完已是泪满衣襟。诸葛亮见刘备"其意甚诚"，才答应"愿效犬马之劳"。第二天动身时，又对三弟诸葛均说，自己因感刘备"三顾之恩"才"不容不出"。于此可见诸葛亮淡泊处世的操守和甘于寂寞的治学精神。

《三国演义》第十一回中，描写孔融好客，经常吟咏"座上客常满，樽中酒不空"，以抒其怀。第二十三回，孔融向曹操推荐自己的好朋友祢衡出使荆州游说刘表，祢衡击鼓骂曹。第四十回，曹操拟南征刘表、孙权，孔融谏阻，曹操不纳，孔融叹其"以至不仁伐至仁"。郗虑密告曹操，歪曲道："衡赞融曰仲尼不死，融赞衡曰颜回复生。向者祢衡之辱丞相，乃融使之也。"说祢衡骂曹是孔融指使的。曹操大怒，命人将孔融满门抄斩。

蒲松龄的《聊斋志异》中也有一些联语，亦是构成小说的有机组成部分，具有一定的艺术性。《狐联》中写两位狐女向焦生求爱，被焦生拒绝。狐女遂出一上联："戊戌同体，腹中只欠一点。"焦生对答不上，狐女随即念出下联："己巳连踪，足下何不双挑？"这是一副拆字联。"腹中"、"足下"、"双挑"皆一语双关。"戊戌"对"己巳"，同属支序，可谓匠心独具，委婉表达了狐女心曲，无情嘲笑了那些墨守成规的所谓正人君子。《细柳》篇中，高郎、细柳夫妇闺房中戏对一联云："细柳何细哉：眉细、腰细、凌波细，且喜心思更细；高郎诚高矣：品高、志高、文字高，但愿寿数尤高。"为何"但愿寿数尤高"？原来细柳嫁给高为继室，预知高不寿，故语气一转，祈祷上苍，读来令人兴叹。梁章钜《巧对录》卷八云："蒲留仙《聊斋志异》所载，事多奇诡，雅俗皆称之。中有数对，颇有巧思。"对蒲松龄的联语评价甚高。

名著中的对联照应着情节，也点醒着读者，恰如珠玑粒粒，散落书中，却穿起一串串故事，不可小视，颇多机趣。

● **知识链接**

两兼：指在一副对联中一个字可与前后的字同时组词，读时可读成两种组合句式，产生两种效果。如："李东阳气暖，柳下惠风和。"李东阳，明代诗人，天顺年进士，官至吏部尚书，华盖殿大学士，秉性温和，善依附周旋。柳下惠，春秋鲁国大夫，以善讲贵族礼节和坐怀不乱而著称。此联既可以读成李"气暖"、柳"风和"，喻人贴切自然；也可理解成：李树的东边阳气暖，柳树的下边惠风和。不管以何种句式读，对仗、结构都很工整。画家吴湖帆讽刺汉奸梁鸿志和吴用威："孟光轧妍头，梁鸿志短；宋江吃败仗，吴用威消。"孟光是古人梁鸿之妻，梁鸿每归，妻子孟光为其送食总是举案齐眉，后引申为夫妻相敬如宾。吴用是梁山宋江的军师，足智多谋。此联将梁鸿夫妻的故事反其意而用之，意在讽梁鸿志，下联亦然。作者撰联之时乃抗战胜利、外寇投降、汉奸失宠之时，以此联喻之，大快人心。


# 不拘平仄拟新意
## ——另类联


不拘平仄楹联又称另类联，是指不过分强调平仄、对仗、用韵的楹联。

另类联因为其格局、程式与"正宗"楹联相悖，故历来不为世人所重视，特别是被历代文人墨客所嗤之以鼻。其实，这样对待另类联是不公正的。从对偶修辞手法孕育了楹联的客观实际看，此类楹联与平仄协调楹联的句式、句法、结构同时具备；追溯春联起源，从桃符到楹联，二者也是同时产生和发展的。

另类联不事雕琢、不拘平仄、不强求工仗乃至以同字相对，灵活自由，随境而动，呈现出一种自然朴实的语言风格，很适合当代推广普通话的需要。因此，另类联并没有绝迹，反而随时代的发展越来越显示其强大的生命力。元代，中原红巾军初起之时，写在战旗上的"旗联"声势浩大："虎贲三千，直抵幽燕之地；龙飞九五，重开大宋之天。"充分反映了红巾军所向无敌的英雄气概。这副旗联在写作格局和程式上并不强求工仗，且有同字相对，属另类联，但其影响极大。明代中叶，刘六、刘七起义时，西路军战旗的旗联就援用此联，仅改"大宋"二字为"混沌"："虎贲三千，直抵幽燕之地；龙飞九五，重开混沌之天。"依然壮志满怀。而清末太平天国起义军占领南京之后，龙凤殿侧柱上又重见此联，只不过仍是更易二字："虎贲三千，直抵幽燕之地；龙飞九五，重开尧舜之天。"同样气冲霄汉，震古烁今。

而从记载对联的史籍看，许多文人也撰写过这样不拘平仄的对联。

明朝有个姓许的吏部尚书，其父曾经也做过吏部尚书，本人之前还当过户部尚书，其兄又是南户部尚书。于是，有个叫俞子木的人便作一对："父冢宰，子冢宰，秉一代之铨衡；兄司徒，弟司徒，总两京之会计。"该联上下联均有同字"之"相对，并不工稳，但立意新颖，构思巧妙，可赏可品，亦是佳对。

胡可泉到苏州就职，贴一联于门外："相面者，算命者，打抽丰者，各请免见；撑厅者，铺堂者，撞太岁者，俱听访拿。"表明自己为官之道和做人原则，虽不工稳，却句句凿实，平白如话，略通文墨者一看即懂，易于口口相传，让更多百姓知其官府坚持秉公执法的态度。同时也说明，不强求工仗且有同字相对的楹联，当时在官厅衙门亦有所张贴。

纪文达在京城曾经和朋友经过马神庙，看到庙门只开半扇门，门上有一联："左手牵来千里马。"朋友对纪文达说："且勿观下联，试各思之。"纪说："下联当为'前身终是九方皋'。"但当他把另半扇门关上时，才看到下联是："右手牵来千里驹。"二人不禁哑然失笑。

可以看到，另类联在古代生活中随处可见，官府衙门，庙宇寺观，市井街巷，都有这样平易晓白、不拘韵律的对联，很有"流行语"的味道，却也不乏闪光点，透出一股潜藏在生活底里的智慧与狡黠。当然，这些联语可能出于无名之辈，文化水平不高，说的尽是大实话；也可能出自文人雅士，愤世嫉俗，偏不按正统之道而行，明知违律而有意为之，意在表达一种张狂和乖戾的个性。

虽然另类联难登大雅之堂，却成为民间的俚言俗语，喝茶聊天时随口说出，反而现出风雅之态。"五四"运动之后，新文化运动冲击了整个学术文化界，这种楹联逐渐多了起来，并为人们所接受，一些名人也开始创作这种联语。如："千教万教教人求真，千学万学学做真人。"这是1944年12月郭沫若为南京晓庄师范校园内陶行知先生墓门所题写的楹联。虽失之工稳，却朴实生动地赞颂了陶先生的师德和人品。再如，1930年12月，红军总前委在宁都县召开军民誓师大会时，毛泽东在主席台两旁亲撰一联："敌进我退，敌驻我扰，敌疲我打，敌退我追，游击战里操胜算；大步进退，诱敌深入，集中兵力，各个击破，运动战中歼敌人。"同样是不拘格式，却是言简意赅地阐述了一种军事思想。

另类联呈现的是一种别致新奇、晓畅通达的语言风格，易于普及流行，可以作为对联的独特形式来欣赏。就像提倡用今音今韵作旧体诗词一样，这种灵活生动的对联格式也应该得到提倡。

● **知识链接**

飞白：明知某词有错却故意将错就错，这种修辞方法称"飞白"。"白"是"别"、"错"之意。飞白原是书法绘画中的一种手法，后借作修辞之用。而制联同样通过飞白手法达到特殊效果。相传，清初苏州有一个叫韩慕庐的秀才在某家教私塾，这家主人自以为是，经常替韩上课以炫耀才学。一天他教学生读《礼记》中《曲礼》一篇，竟将"临财毋苟得"读成"临财母狗得"。此时，一位饱学之士由此经过，错以为是韩念的，觉得好笑，因此在窗外高声念道："礼记一书无母狗。"韩慕庐一听，知道来者话中带刺，于是立即应声答道："春秋三传有公羊。"那人方知此先生非凡俗之辈，于是登门求见，解开误会。后来韩慕庐果中进士。联中，公羊是复姓，指为《春秋》作注的公羊高，另二位是左丘明、谷梁赤；三传指《左传》、《谷梁传》、《公羊传》。那位学士将错就错，将"母狗"直接替代"毋苟"，即飞白法，而下联以"公羊"对"母狗"更是妙语惊人。

# 撷来好句酿佳境
## ——集句联

　　集句联是从古今文人的诗词、赋文、碑帖、经典中分别选取两个有关联的句子，按声律、对仗、平仄等要求组成联句，既保留原文词句，又浑然天成，新意叠出，别有洞天。

　　它是一种创造性劳动，并非游戏文字。因此，没有一定文学底蕴和气质修为者不可为之，一副集句联要比自撰联难得多，可谓得之不易。北宋词人晏殊曾经得"无可奈何花落去"句，苦思良久，未得下句，还是一年后他到扬州，将此句说给当地文人王琪听，王琪随口答："似曾相识燕归来。"晏如获至宝，并将其写进《浣溪沙》词中，成为千古名句。北宋大文学家王安石也曾有过难成对句的尴尬，他集得"江州司马青衫湿"之句，久而未得下句，一日问蔡天启，蔡应声曰："梨园弟子白发新。"王大喜过望。

　　集句联可集诗词、骈文、碑帖、佛经甚至成语、白话和俗语，不一而足。

　　集诗句最为普通，有的是集不同作者诗句成联，清代瑞方集李商隐和苏东坡诗词来题镇江焦山夕阳楼："夕阳无限好，高处不胜寒。"南京莫愁湖联则是集韩愈、李白诗而成："水如碧玉山如黛，云想衣裳花想容。"武则天庙的题联也是集白居易、王维诗句："六宫粉黛无颜色，万国衣冠拜冕旒。"这些对联似信手拈来，用得恰到好处，正衬风景人物。有人用毛泽东词和周恩来诗集成联："不到长城非好汉，难酬蹈海亦英雄。"音律和对仗都对得贴切自然，且感情丰沛，一气呵成，气势难挡。王安石集谢贞、王籍诗句联云："风定花犹落，鸟鸣山更幽。"不仅对仗工整，而且语言风格相近，用词婉丽清新，让人恍若置身山中，超尘静心。还有集一人作品成联的，比如集杜甫诗成联："锦江春色来天地，玉垒浮云变古今。"情景交融，思绪丛生。鲁迅集屈原《离骚》句："望崦嵫而勿迫，恐鹈鴂之先鸣。""崦嵫"指崦嵫山，神话中日落的地方，"鹈鴂"是一种鸟，鸣啼之时天气将转冷，意即要珍惜时间，莫辜负大好时光。也有人集《诗经》诗成联："何草不黄秋以后？伊人宛在水之湄!"草在秋后会变黄，我的情人也会在水边等我约会，情意缠绵，春心荡漾，让人神往。辜鸿铭集苏轼《赠刘景文》诗成联："荷尽已无擎雨盖，菊残犹有傲霜枝。"据说这是辜鸿铭在讽刺北洋军阀张勋。张的亲信部队号称"辫子军"，人们戏称张勋"辫帅"，联中"擎雨盖"暗喻清官员的帽子，"傲霜枝"指清人的辫子，意为张勋气数将近，已到"荷尽残残"的凋零地步。上海孙中山故居有一联为孙中山所撰："满堂花醉三千客，一剑霜寒四十州。"化用唐朝诗人贯休诗句，原诗为"一剑霜寒十四州"，孙中山改为"四十"，气度超然，展现了推翻帝制建立共和的雄心壮志。

　　集词句也很多。梁启超赠胡适联便是集宋词而成："蝴蝶儿，晚春时，又是一般闲暇；梧桐树，三更雨，不知多少秋声。"周策纵的集词联似无意流露，却又见出真情实感："别来风月为谁留？二分尘土，一分流水；啼到春归无寻处，红了樱桃，绿了芭蕉。"杭州西湖岸楼外楼酒家有一副对联美不胜收："看槛曲萦红，檐牙飞翠；有三秋桂子，十里荷花。"上句出自南宋词人姜夔的《翠楼吟》，下联出自北宋词人柳永的《望海潮》，西湖风景立现眼前。另一幅集姜夔词题锄月轩联清丽婉约："竹外疏花，冷香飞上诗句；梅边吹笛，此地宜有词仙。"仿佛是身临世外，那一番冷寂和清静只有诗香、笛音和词仙才可相配，端得风雅至极。

　　集文句指集古代史籍和文学作品中的句子，如："床头见数帙书，便以学问相许；宅边有五柳树，尝著文章自娱。"上联出自《南史·隐逸上》，下联出自《晋书·陶潜传》，借以表达作者甘于寂寞、著书为文的心志。还有集《史记》、《说苑》中文字联："解衣衣我，推食食我；春风风人，夏雨雨人。"属对精巧，内容贯通，思路贴切，乃集句联中之上品。另有集刘禹锡和陶渊明句逍遥自娱："无丝竹之乱耳，乐琴书以消忧。"集"四书"句刚正不阿："好学近乎知，力行近乎仁，知耻近乎勇；富贵不能淫，贫贱不能移，威武不能屈。"而扬州平山堂集句联更是意境深远："含远山，吞长江，其西南诸峰林壑尤美；送夕阳，迎素月，当春夏之交草木际天。"上联集范仲淹的《岳阳楼记》和欧阳修的《醉翁亭记》，下联集王禹偁的《黄冈竹楼记》和苏轼的《放鹤亭记》，能将这么多人的句子集于一联中，映射彼景恰如其分，实是高妙。

集碑文句是集前人书写的碑文成联。集石鼓文联："花放水流，自有旨趣；禽鸣鸟乐，各具天成。"宛然一幅田园山水画，让人兴隐逸之念。集《汉樊敏碑》联："古人所重在大节，君子于学无常师。"便是一正人君子谆谆告诫世人为人处世之道。集《三公山》碑句："道治民无疾，年丰国永安。"好像一忠臣在劝谏君主要以德治国，只有民丰人乐，国家才能长治久安。

还有集佛经而成的对联。弘一法师李叔同学识广博，精研佛经，著有《华严集联三百》，其中不乏佳联奇句。如："天意"一联原李商隐所作，弘一法师写过一联书法而已。"一即是多多即一，文随于义义随文。"虽个别词词性不工，然其行文严谨、结构紧凑，禅理深奥，当以宽对视之。

集句不是摘句，不是简单地直接拿出整句而用，而是根据情境需要来择取不同诗文成联，有深意，有机巧，是撷他人锦线织成彩缎，标记上自我风格，裁成一袭华衣，自是另一种时尚。

● **知识链接**

假称：也称借称，是作者有意将对联中要表达的意思，将有关对象用第一人称说出来。如一庙联："你求名利，他卜吉凶，可怜我全无心肝，怎出得什么主意；庙遏烟云，堂列钟鼎，堪笑人供此泥土，空费了多少钱财。"联语借庙中泥塑木菩萨口吻劝诫世人，诙谐幽默。杭州岳飞墓有一联这样写道："咳！仆本丧心，有贤妻何至如是；啐！妇虽长舌，非老贼不至今朝。"清道光年间，有人在杭州岳飞墓前题此联悬挂，形象地表现了一对奸贼互相埋怨诟厉的口吻，刻画入微，惟妙惟肖。还有一副为道士写的挽联："吃的是老子，穿的是老子，一生到老全靠老子；唤不回天尊，拜不灵天尊，两脚朝天莫怪天尊。"借道教鼻祖老子的口吻讽刺道士的寄生生活，天尊亦指老子，唐朝老子被封为"太清道德天尊"。

# 柳暗花明又一村
## ——叠字联

　　一副对联中有些字反复出现，有的是字同音同义同，有的是字同音同义不同，有的是字同音不同义也不同，形成一种回环往复的特殊效果，节奏明朗，韵律协调，形象生动，独具魅力，这就是叠字联。

　　用叠字或者称"重言"来创作楹联非常广泛，几乎随处可见。比如苏州网师园的一副对联："风风雨雨，暖暖寒寒，处处寻寻觅觅；莺莺燕燕，花花叶叶，卿卿暮暮朝朝。"上联化用李清照的《声声慢》词，从纵和横的角度描写了该园山重水复、鸟语花香的美景和游客流连忘返、恋人们卿卿我我的境况，读来声韵铿锵，语句含义丰富深长，为游人增添了无限情趣。还有一联："南南北北，文文武武，争争斗斗，时时杀杀砍砍，搜搜刮刮，看看干干净净；户户家家，女女男男，孤孤寡寡，处处惊惊慌慌，哭哭啼啼，真真凄凄惨惨。"此联在解放前流传一时，形象嘲讽了国民党统治下旧中国的凄惨景象。

　　叠字联将同一个字接连叠用，其势似穿珠成串，在节奏上可产生明显的音律效果。俞樾题杭州九洞十八溪联："重重叠叠山，曲曲环环路；高高下下树，叮叮咚咚泉。"将四个形容词"重叠、曲环、高下、叮咚"进行了特殊处理，奇境豁然端现，真似听到叮咚泉水声，凉意扑面而来，曲径幽山，沉而忘返。杭州西湖有一联："山山水水，处处明明秀秀；晴晴雨雨，时时好好奇奇。"联句立意新颖，字清句爽，将西湖一年四季阴晴雨雪、冷暖交替的景色形象地描摹出来，原来"人间天堂在苏杭"并非虚言，始信哉。

　　叠字联利用汉字一字多音多义、词义通假的特点，造成一字在联中的音调起伏变化，山重水复，奇诡绝妙。最典型的莫过于北戴河山海关孟姜女庙联："海水朝朝朝朝朝朝朝落，浮云长长长长长长长消。"上联连用七个"朝"字，下联连用七个"长"字，如果不懂读法，很难理解联意。如果谙熟汉字多音多义的特征，则深觉此联妙趣无穷。其实，此联可以这样读："海水潮，朝朝潮，朝潮朝落；浮云涨，长长涨，长涨长消。"也可以这样读："海水潮，朝潮朝潮，朝朝落；浮云涨，长涨长涨，长长消。"如此一来，其景自现：碧空苍穹之下，海水日日潮起潮落，天上的白云忽涌忽消。世事何尝不是如此？时光如海浪推涌，一波波朝代更迭，一辈辈人前赴后继，没有谁会永垂不朽，"万里长城今犹在，不见当年秦始皇"，只有江山万古。与此联用字、格式相同的楹联在我国还有很多，像福州罗星塔联、江西赣南梅江畔古庙联、浙江温州江心寺联、四川长宁朝云庙联等，足见此联影响之大之广。有一副豆芽店门联比上一副楹联更加奇特："长长长长长长长，长长长长长长长。"有人如此解读：上联第一、三、五、六字读经常的"常"音，第二、四、七字读生长的"长"音，下联则正好相反，意即本店卖的豆芽经常生、越生越长。

有一副劝学的对联很有意思："好读书时不好读书，好读书时不好读书。"从字面上看，上下联相同，一字不差，但"好"字读音不同，构成的意境也不尽一样。上联第一个"好"字读"hǎo"，第二个"好"字读"hào"，下联则相反。其联中之意是：青年时代正是读书的大好时光却不懂珍惜，等到年老再想读书时却光阴已逝，恰诠释"少壮不努力，老大徒伤悲"之义，语重心长，情理交融。

福州南门外有一茶亭的柱联题为："山好好，水好好，开门一笑无烦恼；来匆匆，去匆匆，饮茶几杯各西东。"好山多情，好水无忧，以叠字表现置身青山绿水间、超然物外、其乐无穷的情趣。

明万历宰相叶向高和其门生、新科状元翁正春经过一个池塘，叶见池中鸭浮水面，便吟道："七鸭浮塘，数数数三双一只。"翁正春苦思冥想不得下句，忽见池中跃起一尾鲜鱼，约有一尺来长，便灵机一动："尺鱼跃水，量量量九寸十分。"叶闻听频频颔首，二人相视而笑。"数数"是动词，叠字，"数"是名词，"数数数"即数一数鸭的数目；"量量"是动词，叠字，"量"是名词。"量量量"即量一量鱼的身长。可谓巧对。

这样的叠字联还有许多，诸如"进进出出笑颜开，人人满意；挑挑拣拣花色全，件件称心"、"先生先生，后生后生，先生生后生，后生成先生，先先后后，生生不已；我说我说，你说你说，我说说你说，你说说我说，我我你你，说说何妨？"等，妙趣横生，音韵铿锵，节奏明朗，由此可见汉字的无穷魅力，体现出中国文人士子的散淡幽默性情。

● 知识链接

回文联：一个对联中，后一分句或半句是前一分句或半句的倒读，这样的对联称回文联，多为文字游戏。如："客上天然居，居然天上客；人过大佛寺，寺佛大过人。""客上天然居，居然天上客；僧游云隐寺，寺隐云游僧。""柳如是如柳，华来士来华。""风送花香红满地，雨滋春树碧连天。"严格来说，这几联都不能算工稳的对联，只是字数相同，最多算作宽对。清代有个翰林写的一副音同回文联饶有趣味："画上荷花和尚画，书临汉帖翰林书。"厦门鼓浪屿上有一副回文联美不胜收："雾锁山头山锁雾，天连水尾水连天。"

# 山重水复疑无路
## ——复字联

复字联就是一副对联上下联有一个或几个同样的字。看这些对联："水车车水水随车，车停水止；风扇扇风风出扇，扇动风生。""望江楼，望江流，望江楼上望江流，江流千古，江楼千古；印月井，印月影，印月井中印月影，月井万年，月影万年。""猪公狗公乌龟公公道何在公理何存？鱼所肉所麻将所所内者甜所外者苦"、"春雨雨春山，山山泛绿迎春福；治风风治世，世世康宁乐治世"、"笑古笑今，笑东笑西，笑南笑北，笑来笑去，笑自己原来无知无识；观事观物，观天观地，观日观月，观上观下，观他人总是有高有低"、"山既是空，水既是空，花花草草亦既是空，到此恍然空诸所有；天不可说，地不可说，人人物物都不可说，既然如此说个什么！"就都是利用相同的字组合而成，或读音不同，或词性各异，层层递进，反复强调，寓意深远，曲尽其妙，乐在其中。其实，这种对联和叠字联大致相同，只是它更注重字的重叠。

"骑车要把把把稳，下棋应将将将死。"上联的三个"把"字读音完全相同，但含义不同：第一个"把"作介词；第二个"把"作名词，车把；第三个"把"作动词，把持。下联的三个"将"读音不同，含义也不同，第一个"将"读平声，作介词；第二个"将"读入声，作名词，象棋中的老帅；第三个"将"读平声，作动词，意思是攻击对方的老帅。对联的含义就是无论做任何事，都应实在点，要坚决果断。

据说明代大学士解缙一日游山，途中因口渴到庙中讨水喝。住持知道他是解元出身，便出一联试试他的才学："一杯清茶，解解解元之渴。"三个"解"字连用，第一个读去声，意为消除，第二个读 xiè，是解缙的姓，第三个读 jiè，解元是明清科举考试乡试头名。此联一出，难住了解缙，他一时半会儿对不上，就与和尚聊天，知道和尚姓"乐"，出家前曾在宫廷当过几年乐师，灵感忽至："三弦妙曲，乐乐乐师之音。"三个"乐"字连用，第一个读 lè，快乐，第二个读 yào，和尚的姓，第三个读 yuè，音乐。和尚不禁拊掌而笑，一边说着"好对，好对"，一边把茶水敬给解缙。

明朝的戴大宾小时就聪慧精灵，有一年，朝廷里举行童子试，5岁的戴大宾由父亲背着去应试。在场的秀才看他聪明可爱就问他长大后想做什么，戴大宾大声回答："我想当阁老。"秀才听了，马上出个上联逗他："未老思阁老。"戴大宾一点儿也不胆怯，对道："无才做秀才。"无意间说中了秀才的心病，弄得他很尴尬。周围人听了，都认定这孩子前途不可限量。此联的"老"和"才"是复字，在上下联中分别用作动词和名词。

据说周秉成10岁考中秀才，乡试、会试、殿试连中三元，出任湖北学台。一次考试前，举子们合议了一副上联贴在贡院的照壁上："半朝微雨，洗宇宙之轻尘，润江之光、湖之光、海之光，登云路，望五百明川，瞻星瞻斗瞻日月。"周秉成坐轿来到贡院，举子中有人故意大声说："真正绝对，怕是连学台大人也对不上了。"周秉成下轿一看上联，知道是学子们在"考"自己，便从容对道："一介儒生，读孔孟之遗书，中解之元、会之元、状之元，入翰林，推十八学士，安家安民安国邦。"句中所显示出的不同凡响的经历和所抒发的宏大抱负，让一个个举子佩服得五体投地。

还有既用叠字又用复字的对联，兼有复字的递进深入和叠字朗朗上口的艺术效果。

清初，南方有个姓任的主事官经常讥讽朝政，抨击时弊，不免得罪了一些有权有势的官家豪门。一天，皇上派来了一个姓管的御史官，到地方来考察，当地绅士豪门伺机出来对任主事官恶意攻击，讲得一无是处。管御史只听一面之词，不加细察，便对主事官严加训斥："我听说你喜欢教训别人，这不好。现在我有一个对子，让你来对。"说罢，便念出了上联："说人之说被说人之人说，人人之说，不如不说。"任主事针锋相对地对出了下联："管官之官受管官之官管，官官受管，何必多管。"管御史听后瞠目结舌，拂袖而去。联中的"官官"为叠字，"官"、"管"为复字，看似饶舌，却是直抒胸臆，一吐为快。

李调元因性情刚直得罪了权臣，被充军新疆伊犁。后来赦放归家，夫妻重逢，感慨万端。妻子出上句："月圆月缺，月缺月圆，年年岁岁，暮暮朝朝，黑夜尽头方见日。"这触动了李调元久抑胸中的复杂感情，他对道："花落花开，花开花落，夏夏秋秋，暑暑凉凉，严冬过后始逢春。"对罢，夫妻相视而笑。

乾隆皇帝登泰山时，纪晓岚与刘墉、和珅等人侍陪左右。至斗母宫时停下来休息，住持女尼摆好文房四宝，恭请君臣赐联。乾隆提笔写道："钟声磬声鼓声，声声自在。"众人正等着看皇上书写下联，乾隆却把毛笔递给纪晓岚说："你对吧！"纪晓岚接过笔写道："山色水色物色，色色皆空。"上联有佛义的精深，下联蕴禅理的无穷，不是简单的叠字复字游戏，而是悟道之语，妙绝！

从前，有个姓刁的私塾先生出了一句歪联让童生对："抓而痒，痒而抓，不抓不痒，不痒不抓，抓抓痒痒，痒痒抓抓，越抓越痒，越痒越抓。"童生们想了半日，也没有一个人对出下联来。先生责骂他们是废物，一个童生听罢豁然站起，对道："生了死，死了生，有生有死，有死有生，生生死死，死死生生，先生先死，先死先生。"先生听了，气个半死，跌坐在椅子上，半天说不出话来。

一个私塾先生曾写过一联："军阀跑，国防跑，富绅跑，跑跑跑，看着跑垮国民党；工人来，农民来，士兵来，来来来，共同来建苏维埃。"联中"跑"和"来"字间隔出现、重叠运用，对革命形势的发展作了高度形象的概括，这是一副通俗易懂、思想性和艺术性俱佳的上乘之作。

近代改良派领袖康有为悼念谭嗣同的一副挽联云："复生，不复生矣；有为，安有为哉。"谭嗣同，字复生，与康有为、梁启超等一起参与戊戌变法，失败后被杀害。全联之意是：你谭复生遭遇不幸，不能起死回生了；我康有为虽在人间，可是还能有什么作为呢？表达了作者痛心疾首的悲愤心情，赞扬了谭嗣同在变法中的重要作用。联中的两个"复生"和两个"有为"既是叠字也是嵌名。不过前面的"复生"和"有为"是名词，后面的"复生"和"有为"却是词组，意为起死回生、有所作为。

● **知识链接**

　　镶嵌：为了表达某种特定的意义，以达到某种特定的创作目的和获得特定的艺术效果，楹联中经常把某些特定的字词，诸如人名、地名、数字、方位以及所写事件或中心词等，巧妙而自然地嵌入联语，这种创作方法称为镶嵌法。镶嵌法是联语创作中特殊而又常用的一种方法，使用范围极为广泛，内容十分丰富。或镶嵌节气，如："天气大寒，霜降屋檐成小雪；日光端午，清明水底见重阳。"或镶嵌姓氏，如"鱼游万孔秋江冷，柏成林丛夏岳高。"或镶嵌序数，或镶嵌方位，或镶嵌药名，或镶嵌年号，或镶嵌名称，或镶嵌偏旁部首等。镶嵌联的格式很多，主要有整嵌、横嵌、竖嵌等十二种。如鹤顶格："明月有情常照我，清风无事乱翻书。"清初有人写了一副楹联，联语之首镶嵌了"明"、"清"两字，一褒一贬，显而易见。还有："士不忘丧其元，公胡为改其度。"（雁足格）李元度系曾国藩的部将，屡为太平军所击败。在衢州一役，李军伤亡惨重，有人将其名嵌于联尾，作此联以嘲讽之。另有："四壁图书三尺剑，半月行李一张床。"（碎锦格）

# 此时无声胜有声
## ——缺字联

　　缺字联也称隐语、漏字，指楹联中有意识地将尾字或联中一字隐去，仅以所呈现的字面来表达某种意思，含蓄巧妙，类似谜语，或戏谑，或嘲讽，谜味隽永，猜趣无穷。

　　有一则联很耐琢磨："一二三四五六七，孝悌忠信礼义廉。"上联最后隐"八"，意思是"忘八"，即"王八"。下联最后隐"耻"，意思是无耻。

　　据说郑板桥到民间了解百姓疾苦，见一家门上贴的对联很不一般："二三四五，六七八九。"横批是"南北"。于是，他赶忙派手下给这家人送去一些吃穿用物品。手下不知何故，他解释道："他们是在说缺衣（一）少食（十），没有东西啊。"手下恍然大悟。

北京广安门外白云观悬有郑板桥一副对联："咬定一两句，终身得力；栽成六七竿，四壁皆清。"此联上联写读经书，而隐去了"书"字，下联谈栽青竹，却不出现"竹"字，切合白云观道家特有的清静幽阔的环境。对联用语通畅明了、举重若轻，实乃大家手笔。

明代文学家冯梦龙《古今谭概》中记载一则故事：一个贫士为好友祝寿而无钱置酒，乃持水一瓶称觞，道："君子之交淡如。"好友解其意，答："醉翁之意不在。"上句出自《庄子》"君子之交淡如水"，漏"水"；下句出自欧阳修《醉翁亭记》"醉翁之意不在酒"，隐"酒"。此联极妙，以水称酒，见出至纯至净的友情。

袁世凯死后，有人写了一副挽联："袁世凯千古！中国人民万岁！"初看对仗不工，上下联字数不相同，但仔细分析后才发现，作者寓意深长：袁世凯对不起中国人民！

20世纪50年代，香港著名女影星莫愁殉情自杀，易君左先生撰一副歇后联挽之："与尔同销万古，问君能有几多？"上联用李白《将进酒》诗中的一句："五花马，千金裘，呼儿将出换美酒，与尔同销万古愁。"下联取自李煜《虞美人》词："问君能有几多愁，恰似一江春水向东流。"上下联都在末尾隐掉一个"愁"字，不仅委婉含蓄，寓意缠绵，而且对仗工整，不愧为歇后联中的上乘之作。

"早也无□，晚也无□，不想□，不做□。□大□小，□不关己。虽办不成□，凡□则推，偏能平安无□，到了下任，三家董□，七家理□；日也操□，夜也操□，又痴□，又诚□。□热□凉，□中有数，已伤透了□，凭□而论，不敢丧气灰□，总是还揣，一分寒□，九分担□。"上下联的"□"中各隐了一字，多读就清楚所隐何字了，原来上联隐"事"，下联隐"心"，由此刻画了截然不同的两种人物形象。

对联中还有隐藏人名、地名、物名、诗词句子、词牌名等。如："民犹是也，国犹是也，何分南北；总而言之，统而言之，不是东西。"这个对联是把"民国不分南北，总统不是东西"巧妙地藏在对联里。

这样的对联大多是不便直言或者有难言之隐，却不得不吐胸中苦水，因此便有了这样的巧思奇对。

有缺字联，也有隐字联。用隐语暗示想表达的内容，这种制联方法称作隐如，和谜语相似，但却有本质的区别：谜语联是依物制联，将谜面对联化；隐字联是以联喻物，是将所描写的事物暗藏联中，通过联想来理解作者的用意。如："数声吹起湘江月，一枕招来巫峡云。"上联未言用何物吹起湘江月色，但读者却很容易联想到清脆笛音。下联枕边招来的显然是梦境，因为宋玉《高唐赋序》说楚王梦到自己与巫山神女相会于高唐，神女曰："旦为行云，暮为行雨。"上联写笛，下联写梦，虽隐却彰，韵味悠长。解放前，有人写过一副痛斥帝国主义横行霸道的对联："中土讵能容久住，醉乡何得复横行。"隐指醉螃蟹再不会横行中国大地，因为中华民族同仇敌忾，一定会把帝国主义赶出中国。对联既隐含两种事物，合起来又寓意很深。

隐字联和缺字联不同，它不缺字，也不尽是诉苦衷，而是若暗喻一般婉转低回，相比之下，更具文学修辞意味。

不管是缺字还是隐字，都极具机智和创造力，耐人寻味，发人深省。

● **知识链接**

哑对：不用文字而只以动作暗示的对联称哑对。乾隆微服私访，遇一农夫，便手指砖塔，老农也摇手作答。二人不出一语，却已成一联："孤塔矗矗，七层四方八角；双手摇摇，五指两短三长。"苏轼和佛印同游，苏轼在船上看见河岸上一只狗正啃骨头，就对佛印大笑。佛印会意，忙将手里有苏轼题字的扇子丢到水里。二人相视而笑，尽在不言中，原来含义就是："狗啃河上（和尚）骨，水飘东坡诗（尸）。"

# 妙笔增删为哪般
## ——加减联

有缺字和隐字，就有加字或增笔画，以此使联意发生变化，酿成新的意境，这就是加减联，也叫续字联。

传说一位书法家除夕前连续写了多副春联，贴在门上，均被人揭走。最后，他无奈撰一联："福无双至，祸不单行。"因联语不吉，才没有被人揭走。第二天，书法家又在上下联后各添三字，便成了这样的春联："福无双至今日至，祸不单行昨夜行。"可谓巧思妙构，传为佳话。

解缙未成名时，住所与一富翁家的竹林相对。除夕，他在门上贴了一副春联："门对千根竹，家藏万卷书。"富翁见状大怒，心想，我家的竹园岂容他人借用？便令家人将竹子砍掉一截。解缙自知其意，便在上下联各添一字："门对千根竹短，家藏万卷书长。"富翁见之，更加恼火，干脆把竹根也刨掉了。解缙只觉好笑，便在楹联后又添二字："门对千根竹短无，家藏万卷书长有。"任凭富翁将竹砍短、除根，楹联依景而变，只气得富翁目瞪口呆，无计可施。此联两次加字，联意不做作，不牵强，字生趣，意通神，实属不易。

王安石曾与一位客人酒后联句。他先出上联："老欲依僧。"客人对"急则抱佛"。王安石说："我这个上联只要在前面加上一个'投'字，便成了一句古诗——投老欲依僧。"客人说："我这个下联只要在后面加上一个'脚'字，便成了一句俗谚——急则抱佛脚。"说完，两人相视而笑。

苏轼少时自恃满腹诗书，在自家门上贴了一联："识遍天下字，读尽人间书。"几天后，一位老者来访，并拿一本书请教。苏轼翻开书，竟然有许多字不认识，顿感羞愧。待送老者走后，便在这副对联的上下联各添两字："发愤识遍天下字，立志读尽人间书。"一扫先前的傲气，却自有一股雄心壮志跃然联上。

类似这样因加减字词而奇趣横生的故事，在民间广为流传。

相传，有一仕宦人家，父子二人有权有势，横行乡里，老百姓对他们敢怒而不敢言。父子都买了进士，婆媳均封夫人，为了光宗耀祖，装点门面，便在门上挂出一副楹联："父进士，子进士，父子皆进士；婆夫人，媳夫人，婆媳均夫人。"门对刚刚贴出，便有人乘其不备改增笔画："父进土，子进土，父子皆进土；婆失夫，媳失夫，婆媳均失夫。"如此一改，内容便大相径庭，气得父子二人又生气又郁闷，却只能自叹晦气。

传说旧时有一家人家结婚，把丧联"流水夕阳千古恨，春露秋霜百年愁"错贴于喜堂之上，客人一见，无不惊异，因碍于情面又不便明说。当新娘来到喜堂见此联时，不免暗中叫苦，但她灵机一动，来到丧联旁，将上下联尾各截去一字，丧联立刻变成下面的喜联："流水夕阳千古，春露秋霜百年。"

从前一个叫吉生的庸医水平低下，却爱自吹自擂，有人便在其门上贴了一副对联："未必逢凶化，何曾起死回。"上下联镶嵌的每个成语都故意漏写一个字，漏字合起恰是"吉生"。以此辛辣地嘲讽了误人的庸医，可谓机智，且含着一股冷幽默味道，让人忍俊不禁。

某地有个颇有点名气的老员外，是个秀才，平日里十分自负，头房夫人六十大寿时，他写了一副对联挂在寿堂上："这房老婆不是人，三个儿子都做贼。"然后将苏东坡请到家里设宴款待。席间，老员外指着对联假意谦虚："老朽才疏学浅，力不从心，此联写得不佳，请苏学士点石成金。"苏东坡知道这是有意难为自己，遂取笔在对联上横竖添了几笔，待弃笔后，对联已变成："这房老婆不是人，好似仙女下凡尘；三个儿子都做贼，偷来仙桃献母亲。"老员外看完，连忙冲苏东坡躬身下拜，口中说道："苏学士不愧一代名流，所续之联，意及天庭，真乃神来之笔，老朽甘拜下风！"

明成祖时，宰相元成寿辰，众人祝贺，但无人敢题诗，怕一不小心，因文字生灾而触犯宰相。最后众人请解缙题词，解缙也不推辞，挥笔横写了"真老乌龟"四字。众人一见大惊，心想，解缙竟敢辱骂宰相。正惊恐之际，解缙又在四字下各加三字，马上变成四言寿诗："真真宰相，老老朝臣；乌鬓白发，龟鹤遐龄。"众人方明其意，开怀大笑，齐赞他幽默急才。

对联拟成，并未终结，而是随情境的发展有伸有缩，淋漓尽致地发挥着撰联者的聪明才智。

● **知识链接**

联绵：汉语中有一种由两个音节联缀成义而不能分割的联绵词，或有双音、叠韵的关系，如"玲珑"、"徘徊"、"窈窕"、"磅礴"；或无双声但有密不可分的关系，如"蜈蚣"、"胭脂"、"妯娌"；或同音相重复，如"白白"、"津津"、"脉脉"等等。在对联中，联绵词必须对应联绵词，不能与其他词性的词相对。古代严式对更主张在联绵词中必须名词对名词、动词对动词、形容词对形容词。例如："独抱琵琶寻旧曲，数教鹦鹉念新词。"联中"琵琶"对"鹦鹉"，属联绵对。"入室饮茶，直步可登麒麟阁；临池染翰，何年得到凤凰台"。联中以"麒麟"对"凤凰"，视为联绵对。福州春意亭联："莺啼燕语芳菲节，蝶影蜂声浪漫诗。""芳菲"对"浪漫"；江西蓝桥公园佳婚事联："有情终配鸳鸯侣，相爱总结连理枝。""鸳鸯"对"连理"；杭州梅竹亭联："雪里梅花红烂漫，霜间竹叶碧玲珑。""烂漫"对"玲珑"。这些都属于联绵词相对。

# 拆合汉字见奇致
## ——拆字联

对联的用字技巧很多，拆字联就是其中的一种。拆字联就是通过把一个字拆成几个字或把几个字合成一个字所构成的对联。拆字联既要对仗，又要受所拆拼字体结构的严格约束，制作时有一定难度。但好的析字联能使语言曲折有致，耐人咀嚼，趣味横生，有画龙点睛之妙，从而使联语达到某种特殊的艺术效果。

拆字联反映的是所拆字的对称。也就是说，上联的眼在什么位置要一一对应，位置和对应的内涵是重要的。如："鸿是江边鸟，蚕为天下虫。"鸿由"江、鸟"二字组成，蚕由"天、虫"二字组成，一鸟一虫，江对天。可谓严对。"谢老板拿钱，抽身就讨；吴先生喝酒，倒口便吞。"将"谢"字中间的"身"抽掉，成了"讨"字，"吴"字将上面的"口"字倒写成"吞"字，情趣盎然，明白如话。还有更精义犀利的："段稽查未披人皮，何假之有；刘监督丢下金刀，比卯不如。"既是拆字又是讽刺。

单拆字隐藏得更加巧妙。明代文学家蒋焘幼时对一联："冻雨洒窗，东二点，西三点；切瓜分客，上七刀，下八刀。"这是上下二联各拆了"冻"、"洒"及"切"、"分"二字，干净利落！杨溥少时，其父为县役逮捕，杨溥求县令释放父亲，县令出一联："四口同圖，内口皆从外口管。"杨溥思虑片刻，对道："五人共伞，小人全仗大人遮。"上下皆联用拆字技巧，含蓄委婉，巧夺天工，堪称名对，县令因此放了其父。

据说唐末诗人李群玉与塾师联对，塾师出一拆字联，要求结尾用一句唐诗，上联是这样的："晶字三个日，时将有日思无日，日日日，百年三万六千日。"联中"百年三万六千日"出自李白的《襄阳歌》，意为时间虽多也很短，百年也只不过一瞬。李反应机敏，当即对出："品字三个口，宜当张口即张口，口口口，劝君更进一杯酒。"联中"劝君更进一杯酒"出自王维的《送元二使安西》，下联意思说话须经考虑，为人处事要谨言慎行。

据说八国联军进犯北京时，一个精通中国文化的英国军官听京戏时，看到各式中国乐器，突发奇想，拟出上联："琴瑟琵琶八大王，双王在上。""琴瑟琵琶"四字每个上边都是两个"王"字，共八个"王"字，明显是在耀武扬威。当时一个才子脑中灵光一闪，对出了下联："魑魅魍魉四小鬼，单鬼犯边。""魑魅魍魉"四字每个都有一个"鬼"字，共四个"鬼"字，借此谴责侵略者的暴行。

合字联是把几个字合成一个字，构成字面上的对偶，蕴含某种微妙的思想内容。

"日在东，月在西，天上生成明字；女居左，子居右，世间配成好人"。此联自然舒展，字面和现实生活契合严密。"山石岩下古木枯，此木是柴；白水泉边女子好，少女真妙"。"山、石"合成"岩"字，"古、木"合成"枯"字，"此、木"合成"柴"字，"白、水"合成"泉"字，"女、子"合成"好"字，"少、女"合成"妙"字，犹如一幅山水画一样秀丽清新。"此木是柴山山出，因火成烟夕夕多"。"此、木"合成"柴"字，"因、火"合成"烟"字，对仗工整，构思奇巧，余味无穷。清代有一副禁烟对联："因火为烟，若不撇开终是苦；舛木成桀，全无人道也称王。""因、火"合成"烟"，"若"缩短一撇为"苦"，"舛、木"合成"桀"，"全"分为"人、王"，巧思妙对，令人叫绝。

相传一位颇有文才的相国小姐，立志要嫁一个才子，条件是要对上她的上联，不论贫富都行。她将上联贴在相府门外："寸土为寺，寺旁言诗，诗曰明月送僧归古寺。"这上联难对，因"寺"和"诗"都用两个相联的字组合而成，最后一句是唐诗，"月"又是由"明"字拆开，后来一位姓林的书生写出了下联，贴在相府："双木成林，林下示禁，禁云斧斤以时入山林。"相府小姐看后很满意，便与之结为夫妻。

佛印和尚有一天和苏东坡谈佛经，苏小妹有意开他的玩笑："人曾是僧，人弗能成佛。"佛印听后也反戏一联："女卑为婢，女又可称奴。"二人巧拼"僧"、"佛"、"婢"、"奴"四字，互相戏谑，妙趣横生。

传说朱元璋想进攻东吴，有一天，他写好一上联给军师刘基："天上口，天下口，志在吞吴。"刘基鼓励朱元璋出兵，对道："人中王，人边王，意图全任。"朱元璋看了下联，心知肚明，定下了进攻东吴的决心。

清代第一才子纪晓岚24岁参加乡试考了头名，后来中进士第，被授侍读学士，陪皇帝读书。日子久了，他面容愁苦，情绪悒郁。乾隆察觉其有思家之意，便出上联试探他："心口十思，思子思妻思父母。"纪晓岚慌忙跪地，以实奏闻，以对句相答："言身寸谢：谢天谢地谢君王。"乾隆龙颜大悦，当即准其回家探亲。

李调元任广东学政时，一次乘轿经过一桥，几个孩子正在桥头用三块石头垒桥玩，轿夫不慎踢翻石头。孩子们一哄而上，拦住轿子不让走。李调元探身出轿，一个孩子要他对句，否则"赔桥"，并出上句："踢倒磊桥三块石。"联中的"三块石"为"磊"字。李调元竟无以答对，便借口公务在身，答应明天过来再对。晚上回到家，李调元对妻子讲了这件事。妻子正在剪裁衣服，随口道："剪开出字两重山。"第二天，李调元在桥头遇见那孩子，便以妻子的句子相对。孩子说不是他对的，因为男人不会用剪刀裁衣，当然不会以此入联了。李调元被孩子的聪慧所震动，便唤来孩子的父亲，赠其银两，供孩子好好读书。

在拆字联中，有时将拆字与合字用于同一联中，达到更为巧妙的艺术效果。

如"张长弓，骑奇马，单戈独戰；嫁家女，孕乃子，生男曰甥。"上联拆拼"张、骑"二字又合并"戰"字，下联拆拼"嫁、孕"二字又合并"甥"字，分别表现了驰骋疆场和儿女情长的两种场面。

三国时，周瑜嫉妒诸葛亮之才。一次在酒宴上，周瑜出联激诸葛亮："有水也是溪，无水也是奚，去掉溪边水，加鸟但是鸡。得志猫儿胜过虎，落坡凤凰不如鸡。"诸葛亮从容一笑，开口吟道："有木也是棋，无木也是其，去掉棋边木，加欠便是欺。龙游浅水被虾戏，虎落平阳遭犬欺。"周瑜听罢大怒，又出一句："有手便是扭，无手便是丑，去掉扭边手，加女但是妞。隆中有女长得丑，百里难挑一个妞。"嘲笑诸葛亮夫人相貌丑陋。诸葛亮立刻回应："有木也是桥，无木也是乔，去掉桥边木，加女便是娇。江东美女大小乔，曹操铜雀锁二娇。"奚落周瑜夫人小乔。气得周瑜几欲发作，幸好鲁肃在一边打圆场："有木也是槽，无木也是曹，去掉槽边木，加米便是糟。当今之计在破曹，龙虎相争岂不糟？"话音刚落，众人击掌喝彩。

拆字联有游戏的乐趣，有优美的意境，还附着逸事和传说，颇值玩味，趣味良多。

● 知识链接

　　标点：所谓标点法，即在对联中突出标点符号的特殊作用，多以符号代替数字使用，以达到一种特殊的效果。下面是1976年悼念周总理的一副对联："?!"全联仅用两个标点符号成联，隐含着极深沉的意义。上联一个"?"，下联一个"!"，如果不是在那个特定的历史事件中，是难以评断其内在的含义的。全联没有文字却胜过千言万语。可说是楹联史上最短的对联。如："??????  !!!!!!"1949年，南京大专院校举行反饥饿、反内战游行，国民党特务镇压学生运动，打死两名学生。追悼会上就有这样一副无字联。对联巧用12个标点，并采用层盖手法，问叹相对，悲痛交织，情感层层递进。上联是向反动当局质问，血泪控诉；下联是写向反动势力讨还血债的决心。1948年3月，南京政府召开国民党代表大会，中央大学教授乔大北撰写一联嘲讽之："费国民血汗已？亿；集天下混蛋于一堂。"联语直抒胸襟，怒不可遏，骂得痛快淋漓，有理有据。作者为国人鸣不平，怒目之态跃然纸上。一个"?"是说南京政府盘剥了人民多少资财，本来就是一个未知数，不得而知。

# 环环相连珠玑现

## ——顶针联

湖南长沙曾流行过这样一副对联："天心阁，阁落鸽，鸽飞阁未飞；水陆洲，洲停舟，舟走洲不走。"联中，"阁"与"鸽"、"洲"和"舟"同音，读起来饶有兴味。这类联就是顶针联，也叫连环联。

顶针联是将上联或前句的尾字作为下联或后句的首字，使上下联或两个句子首尾相连，前后承接，递进紧凑，生动明快。

顶针联与叠字联相仿但本质不同，前者可以是一个单字，也可以是一个复词或词组，既可一次使用，也可重复使用。如："山羊上山，山碰山羊角；水牛下水，水没水牛腰。""楼外青山，山外白云，云飞天外；池边绿树，树变红雨，雨落溪边。""蚕作茧，茧作丝，织就绫罗绸缎；人养鸡，鸡生蛋，弄成香菜佳肴。"

有个文人到无锡游玩，一日来到附近的锡山，他想到这个地方叫无锡，山叫锡山，究竟有锡还是无锡？经过了解，答案是否定的。于是他想到一联："无锡锡山山无锡。"这是一副顶针复字联，难度较大，一时想不出下联。又一天，他来到平湖，看到湖水快要漫上堤岸了，一下子就对出了下联："平湖湖水水平湖。"

"听雨雨住，住听雨楼边，住听雨声，声滴滴，听、听、听；观潮潮来，来观潮阁上，来观潮浪，浪涛涛，观、观、观。"这副顶针联既有句内顶针又有分句之间顶针。上联妙用一字两义，"住"一作"停止"，一作"住宿"，把听雨观潮之妙趣随着语意的跳跃尽纳联中。

传说王安石年轻时赴京赶考，路过马家镇，见马员外家小姐以对联招亲。马小姐容貌俊秀，自幼熟读四书五经，琴棋书画无所不通。她在大门口悬上一只走马灯，灯上写着一副上联："走马灯，灯走马，灯熄马停步。"联语以"走马灯"倒顺回读成联，巧妙而又工整。王安石一看，赞叹道："真是好句。"因急着赴京城赶考，就把此联默记在心中。科试时，他第一个交卷。主考官欧阳修见王安石少年英俊，不由心中欢喜，指着厅前随风飘动的飞虎旗说："飞虎旗，旗飞虎，旗卷虎藏身。"王安石将马家镇的"走马灯"上联随口应对。主考官听了，拍手叫好。王安石考罢，急忙赶赴马家镇，见"走马灯"联仍悬在马员外大门口，喜出望外，便以主考官的"飞虎旗"联应对。马员外见他才华不凡，即以女相许，并择吉日在马府完婚。当新人拜天地时，又传来喜报，说他金榜题名了。王安石心中喜上加喜，真是"洞房花烛夜，金榜题名时"，趁酒兴信手在一大红纸上写下连体"喜"字，贴在大门上（后来中国人办婚事都喜欢张贴大红双喜字），吟诗曰："巧对联成双喜歌，马灯飞虎结丝罗。"一副对联成全了王安石人生两大喜事。从此，王安石外有欧阳修教诲提携，内有马小姐贤助辅佐，终于成为宋朝著名的政治家、思想家、文学家，名列唐宋八大家之一。

明朝景泰二年（1451）冬天，右佥都御史韩雍巡视江西。正当他视察南昌死囚牢房时，外边下起鹅毛大雪，他即景吟出上联："水上冻冰，冰积雪，雪上加霜。"正愁觅不到下联时，忽然看见一个囚犯在哭泣。问其何故，囚犯说："大人所说的水、冰、雪、霜实为我现在的处境，听后不觉伤心。"韩雍觉得此人谈吐不凡，便又问其能否对出下联。囚犯拱手吟出下联："空中腾雾，雾积云，云开见日。"韩雍听了叹服不已，忙调来死囚案卷，发现此人原是南昌才子，因为揭发府官贪赃而被诬为谋反并被判处死刑。韩雍主持公道，为他平反昭雪，并严惩了南昌知府。一联换来死囚的复生，真是"云开见日"。

明代闽中才子王洪幼时即善属对。一日有客登门，见王家正在庭院中建楼，便出上联让王洪对："地楼之上起楼，楼间无地。"王洪见一群雇工正在院中掘井，便对曰："天井之中开井，井底有天。"对得工整，意境却又比出句更深远，余韵缭绕，耐人寻味。

明代弘治年间的翰林学士董玘，8岁时就小有名气。一天，浙江会稽县令特地乘船来到他的老家，召他试对。县令指着河上一条装载石头的木船说："船载石头，石重船轻轻载重。"小董玘面对县令毫不打怵，环视四周，看见一个农夫正拿着木尺丈量土地，随口回答："杖量地面，地长杖短短量长。"董玘的下联对得贴切自然，描叙的事物精巧得当，其中蕴含深刻含义。县令听后，高兴地夸赞他："小董玘真是名不虚传！"

嘉靖时，大学士严嵩、吏部尚书熊浃被皇上召对。由于路上耽搁，他们来晚一会儿。皇上出句戏曰："阁老心高高似阁。"二臣听后惶恐地伏地请罪，以为皇帝要重罚。皇上见他们如此紧张，忙好言宽慰："朕已代为对矣，下句便是'天官胆大大如天'。"二人知道皇上是在和他们开玩笑，悬着的心才放下来。

● 知识链接

落帘：即在联句中以同一词语开头，又以同一词语或谐音结尾，使联句现出一种文字和音韵的美感。如："教无所教偏成教，官不成官却是官。"以"教"、"官"二字起头又结尾。落帘格与回文格不同，落帘格联不能倒读。此联为讽刺清末教官一职，此职当时无足轻重，但为此官者又非鄙则吝，故有人以此联讽之。文字幽默苛刻，嘲讽轻快得体。解缙曾写过这样一副联："蒲叶桃叶葡萄叶，草本木本；梅花桂花玫瑰花，春香秋香。"此联的上半句为落帘式，重在谐音，"蒲、桃"谐"葡萄"，"梅、桂"谐"玫瑰"，后半段的"本"、"香"亦为落帘式却重在同音。苏东坡、黄庭坚二人为挚友，一天二人松下弈棋，忽有松子落到棋盘上。苏东坡信口念道："松下围棋，松子每随棋子落。"黄庭坚随口对道："柳边垂钓，柳丝常伴钓丝悬。"对联上下句各以"松"、"棋"、"柳"、"钓"引出上半句，下半句对以同样的字落笔，前后遥遥相衬，形成鲜明的对称美。"子"、"丝"也同样具备落帘效果。联句构思精美，立意新颖，形象生动自然，对仗亦工。

# 化入联中皆智慧
## ——数字联

有一种对联，是按数字一至十递升和递降顺序组成，读来妙趣横生。如："乾八卦，坤八卦，八八六十四卦，卦卦乾坤已定；鸾九声，凤九声，九九八十一声，声声鸾凤齐鸣。"

据传，从前一位老先生有大乔和二乔两个女儿，他想在自己收的七个进士门生中选婿，特出一上联："一大乔，二小乔，三寸金莲四寸腰，五匣六盒七彩粉，八环九钗十倍娇。"七个进士苦思冥想到五更天也难对出下联，其中六人只得退场。剩下的那个耳听五更鼓声，又见六人退离，顿有所悟，对出下联："十九月，八分圆，七个进士六个还，五更四鼓三声响，二乔大乔一人聘。"上联从一到十，下联逆序从十到一，各用十个数字按序排列，貌似讨巧，实为不易。

明代嘉靖八年，江西吉水县出了个状元叫罗念庵。一次，他和几个士大夫出游九江。眼看九江就要到了，一个船夫过来求他对个下联。罗看来者是个船夫，便颇为不屑，及至船夫写出上联，才知来者学识不浅。原来船夫出的上联是："一孤舟，二客商，三四五六水手，扯起七八叶风篷，下九江，还有十里。"罗一时无以为对，那几个士大夫也目瞪口呆。这副联也就成了绝对，几百年无人续上。1959年6月，广东佛山一装修工匠要找一段"九里香"木料，据说1943年有人花一年时间才弄到手，而这位老工人只两天就在十里外的农村寻到。一个叫李戎翔的人听说此事后忽生灵感，终于对出船夫的绝对："十里远，九里香，八七六五号轮，虽走四三年旧道，只二日，胜似一年。"以倒数的形式巧妙将故事叙述，看似信手所得，其实没有生活和巧思是断然想不出此对的。

北宋刘攽才思敏捷，博学出众，曾与司马光同修《资治通鉴》。一次，宰相王安石有意难他，出一上联让刘攽对，刘欣然应对。由此，王安石很赏识他。联曰："北斗七星，水底连天十四点；南楼孤雁，月中带影一双飞。"北斗映水，恰为十四颗星斗，孤雁披月，依稀如作双飞。联语构思绝巧，立意奇美。联中连用六个数词、四个方位词，不显堆砌，反而以意境取胜。

"一座庙，二僧人，出三界，遁五行，衣百衲，行万里，度八方，游冬历秋度春夏；白塔街，黄铁匠，生红炉，烧黑炭，冒青烟，闪蓝光，淬紫铁，坐北朝南打东西"。用颜色、方位对数字、四时，饶有兴味。

相传，乾隆五十年（1785），皇帝在乾清宫设千叟宴，赴宴者中最大的已有141岁，乾隆皇帝以此为题，与纪晓岚对句。皇帝出句："花甲重逢，增加三七岁月。"纪晓岚对："古稀双庆，又多一度春秋。"60岁称"花甲"，70岁称"古稀"，上下联都是141岁，对仗十分工整。

苏东坡多才多艺，能诗能文，能书能画，也善于对对子。有一次，他的一位朋友故意用难题考他，便说出上联："三光日月星。"这是个数字联。对联中的数字一定要用数字来对。上联用了"三",并说明三者为日月星,下联的数字就不能再用"三",只能是比"三"多或少的数字,但具体事物又必须是三件,才能与上联相对,这就是此联难对的地方。苏东坡毕竟是大文学家,他脑子一转,从《诗经》中找到了灵感。因为《诗经》分风、雅、颂,其中雅又分为大雅、小雅,通常称为"四诗"。所以,他对道:"四诗风雅颂。"形成一副令人叫绝的数字名联。

郑板桥辞官回扬州,有人送他一副对联:"三绝诗书画,一官归去来。"联中引用陶渊明的典故,既解决了数字对仗的困难,又推崇了郑板桥为政清廉的高尚品格。

相传,明朝有个穷秀才颇有才学,但因当时科场徇私舞弊而屡试不中。这一年,又到开科考试,他听说主考官廉洁奉公、任人唯贤,于是打点行装赴京城再次应举。因路途遥远,虽日夜兼程,可当他到达京城时考试已经结束。秀才好说歹说,终于感动了主考官。主考官要求他用一至十这十个数字作联。秀才就将赴考的艰辛拟一联:"一叶孤舟,坐了二三个骚客,启用四桨五帆,经过六滩七湾,历尽八颠九簸,可叹十分来迟。"主考官暗暗称奇,又要求秀才从十至一作联。秀才联想多年苦读情景,朗声道:"十年寒窗,进了九八家书院,抛却七情六欲,苦读五经四书,考了三番二次,今天一定要中。"主考官连连称妙,又出联求对,秀才皆对答如流。果然,这位穷秀才摘取了这一年解元的桂冠。

"万瓦千砖,百日造成十佛寺;一舟二橹,三人摇过四通桥"。此联是一僧人以造十佛寺的经历写出来的,联中嵌"万、千、百、十",逐步递增。一时无人能对。后来一举子以从水路而来的经历而对出此联,联中嵌有数字"一、二、三、四",逐步递减。上下联错落有致,动静相生,韵味自出。

从前,有个富家小姐,才貌双全,心高气傲,一直待字闺中,家人很着急。后来,小姐提出以对联摆擂台招亲,谁对得最好就嫁给谁。小姐出联:"双镜悬台,一女梳妆三对面。"此联吸引了众多的公子哥儿、饱学之士,可是挂出许久,也没有一个对得恰如其分。一天,一个和尚路过此处,跑来看热闹,想到自己平时打躬作揖的情状,灵光一闪,对出下联:"孤灯挂壁,二人作揖四低头。"用"孤"、"二"、"四"与"双"、"一"、"三"分别相对。众人听了无不叫好,小姐也暗自高兴。

可他却是一个和尚，怎么办呢？在大家的撺掇下，和尚还了俗，成就了一段美好姻缘。

"九一八"事变后，张学良将军奉蒋介石之命退出东北，家仇国恨，让他深自愧悔："两字让人呼不肖，一生误我是聪明。"联中申明自己是父亲的不肖之子，没有与日本军队血战到底。后来发生的西安事变证明，因为轻信蒋介石的"诺言"而遭终身软禁，误他的不是"聪明"，而是兄弟义气。因为张学良曾助蒋坐稳江山，两个人换过帖子。于是，他放蒋一马，而蒋也赦他一命。张学良在蒋介石逝世后撰了一副挽联："关怀之殷，有如骨肉；政见之争，宛若仇雠。"看出对蒋当年不杀之恩还是心存感激的，而空耗的下半生岁月，亦让老将军不免生出英雄壮志难酬之慨。

郁达夫某年游杭州西湖，至茶亭进餐。面对近水遥山，餐罢得句："三竺六桥九溪十八涧。"一时未得对句。适逢主人报账："一茶四碟二粉五千文。"达夫以为主人是说对句，经交谈，不禁大笑。三竺，指上、中、下。六桥，指苏堤上的映波桥、锁澜桥、望山桥、压堤桥、东浦桥和跨虹桥。九溪在烟霞岭西南。十八涧在龙井之西。上联全为杭州山水，下联全为食单账目，两联数字对得尤其工整，可谓意外所得。

● **知识链接**

> 虚词：古虚词是在汉语中没有实际意义的字，其中一部分相当于现代的虚词。虚词不能独立成句，只有配合实词来完成语法结构。虚词对实词有协助作用，这类词包含"介、连、助、叹、副、象声"六大类。虚词在联句中的作用非同小可，有的联只因一虚词之差便谬之千里。巧妙运用虚词，可使联句增色，情趣斐然。明末陕西总督洪承畴投敌卖国，遭人唾弃，有人在其门联添"矣"、"乎"二虚字，使对联变成"君恩似海矣，臣节如山乎"，将原本表歌颂皇恩的对联成为一副绝妙的讽刺联。王湘绮写了一副讽刺袁世凯的名联："民犹是也，国犹是也，何分南北；总而言之，统而言之，不是东西。"联中嵌入"民国总统"四字，并在联尾点出"不是东西"，上联的"也"字和下联的"之"字都运用得很好，如去掉虚字，则难称佳作。

# 机巧丛生设谜局

## ——谜语联

有的对联不直说想表达的意思，而是隐寓其中，像猜谜一样，这种楹联叫谜语联。它往往具有双重含义：一是本身所明确宣示之意；二是背后所隐寓的含义。谜语联融趣味、娱乐、知识性于一联，有的隐字，有的隐物，有的隐事，不一而足，趣致多样，多流传于民间。

隐字的谜语联颇有生活意趣，细细琢磨，可考智力，亦可消闲，付之一笑。

传说一天晚上，唐明皇和杨玉环登上楼台赏月，唐明皇即景吟出一联："二人土上坐。"杨贵妃应声对答："一月日边明。"唐明皇所吟上联无甚出奇，不过将"坐"字拆成两个"人"和一个"土"字而已；而杨贵妃所对下句则不一般：既将"日"和"月"合成"明"字，并将明皇比喻成太阳，自比月亮，月亮只有依附太阳才有光芒，自己只有依靠皇帝才能得宠。杨贵妃借景抒情，极尽曲意奉承之能事，亦显其聪慧机敏。

"东生木，西生木，掰开枝丫用手摸，中间安个鹊窝窝；左绕丝，右绕丝，爬到树尖抬头看，上面躲着白哥哥。"这副楹联描写了农村孩子爬树取鸟蛋的情状，不仅形象生动，又是一副谜语联，上联隐一"攀"字，先隐示"木木"，后隐示"大"和"爻"，再加一"手"字，则组成"攀"字；下联用同样方法，将"幺幺、木、白"隐示出来，便可组合成"乐"（繁体）字，颇见撰者巧思。

一日，黄庭坚应约来苏东坡家做客，刚到门外，苏忙着出去迎接，两人就在门旁的柳树下攀谈起来。正在窗前捉虱子的苏小妹见此情景，探出头来，戏谑哥哥："阿兄门外邀双月。"苏东坡回头应对："小妹窗前捉半风。"此联用"双月"谓"朋"，借繁体"半风"指"虱"，趣味横生，足见东坡的机敏和幽默。

苏东坡某日到一寺庙游览，听说寺里的住持行为不端，心中不免厌恶。可那住持对大名鼎鼎的苏东坡却毕恭毕敬，招待甚周，还死皮赖脸向东坡求字。于是，苏东坡提笔疾书一联："日落香残，去掉凡心一点；火尽炉寒，来把意马牢拴。"住持如获至宝，将对联悬挂于厅堂高处。许多文人见了皆捧腹大笑。原来，这副对联道出了两个字谜，谜底乃"秃驴"也。

北宋年间，铸崇宁通宝。宋徽宗命蔡京书写。蔡京为了节省笔画，以便铸字，将"崇"字中间以一笔上下相贯，这是古时常用的方法。而"宁"（繁体）中间的心去掉本是一个惯例。但蔡京是一代奸相，所以有人借题发挥："有意破宗，无心宁国。"如此信手拈来，浑然无迹，入木三分，令人叹为观止。

看看下面这几联所隐的字，其一："你共人女边着子，怎知我门里添心。"其二："口中含玉确如玉，台下有心实无心。"其三："新月一钩云脚下，残花两瓣马蹄前。"第一联隐"好、闷"字；第二联隐"国、怠"字；第三联隐"熊"字。这些联语不仅让人开动头脑、启发智慧，也从中获得一种美感和哲理，可谓一字一句总关情。

隐物的谜语联意象悠远，说的是物，喻的却是人或理，恭贺，调侃，讥讽，各具其妙。

湖北某地一个杂货铺贴有一联："雄鸡鲤鱼猪婆肉，香菇木耳曲子粑。"所列举的六味食品都是温补的"大发"之物，也是一般杂货铺里常有出售的食品，所隐示的真正意思是"开门大发"。还有此联："万顷波涛乘骑过，不胜将军弃甲逃。"上联指"海马"，下联指"酱（败将）"，讽刺的是败军之将。"一肩风雪三千里，两眼乾坤十二时"隐指的分别是轿夫和猫，"白蛇过江头顶一轮红日，青龙挂壁身披万点金星"隐指的各是油灯和秤。这些联语是通过人或物的形态隐射本体，看似平俗简易，实则慧心独具，意蕴悠绵。

祝枝山一次来到江南一个小镇，赶上一富家人正大宴宾客。一打听，知道主人原是弹棉花起家的，苦心经营10年才成了镇上首富。祝枝山出于好奇，走进这家。满厅堂的文人学子、乡绅名流听说江南才子祝枝山驾到，都忙起身恭迎。主人更是欢喜不尽，请祝枝山写一副对联。祝枝山也不推辞，即刻书写一联："三尺冰弦弹夜月，一天飞絮舞春风。"主人不识字，立刻让人拿去装裱，并挂在了正厅堂上。稍通笔墨的人看到此联，心知是祝枝山调侃这个富人，因为对联寓意弹棉花，三尺冰弦指的是弹弓，一天飞絮即棉花。

"吴下门风，户户尽吹单孔笛；云间胜景，家家皆鼓独弦琴"。此联为苏州王鏊与松江徐阶的戏谑联，上下联似乎是讲吹笛弹琴之事，实则上联所指"吹火筒"，下联则隐指"弹棉花"。

谜语联均能一语二用，语意双关，含蓄深长，是一种文字游戏，也是一种生活情趣。"黑不是白不是红黄更不是，和狐狸猫狗仿佛，既非家畜又非野兽；诗也有词也有论语上也有，对东西南北模糊，虽是短品却是妙文。"其实，这是一副隐字联，上联隐"猜"，下联隐"谜"，合在一起就是"猜谜"。

● **知识链接**

用典：借典故或有出处的词语来表达思想内容的制谜方法叫用典。古籍中的轶事、趣闻、寓言，传说人物或有出处的诗句、文章等，都可以当做典故运用。对联因为用典而文情隽永，如郭沫若为济南辛弃疾的题联："铁板铜琶，继东坡高唱大江东去；美芹悲黍，冀南宋莫随鸿雁南飞。"其中"铁板铜琶"、"美芹"、"悲黍"分别出自俞文豹《吹剑续录》、《列子·杨朱》、《诗经·王风》，烘托出人物的英雄气概。赵朴初题岳飞庙："观瞻气象耀民魂，喜今朝祠宇重开，老柏千年抬望眼；收拾山河酬壮志，看此日神州奋起，新程万里驾长车。"联中用了五个典故："老柏"指岳飞墓前的精忠柏，传为岳飞忠魂所化，"抬望眼"、"收拾山河"、"壮志"、"驾长车"出自岳飞《满江红》词，突出了人物的英雄壮志。用典要准确恰当，要有的放矢，过分和不及都将成为败笔。小凤仙挽蔡锷联就十分贴切自然："不幸周郎竟短命，早知李靖是英雄。"隐喻蔡锷像周瑜一样英年早逝，又暗喻袁世凯有若曹操；又自比红拂，将蔡锷比作李靖，说明二人情同知己。

# 音同字异别有意
## ——谐音联

借谐音而具双关之意的诗句很多，如李商隐《无题》中的"春蚕到死丝方尽"，"丝"谐"思"，刘禹锡《竹枝词》中的"道是无晴却有晴"，"晴"谐"情"。而对联中也常常用到谐音，并达到一种奇趣之效。

明人陈洽幼年聪慧，一次，随父亲到江边游玩。江上一只摇橹的船和一只帆船并行，两船你追我赶，各不相让。父亲见状即景出句命对："两船并行，橹速不如帆快。"小陈洽正眨巴着眼睛寻思对句，忽听岸边飘来悠扬的笛声和悦耳的箫音。他灵机一动，把下联对了出来："八音齐奏，笛清难比箫和。"此联构思奇巧，巧妙地用了谐音手法，使历史名人在联语中出现。上联"橹速"谐音为三国东吴之鲁肃，"帆快"谐汉高祖刘邦手下大将樊哙。下联"笛清"谐北宋大将狄青，"箫和"谐音是汉高祖刘邦部下的大臣萧何。联语中的人物非一朝一代，何谈"不如"、"难比"？只为增加几分情趣。

明代的徐晞年轻时以吏员进身，才干超群，一直做到兵部尚书。但因为不是科举出身，同僚和士子常常嘲笑他。徐晞荣归故里时，当地官员率诸生郊迎，诸生态度不恭，地方官员大为生气，出句斥诸生："擘破石榴，红门中许多酸子。"用谐音讥刺在场从学门里走出的酸秀才。诸生久不能对。徐晞代答："咬开银杏，白衣里一个大仁。"用"白衣"比喻非科甲出身当官的人，而"大仁"又谐"大人"，意即白衣亦能为官。诸生惊服，遂相率请罪，再也不敢轻视徐晞了。

清代状元林大茂小时聪明伶俐，家境贫寒，念不起书，只有偷听先生讲课。长年累月，却学得满腹学问，尤擅吟诗作对，11岁那年，他参加科举考试，监考官姓叶名梅开，见大茂衣衫褴褛，年纪尚小，不禁怀疑他的才学，就对他说："我出个对子，你能对上，就让你进去考。"然后出了一上联："嫩竹书生，几时等到林大茂。"意思是说，林大茂只不过是嫩笋般的书生，几时才能出息成茂盛竹林？大茂当即回敬道："梅花开放，何日见过叶先生。"意即梅花开放时，总是花先于叶，何日见过叶先于花呢？叶梅开不禁叹服。

苏东坡走在田埂上，迎面碰上一个挑塘泥的农妇。二人对行，各不相让。苏东坡口出大言："吾乃读书之人，汝妇当让道于我。"农妇一笑："既自称读书人，可会对对子？"东坡说："不在话下。"农妇听了，脱口吟出上联："一担重泥挡子路。"苏东坡听后大吃一惊，这上联巧用谐音双关，暗含两位古人名字，"重泥"为"仲尼"（孔子）的谐音，"子路"是孔子的弟子，弦处之音却是讽刺苏东坡不懂谦让。苏东坡一时无言以对，怔在一边。田间耕地的农夫看见他的窘态哈哈大笑。苏东坡反应机敏，连忙对出下联："两行夫子笑颜回。"此下联暗含两位古人名字:"夫子"指孔夫子,"颜回"是孔子弟子,联内隐含自嘲,亦深涵歉意。

下面的对联既有巧思又解读了历史,非常难得。联云:"身居宝塔,眼望孔明,怨江围实难旅步;鸟在笼中,心思槽巢,恨关羽不得张飞。"意为:一个人身囚江中孤塔,望着小窗口透进来的一丝光线,恨江水滔滔、寸步难行,就如同鸟在笼中思念巢穴,却不能张开翅膀翱翔长天。此联明写暗藏六个三国时期的历史人物:"孔明"即诸葛亮,"江围"谐"姜维","旅步"谐"吕布","槽巢"谐"曹操",还有关羽和张飞。

某晚,几个文人在点燃的蜡烛下畅饮。忽起大风,蜡烛当风的一面流了下来,对面的那一边却留下来了。某友触景生情,出了一个上联:"风吹桌上烛,流半边,留半边。"这下难坏了其他文人,一时对答不上。后来,清代周渔璜撰镇江金山寺联时对上此联:"雨打沙滩,沉一渚,陈一渚。"此联念起来,"流"、"留"音同,"沉"、"陈"音同,但词义相反,仔细玩味,妙不可言。

"贾岛醉来非假倒,刘伶饮尽不留零"。贾岛就是那个"僧推月下门"还是"僧敲月下门"的"推敲"来历的唐朝诗人。贾岛是一个爱较真的人,喝酒就要喝得大醉,不会弄虚作假,"假倒"谐"贾岛"。刘伶是西晋"竹林七贤"之一,也是有名的酒徒,喝酒也很实在,每次唱酒会将酒坛喝得一滴不剩,"留零"谐"刘伶"。

旧时洞房有一联:"月朗晴空,今晚断然无雨;风寒露冷,来朝必定成霜。""无雨"谐"无语","成霜"谐"成双",含蓄不俗,工巧相对。

据传,明代宰相李贤欲招程敏政为婿,指着桌上的果品出上句:"因荷而得藕。"程马上会其意,随口答道:"有杏不须梅。"联中"荷、藕、杏、梅"分别谐"何、偶、幸、媒",隐含之意是:"因何而得偶?有幸不须媒。"一谈蔬果花卉,一谈人事姻缘,隽永机智,引人入胜。

金圣叹在刑场离别子女时作了一联:"莲子心中苦,梨儿腹内酸。"表面上是写莲心之苦、梨核之酸,实则"莲"谐"怜"和"连",喻"可怜"、"连累","梨"谐"离",寓"离别",全联意即"怜子心中苦,离儿腹内酸"。准确、形象、生动地表现了父子生离死别的痛苦心情。

116

"稻粱菽，麦黍稷，许多杂种，不知谁是先生？诗书易，礼春秋，皆是正经，何必问及老子！"这是一副应答联，有人出上联讽刺老师，联中"杂种"、"先生"语意双关，问得可谓尖酸刻薄；但"先生"不急不恼，以"正经"、"老子"的双层语意，堂而皇之地回敬了讽刺者，可谓妙语天成。

谐音成联，谐调，谐趣，透出汉字的奇致，隐着撰者的机巧，品之若甘茗，余韵缭绕。

● **知识链接**

同音：即同音异字，又称异混，它跟谐音一样，都是建立在汉字特有的同音多字基础上的，与谐音法不同的是，它是将几个字形、字义不同而读音相同的字用于同一副楹联之中，从而使联语具有组合精巧、构思奇特、风趣别致的艺术魅力。同音异字叠韵连用，有一描写生活趣事的对联："饥鸡盗稻童筒打，暑鼠凉梁客咳惊。"构思精巧，情趣盎然，特别是六组同音字字义各异，对仗工稳，是一副绝妙的同音异字对联。还有人将此联加以扩充："暑鼠凉梁，唤匠描猫惊暑鼠；饥鸡盗稻，呼童拾石打饥鸡。""暑鼠凉梁，请画师笔壁描猫惊暑鼠；饥鸡盗稻，呼童子沿檐拾石打饥鸡。"同音异字、双声、叠韵间用。"嫂扫乱柴呼叔束，姨移破桶叫姑箍。"联中的"嫂扫"、"叔束"、"姨移"、"姑箍"皆为双声兼叠韵，相间出现于联语中，则生发出奇趣，使联语的娱乐性和趣味性油然而生。同音异字间用。1981年，《中国青年报》曾以"童子打桐子，桐子落，童子乐"为题征联，应征者多有妙对，如"玉头起芋头，芋头枯，玉头哭"、"和尚游河上，河上幽，和尚忧"等，与古对"丫头啃鸭头，鸭头咸，丫头嫌"有异曲同工之妙。

# 部首相同意不同
## ——同旁联

汉字除少量的独体字外，绝大部分都是由两个或两个以上的偏旁组合而成的合体字。利用偏旁、部首相同的汉字组成的巧对叫"联边联"，即同旁联。

这类对联大都构思精巧，联意新奇，读之饶有趣味。看下面这些用木、水偏旁组成的对联。其一："梧桐枝横杨柳树，汾河浪激泗洲滩。"上下联一静一动、一繁一简，相辅相成。其二："涓滴汇洪流，浩渺波涛，汹涌澎湃泻江海；森林集株树，楼桁檐柱，樟楠柏梓构梁椽。"水木各成一色，水天寥廓，林阁云荟，情景交融，浑然一体。其三："六木森森，杨柳梧桐松柏；三水淼淼，滇池渤海浙江。"传说这是朱元璋1360年攻下姑苏（今苏州）后，欣喜之余，与军师刘伯温对答成联，联中尽述征战之旅。其四："湛江港清波滚滚，渤海湾浊浪滔滔。"以白描手法描摹湛江港和渤海湾的景色，字工意切，自然和谐。

同旁联局限性大，既须偏旁相同，又要表达一定的感情和思绪，因此得之不易。

明代湖北武昌有个叫熊廷弼的人，自幼工诗善联。他在白云书院读书时，恰遇书院山长的岳父仙逝。山长知其才学不浅，就请他作副挽联以示悼念。熊廷弼挥笔写下"泪滴江汉流满海"几字，写罢搁笔，请围观的秀才们对联。这些秀才冥思苦想也不得下句，只好请教熊廷弼，熊又写了"嗟叹嚎啕哽咽喉"这几个字。在场的人把上下联连起一读，不由得咂嘴称绝，自叹弗如。

有人用"走之儿"旁作联讥刺风派人物："逢迎远近逍遥过，进退连还运道通。"将那些善于见风使舵、精于逢迎进退的小人勾画得活灵活现。全联虽选用同偏旁的字，却毫无造作牵强之迹。

某地荷花湖边亭上贴的一副对联全用草字头："荷花兼葭菜葳蕤，芙蓉芍药蕊芬芳。"湖上莲叶接天、荷花欲语，岸上芙蓉摇曳、芍药吐蕊，一派夏日秀丽风光。

最负盛名的同旁联当推广东虎门的一副佳作："烟锁池塘柳，炮镇海城楼。"此联字字相对，偏旁分别以"金、木、水、火、土"五行相应，工整完美，意境深远，令人拍案叫绝。

同旁联用字讲究，但亦不乏幽默和智慧，读后让人莞尔，比如下面这些以"寂寞"入联的同旁联。

明代天启元年，宰相叶向高途经福建，借机看望门生、新科状元翁正春，并在翁家留宿。翁出联戏谑老师："宠宰宿寒家穷窗寂寞。"意为：您这么大的官住在我的寒舍不免冷清寂寞哦。叶心领神会，也调笑道："客官寓宦宫富室宽容。"说我现在客居您家，相洽言欢，感觉就像住在宫室里，心中无比欢悦。

相传，一个富孀寓居朋友家，时有形单影孤之叹，遂出一妙联征婚，愿以万贯家财随嫁。其联云："寄寓客家，寂寞寒窗空守寡。"一时无人应对。一天，忽然来了一个身着敝衲、形容丑陋的游方和尚，他提笔写道："倘修仙佛，休偕佳偶但依僧。"意思是施主如果与佛结缘，不必寻觅佳偶，便会了无挂碍、心无烦恼。下联对仗工整，妙语双关。富孀见后大窘，而和尚口念"阿弥陀佛"飘然而去。

传说一个尼姑貌美如花且小有才华，许多人劝她还俗嫁人。她说："我出一上联，谁能对得此联，我即嫁他，否则终身事佛。"于是用宝盖头出了一副同旁联："寂寞寒窗空守寡。"当时许多自诩文墨满腹的学士纷纷应对，均不符合要求。后来，终于有人对上此联："艰难叠叙取双欢。"每个字都有"又"部，意为：我一遍遍地和你攀谈，就是想和你结为百年之好。此联终于感动了尼姑，最后她还俗嫁给了此人。

明代洛阳才子文必正在名门霍家寓居时，与小姐霍定金一见倾心，遂出上句："寄寓客家，牢守寒窗空寂寞。"表达了自己的爱慕：我遇见了心爱的人儿，但不知她是否对我有意。小姐心领神会，也用"走之儿"旁作联表达心意："迷途远逝，返迴达道游逍遥。"暗示道：你既已找到正确的道路，就大胆地往前走吧。最后，二人真的结为秦晋之好。一副对联成全了一桩姻缘，可谓美妙至极。

同旁却蕴含不同涵义，需要的是一番巧思和一怀学养。

● 知识链接

衬托：不作正面描写，而是借助其他事物从侧面或反面去反映主题的作联方法称衬托法或映衬法。被衬托的对象称为主体，做衬的事物称衬体。运用这种方法创作的楹联，主题含蓄，耐人寻味。衬托分正衬和反衬。正衬使被衬托的主题形象更加鲜明。孙中山挽黄兴联："常恨随陆无武，绛灌无文，纵九等论交到古人，此才不易；试问夷惠谁贤，彭殇谁寿，只十载同盟有今日，死后何堪。"《晋书·刘元海载记》："常鄙随、陆无武，绛、灌无文"，指随何、陆贾、绛侯周勃、灌婴同是辅刘邦的大臣；"九等"，古代将士分为九品；夷惠指伯夷、柳下惠等古贤人；"彭殇"指彭祖、殇子。作者旨在挽黄兴，却以古人兴亡衬之，实旨未写古人，"此才不易"是褒奖黄兴。下联写彭祖之寿，只在惋惜黄兴英年早折。作者情感悲绝，可谓一字一泣。反衬即用相反的事物，从反面衬托主题。如清代鄂比赠曹雪芹联："远富近贫，以礼相交天下少；疏亲慢友，因财而散世间多。"全联巧用反义词相对，旨在使读者明了褒贬之意，同时也可以看做是作者对曹的赞颂。

# 无情相联亦成趣

## ——无情对

无情联是最具趣味性、最有对称味道的对联，多为字与字、词与词严格相对，而上下联立意却风马牛不相及，造成一种对联艺术的差距美，使人产生奇谲之趣。

无情对大多信手拈来，偶然得之，出其不意，方能妙趣横生，却又回味无穷。

宋朝龚明之在《中吴纪闻》中记载一个故事：一个姓叶的先生出"鸡冠花未放"句，有人对以"狗尾草先生"，字字相对，而意则各不相干。前句本为主谓句，意思是鸡冠花还未开放，而对句却是一个偏正结构的句子，用"狗尾草"修饰"先生"，隐含双关之意，目的就是嘲讽这位叶先生。

清朝某年科考，试题中有句出自《诗经》的"昧昧我思之"，一考生粗心地将"昧"写成"妹"字，评卷先生见此不禁哑然失笑，于是顺手批曰："哥哥你错了。"于是便有了这副风格奇特的即兴对联："妹妹我思之，哥哥你错了。"似在问答，却寓情趣于对话之中。奇特处在于：考生误将"昧"置换成"妹"，音同而意迥，可谓差之毫厘、谬以千里；而阅卷先生将错就错、顺水推舟，竟以妹妹口吻戏谑所谓的"哥哥"。无情之格蕴有情之态，确乎出人意料，让人莞尔。

明朝的李东阳是天顺年进士，官至吏部尚书、华盖殿大学士，人们称他为李阁老。有一次，十多位新进士去他家做客，有位进士行礼时口称"阁下李先生"，李东阳听了微微一笑："庭前花始放。"恰成一联。上联是院中花开的景象，下联则是人文称呼，句意相去甚远，但上下联的每一个字都对得异常工稳。"阁下李先生"此时已不是称呼，而变成与"庭前花始放"相对应的一种景象。阁下，就是楼阁下，与"庭前"对仗；李是李子，与花对仗；先生是最先生长出来，与"始放"相对仗。字字工对却意远千里，正是无情对的妙处。

李东阳秉性温和，善依附周旋。柳下惠，春秋鲁国大夫，以善讲贵族礼节和坐怀不乱而著称。一次，有人将"李东阳"嵌入联中："李东阳气暖。"意思是说李树的东头阳气显得格外温暖。李东阳也作一联："柳下惠风和。"说柳树下惠风和畅，柳枝轻拂，景色宜人。这副联语不仅对仗工整，而且"阳"与"惠"一字两用，既是人名，又作形容词，一语双关，妙不可言，上下联却全无关联，可视为无情对。

民国初年，重庆一酒家出"三星白兰地"征求下联。联坛妙手各逞文思，纷纷应对，但老板总不满意。其时郭沫若年纪尚轻，闻讯赶去，想到四川有一道名菜，正可与酒相对成联，乃对下联"五月黄梅天"。"五"对"三"数词对数词，"月"对"星"都是星象名词，"黄"对"白"都是表色彩的名词，"梅"对"兰"都是花草名词，"天"对"地"更是工稳，字字工整，可意思却风马牛不相及。

传说明成祖朱棣曾对文臣解缙说："我有一上联'色难'，但就是想不出下联。"解缙应声答道："容易。"朱棣说："既说容易，你就对出下联吧。"解缙说："我不是对出来了吗？"朱棣愣了半天，方恍然大悟。"色难"，即面有难色之意。"色"对"容"，"难"对"易"，实乃精巧之无情对。

清末大臣张之洞，一日于北京陶然亭宴客，席中以对句佐兴。一客以一句诗出上联："树已千寻难纵斧。"张之洞作答："果然一点不相干。""果"对"树"，乃物名；"一点"对"千寻"，皆量词（古八尺为寻）；"干"对"斧"，皆器物名（"干"是古代一种兵器）。上下句极是工整，但句意却毫不相干，出人意料。后来，张之洞出对："陶然亭。"按常理下联亦应对以地名，但工部侍郎李文田却以人名为对："张之洞。""张"对"陶"，皆为姓；"之"对"然"，是虚词；"洞"对"亭"，乃物名，字字成对而联意又极"无情"，情趣却也由此而生。因下联对得精妙，众人皆相视大笑。

与上联相似的还有此联："树已半残休纵斧，萧何三策定安刘。"这也是一副无情佳对。上下句意义毫不相干，上联为一古诗，是说要爱护树木，不要乱伐残树。下联却以萧何献策定汉业的历史故事相对，相差十万八千里，却在字性上结缘，尽现天造地设之妙。上联尾字"斧"是工具，下联尾字"刘"指兵器，在本句中则指汉高祖刘邦；"树"对"萧"，萧，植物名即艾蒿，乃植物类相对；"已"对"何"，为虚词相对；"半残"对"三策"为数量词相对；"休纵"对"定安"都为虚词相对。联中惟"残"与"策"乍看不似工对，但二字在这里均可视为动词，"残"为伤害之意，"策"有挂、扶之意，仍然对仗工整。

1931年，清华大学入学考试别出心裁，出一"孙行者"词要学生联对，一时难倒不少学生，但有两个学生分别以"胡适之"与"祖冲之"相对，得到考官的好评。此句是用人名作对，名词对名词，动词对动词，虚词对虚词，严丝合缝，却毫不相关，可谓"无情无义"之对。

其实，无情对不过是训练拟联作对一种方法，不必深究其意，但如果能意在言中，蕴藉隽永，也称得上"此时无情胜有情"，"别有幽情暗恨生"了。

### ● 知识链接

翻造：将别人创作的楹联作某些必要的改动，用以表达自己写作楹联的主旨的楹联创作方法称作翻造法。用翻造法写作的楹联只改动几字便能另具新意。"心在朝廷，原无论先主后主；名高天下，何必辨襄阳南阳"。河南南阳岗武侯祠大殿门前两旁的一副楹联歌颂了诸葛亮一生忠心耿耿、鞠躬尽瘁的品格，也感叹诸葛亮早年隐居地是襄阳、南阳之争，寓意深邃幽默、哲理悠长。1959年秋，胡耀邦同志到南阳检查工作，在参观武侯祠等古迹时，看到了这副楹联，易数字而成一副新联：

"心在人民，原无论大事小事；功归天下，何必争多得少得。"寓意新颖，表现了共产主义者的理想和甘当人民公仆的高尚情操，堪称翻造联之佳作。

# 空前绝后难成联
## ——绝难联

在千姿百态的对联中，有一些上联因构思奇巧，有的机缘巧合下才能对出来，有的却令人难以对出贴切的下联，一时成为绝对。绝联虽给后人留下了遗憾，但同时也证实了它的文学价值。

宋神宗时，名相王安石曾有三难苏东坡之故事。有一天，苏东坡去谒见宰相王安石，看见书桌上有半首诗："西风昨夜过园林，吹落黄花满地金。"苏东坡一看，暗笑王安石不懂常理，菊花谢了只会枯萎哪里会落呢？所以，不假思索，拿笔就在诗后续写了两句："秋花不比春花落，说与诗人仔细吟。"王安石看后未置一语，只笑了一下。不久他将苏东坡调任黄州，并亲自送其上路，还出了三道题即三个句子让苏东坡对。第一句是："一岁二春双八月，人间两度春秋。"因为那年恰好闰八月，而且正月和腊月都有立春，所以是"两度春秋"。第二句是："七里山塘，行到半塘三里半。"苏州金阊门外至虎丘这一段路叫做山塘，约有七里之遥，中间有个叫半塘之地。第三句是："铁瓮城西，金玉银山三宝地。"润州（今江苏镇江）古名铁瓮城，有金山、银山、玉山，山上有佛殿僧房。后两句中的地方苏东坡恰好游览过，因此王安石才以此出题。苏东坡一时对不出来，王安石笑着说："不必着急，等你从黄州回来后再对吧。"苏东坡去黄州后不久正值重阳节，一连刮了几天的风。天晴，苏东坡信步到后园赏菊，却不由大吃一惊，原来花瓣散落一地，枝上空无一朵。这时，他才豁然醒悟：原来自己见识浅薄，乱改王安石的诗，也明白了让他来黄州的用意。不久，王安石又把他调回京师。归京途中，苏东坡正路过一个叫九溪蛮洞的地方，于是灵感迸发，对出其中的一联："七里山塘，行到半塘三里半；九溪蛮洞，经过中洞五溪中。"但还有两联一直没有对出来。从此，他再不敢随便落笔评品他人了。

这样的故事还有许多，原来绝对不是"绝对"硬憋出来的，而是事出有因，苏东坡主政杭州时，某日与友人携歌女游西湖。一歌女提一把锡壶为东坡斟酒，不慎将壶掉入湖中。席间有人触景生情，当即撰出下联请东坡对："游西湖，提锡壶，锡壶落西湖，惜呼锡壶。"东坡一时语塞。

"驾一叶扁舟，荡两只桨，支三片篷，乘四面风，载五六客，过七里滩，到八里湖已十里。"黄庭坚少年时乘船离江州（今九江）赴苏杭，船家素闻其才名，便吟一上联欲试其才气，黄沉思再三，终不能对。

明代江南著名才子吴梅村在秦淮名妓卞玉京宅中宴请诸名士。席间有人以谐音出一上联，举座无人能对：上联："夏大禹，孔仲尼，姬旦，杜甫，刘禹锡。"谐"下大雨，空中雳，鸡蛋豆腐留女婿。"同时，五个人名按朝代先后排列，有时间顺序。举座无人能对，至今形单影只。另一说原联为一老妇所出，故事大致是：新女婿初上门，岳母欲留之吃便饭，但女婿因羞推辞再三。时逢天上雷声骤响，下起了大雨，岳母苦留不住，灵机一动，要与女婿对句，对上了才可回去。女婿自恃博学，然正欲相对，转而不觉哑然，只能听命于老妇，留宿不走。

江西人蒋心余幼年在某翁处读书，翁见他聪明颖悟，欲将女儿许配给他。某年，蒋要返家省亲，但翁舍不得他走，说道："天快下雨了，你何必走呢？我出个对子你来对吧！"翁于是清喉亮嗓，缓声道来："金阙九重，圣寿万年天荡荡！"蒋扶颔托腮，轻笑慢应："玉关千里，乡心一片雨绵绵！"翁不甘心，更不愿如此良才回家，深怕再会无期，女儿无枝可栖，于是又说："我再出一对，你如能对上，你便走；否则，就留下来。"这回，翁微微浅笑，说道："夏大禹，子罕颜回，姬旦，杜甫，刘禹锡。"蒋立即变色，笑容失却，蹙眉苦思，最终无言可对，而翁亦终将准女婿留住。此系谐音句，意为："下大雨，子还言回？鸡蛋，豆腐，留女婿。"文中之句至今仍然无对。

据说乾隆下江南时，一日路过一户人家，见一漂亮姑娘在倚门翘望，就上前询问她的情况，了解到她姓倪，就想到了一副上联："妙人兒倪家少女；"就让身边的纪晓岚对，可对联高手纪晓岚想了半天，也只能摇了摇头。这是副拆字联，第一字"妙"由后两个字"少女"合成，第二、三字合成"倪"。

纪晓岚一向才思敏捷、善为妙对，曾夸口"天下未有不可对之对"。一年中秋，妻子出了个上联："月照纱窗，格格孔明诸葛亮。"一字一姓名却复指同一人，"诸葛亮"谐"诸格亮"，复言"格格孔明"，与"月照纱窗"语意相承。月夜的景色，明月照进纱窗，每一个窗孔都被照明，许多个楼阁（"葛"谐"阁"）都被照亮，好一片月光照耀下的银色世界。此联借诸葛亮的姓名和字，翻出新意，构思绝巧。纪晓岚搜肠刮肚地也没对出来，于是便成了绝对。一直到50年代才有人勉强地对出了下联："风送幽香，每每畹华梅兰芳。"嵌入著名京剧演员梅兰芳的名和字，"梅"谐"每"，但其与"兰"字位置与上联一比却是前后颠倒，如果"梅兰芳"是"兰梅芳"才称得上对仗工整；而且，"畹华"（古代三十亩为一畹）与"孔明"对仗也失之于工整。

民间还流传着一副以三国时人名地名串成的绝对："鸟在笼中望孔明，想张飞，无奈关羽。"这一上联以音义双关为奇巧："笼中"谐音"隆中"，孔明（有光亮的缝隙）张飞（展翅飞翔）关羽（翅膀被锁），同时是三国时的三个历史人物名。

清朝同治年间，长沙有位文人作一上联征对："烟沿艳檐烟燕眼。"上联七字同音，而且说了一件事的过程：门前的烟沿着艳丽的屋檐冲到了燕子窝里，熏了燕子的眼睛。下联也要求七字同音，且说明一件事的原委，确是有相当的难度。有一副传统绝对："荷花荷（叶）莲蓬藕。"上联七字全为草字头，且全为名词，最难的一点是：荷花荷叶莲蓬藕分别是荷的五个部分，包括根茎花叶果实。要找到能与之相对的事物，并能满足前面的所有条件，是极难的事情。

广东郁南县宋桂村有一才女，名叫白花，曾出一上联："家住长安，出仕东安，貌比潘安，才比谢安，修己以安人，修己以安百姓。"联中连用两个地名"长安、东安"和两个人名"潘安、谢安"，最后两句用《论语》中孔子的名言，十分贴切，可惜直到今天还是绝对。

从前，四川泸州有条白塔街，有个姓黄的铁匠在街上开了个打铁铺，有人以黄铁匠打铁为题，出了一上联："白塔街，黄铁匠，生红炉，烧黑炭，冒青烟，闪蓝光，淬紫铁，坐北朝南打东西。"此上联中巧嵌了红黄黑白青蓝紫七种颜色和东南西北四个方位，要对出下联来难度很大。

"由山而城，由城而陂，由陂而河，由河而海，每况愈下。"此联乍看字面意思，是说地形由高而低，水往低处流的自然现象，由"山"至"城"至"陂"至"河"至"海"。实际上则是以民国五任总统的籍贯指代人名，讽喻政治黑暗，每况愈下。这五位总统依次是："山"即孙中山，广东中山人；"城"即袁世凯，河南项城人；"陂"即黎元洪，湖北黄陂人；"河"即冯国璋，河北河间人；"海"即徐世昌，江苏东海人。辛亥革命虽然推翻了清政府，但胜利果实却被军阀政客窃取，他们争权夺位，愈演愈烈，8年内总统五易其人，政治愈来愈黑暗，民不聊生。此联真是意蕴深远，至今无人能对出。

还有下面这些对联因其难都成了绝对。广西有一地名岑溪，有人拆二字成上联："岑溪山水今奚在。"有人将好、配、何、问四字拆出："好女子己酉生，问门口何人可配？"清初某落魄文人，于霜落之日以谐音撰一上联："霜降降霜，儿女无双双足冷。"民国初年，有人作一拆字对的上联，令人百思不得其对："今夕何夕？两夕已多。"清末光绪年间，江西南昌知县江某主持正义，被洋教士所杀。全国为之愤然，北京名流江亢虎在陶然亭（亦名江亭）为江知县举行追悼会。当时，曾有人作一上联"江氏在江亭追悼江西江县令"求对，可惜无人能续。江西南昌有一副钟鼓楼联："钟鼓楼中，终夜钟声撞不断。"联中，"钟"、"中"、"终"同一个音四次出现，难倒不少撰联名家。

其实，绝难联未必至绝至境，只遇时机，便会灵感突至，一挥而就，迎刃而解。而看似轻松的后面，当然经历了蚌磨成珠的知识沉淀和灵感孕育的过程。

● **知识链接**

夸张：夸张是为了突出某一事物的特征，将其巧妙地夸大或缩小，可起事半功倍之效。在楹联创作中，借助丰富的想象，运用"言过其实"的语言，以达到某种特殊的艺术效果的制联方法就是夸张法。夸张可分两种：一种是把所要表达的事物从性质、状态、数量等方面直接夸大或缩小，类似的描写叫做单纯夸张；另一种是通过比喻、比拟、借代、对比等修辞手法进行夸张法，称作间接夸张。悬挂于酒店的楹联："猛虎一杯山中醉，蛟龙两盏海底眠。"借助于想象，夸张酒的威力，属于单纯夸张。"天作棋盘星作子，谁人敢下；地当琵琶路当弦，哪个能弹。"此联巧妙抓住事物的形象特征，突发联想，借题发挥，在夸张的同时运用了比喻的手法，以突出对联的艺术色彩，属于间接夸张。还有的对联运用借代、比拟等形式进行夸张，都是可以的，但要注意运用夸张务必做到合乎情理才会收到好的艺术效果，否则就会适得其反。

# 天下第一长联
## ——昆明大观楼联

许多楼阁是因诗文而名：江西滕王阁因唐初王勃的《滕王阁序》而声名远扬；武昌黄鹤楼借唐代崔颢《黄鹤楼》而蜚声南北；湖南岳阳楼凭宋代范仲淹《岳阳楼记》而盛誉天下。只有昆明大观楼是以清代孙髯翁的一副长联而步入名楼之列。

大观楼位于云南昆明西部、滇池北岸，始建于康熙二十九年（1690），落成于康熙三十五年（1696），呈正方形，三层，黄琉璃瓦顶，楼内有揽胜阁、观稼堂、涌月亭、牧萝亭、催耕馆等，正门上悬一联："五百里滇池，奔来眼底。披襟岸帻，喜茫茫空阔无边！看东骧神骏，西翥灵仪，北走蜿蜒，南翔缟素。高人韵士，何妨选胜登临。趁蟹屿螺州，梳裹就风鬟雾鬓；更萍天苇地，点缀些翠羽丹霞。莫辜负四周香稻，万顷晴沙，九夏芙蓉，三春杨柳；数千年往事，注到心头。把酒凌虚，叹滚滚英雄谁在？想汉习楼船，唐标铁柱，宋挥玉斧，元跨革囊。伟烈丰功，费尽移山心力。尽珠帘画栋，卷不及暮雨朝云；便断碣残碑，都付与苍烟落照。只赢得几杵疏钟，半江渔火，两行秋雁，一枕清霜。"这幅长联被谓之"天下第一长联"，是清康熙年间的孙髯翁所题，最初由昆明名士陆树堂用行书书写刊刻，清咸丰七年（1857）毁于兵燹，光绪十四年（1888）又由云南剑川人赵藩重书。

大观楼长联气势磅礴。上联写滇池风物，下联记云南历史，全联计180字，反复运用四言句式，以三组同边自对为中心，在不同位置上添加不同数量的领衬字，联文顾盼多姿，声调连绵一气。想象丰富，气韵充沛，一气呵成。抒情叙事，层次分明，情景交融，对仗工整，字句洗炼，内涵美质，外溢华采，意境高妙，妙语如珠，气势非凡，是一篇有声、有色、有情的骈文。

长联有如一面历史铜镜，映射出历史发展变化的必然规律，字里行间闪烁着远见卓识，耐人寻味。因此，道光初年，任云贵总督的阮元读完长联后，惊呼其蕴含"汉、唐、宋、元之丰业伟功，总归一空"之意，是在影射大清朝。遂仗势摘下原联，擅加篡改。其改联减弱了长联的气势，缩小了长联语言内涵，文气呆滞，牵强附会，胡乱用典。这种违反民心人意的举动，使昆明人哗然，纷加斥责。据《滇中琐记》载，时人作诗讥讽之："软烟袋不通，萝卜韭菜葱。擅改古人对，笑煞孙髯翁。"借谐隐之法，以"软烟袋"谐"阮芸台"（阮元字芸台）讥刺嘲笑他。阮元一离任，孙髯翁的长联又挂出来了。阮元在清代颇负文名，著作甚丰。《清史稿》称他"身历乾嘉文物鼎盛之时，主持风会数十年"，可谓名重一时。然高名显位，自负改联，贻笑大方。除阮元之外，清代另一位官僚程月川亦随意将孙髯翁佳联21处胡编乱改，其联皆是粉饰太平的辞藻，全无回眸历史、反思今天的哲理寓意。

孙髯翁佳制被清代官僚两次砍杀，然而，终敌不过沙里淘金，众人慧眼识骥，终于恢复长联旧观，流芳千古。

此联作者孙髯翁号颐庵，陕西三原人。自称蛟台老人，诗文联名重一时，以卖卜为生。近三百年来，长联一直为历代游人所赞赏，被誉为"海内长联第一佳者"。此联影响甚远，已成为一种"大观楼体"，仿联者争相而撰。最早最有名的莫过于清代唐达仿昆明大观楼联："五百两烟泥，赊来手里，价廉货净，喜洋洋兴趣无穷。看粤夸黑土，楚重红瓢，黔尚青山，滇崇白水。枯成瓣色，不妨请客闲评。趁火旺炉燃，煮就了鱼泡蟹眼；正更长夜永，安排些雪藕冰桃。莫辜负四楼响斗、万字香盘、九节老枪、三镶玉嘴；数千年产业，忘却心头，瘾发神疲，叹滚滚钱财何用？想名类巴菰，膏珍福寿，种传罂粟，花号芙蓉。横枕开灯，足尽平生乐事。尽朝吹暮吸，哪怕他日烈风寒；纵妻怨儿啼，都装着天聋地哑。只剩下几寸囚毛、半抽肩膀、两行清涕、一副枯骸。"劝世人不要吸鸦片烟，对吸烟者刻画入骨三分。陈毅同志曾赋诗《题大观楼》："滇池眼中五百里，联想人类数千年。腐朽制度终崩溃，新兴阶级势如磐。诗人穷死非不幸，迄今长联是预言。"郭沫若亦赋诗赞道："果然一大观，山水唤凭栏。睡佛云中逸，滇池海样宽。长联犹在壁，巨笔信如椽。我亦披襟久，雄心溢两间。"而毛泽东同志对大观楼题联尤其推崇，不仅能一气背诵下来，还评价此联"从古未有，别创一格"，认为梁章钜的评语不准确，"究未免冗长之讥也"。

● 知识链接

　　排比：用三个或三个以上的结构相似、字数相等的平行短句，组合在一起表示相关的意思，这种制联方法称作排比法。运用排比仅限于上下联的内部，而以长联较多。运用排比法要注意排比的事物要有内容上的联系，而且要求次序须有规律，给人以审美之感。现代语言学家王力先生写过一副桂林小广寒楼联："甲天下名不虚传：奇似黄山，幽如青岛，雅同赤壁，佳拟紫金，高若鹫峰，穆方牯岭，妙逾雁荡，古比虎丘。激动着倜傥豪情，志奋鲲鹏，思存霄汉，目空培楼，胸涤尘埃，心旷神怡消块垒；冠寰球人皆向往：振衣独秀，探隐七星，寄傲伏波，放歌叠彩，泛舟象鼻，品茗月牙，赏雨花桥，赋诗芦笛。引起了联篇遐想，弄甘陇亩，士乐缥湘，工展宏图，商操胜算，河清海晏庆升平。"全联用排比句式将桂林风光衬托得无与伦比，信手拈来，如数家珍，借景抒情，颂今怀古，对仗工整，文采斐然，堪称佳构。排比法与列品法有相似之处，都是相关、相似事物的罗列。所不同的是，排比法要求各分句间结构相似、字数相等，是列品法的一种特殊形式。

# 文章道德圣人家
## ——曲阜孔庙联

　　孔丘，字仲尼，春秋时期鲁国人，是我国古代伟大的思想家和教育家，儒家学派创始人，世界最著名的文化名人之一，他编撰了我国第一部编年体史书《春秋》，其言行思想收录在《论语》中。

　　孔庙位于曲阜市中心，是历代祭祀孔子的地方，始建于公元前478

年，占地面积327亩，共有九进院落，是我国三大宫殿式建筑（北京故宫、泰安岱庙、曲阜孔庙）之一。孔庙主体建筑为正殿大成殿，四周廊上立28根擎檐石柱，高达6米。前檐十根石柱，殿内供孔子像，庙内保存历代碑碣雕画二千多块，皆书法艺术珍品。

为孔庙题写的对联很多，最著名的是由李东阳撰写、纪昀书写的一副对联："与国咸休，安富尊荣公府第；同天并老，文章道德圣人家。"当时，纪昀故意将"富"字上的一点漏写，将"章"字下面的一竖穿过日字，与上面"立"字一点相连，意为"富贵无头、文章通天"，盛赞孔子"文章道德"与天不老、世代尊荣。而这种将错别字也曲解成圣人的一种荣誉和圣举，未免失之偏颇，想来不过是今人的牵强附会、盲目崇拜吧。

乾隆曾为孔庙大成殿题写对联："气备四时，与天地日月鬼神合其德；教垂万世，继尧舜禹汤文武作之师。"歌颂孔子道德"与天地日月鬼神"相等，功绩与"尧舜禹汤文武"并列。他还为孔庙诗礼堂题联："绍绪仰斯文识大识小，趋庭传玉教学礼学诗。"极赞孔子教化天下的丰功伟绩。

孔子确实当得起这样的盛誉。孔子多才多艺，知识渊博，闻名于世，几乎被当成无所不知的圣人。但孔子自己却不这样看："若圣与仁，则吾岂敢？抑为之不厌，诲人不倦。"孔子认为学无常师，"三人行，必有我师焉"。孔子好学，"朝闻道，夕死可矣"，62岁时，他还"发愤忘食，乐以忘忧，不知老之将至"，当时他携弟子周游列国已9个年头，虽未得到各诸侯国的任用，还险些丧命，但依然乐观，坚持理想，执著追求。

《史记》载，孔子30多岁时曾问礼于老子，临别时老子赠言："聪明深察而近于死者，好议人者也。博辩广大危其身者，发人之恶者也。"善意提醒孔子看问题不要太深刻，讲话切忌太尖锐，这样会伤害一些有地位的人，会给自己带来危险。孔子生性正直善良，待人真诚宽厚，"己所不欲，勿施于人"、"君子成人之美，不成人之恶"、"躬自厚而薄责于人"，是他的做人准则，"不义且富且贵，于我如浮云"，宁可受穷也要坚守道义。秉承这样的为人处世原则，孔子创立了以"仁"为核心的道德学说，并首创私学，广收门徒，弟子三千，达者七十二人。相传，杏坛便是孔子当年讲学的地方，《庄子·渔父》载"孔子游乎缁帷之林，坐休乎杏坛之上"，弟子读书，孔子弦歌鼓琴，风雅十足。孔庙内现仍建有杏坛，以纪念孔子当年收徒讲学的盛事。杏坛是一座双重飞檐、十字结脊、四面歇山的凉亭式建筑，多角交错，彩绘斗拱，朱红廊柱，黄瓦覆顶，周围朱栏，亭顶细雕藻井，彩绘睁目扬须五爪金龙，植有杏树，每逢阳春，杏枝摇曳，杏花怒放，染杏坛一院芬芳。"泗水文章昭日月，杏坛礼乐冠华夷"，此联正是对孔子治学弘道的最高褒奖。

孔子影响深远，孔庙遍及全国甚至海外。河南郑州孔庙有副短联："德侔天地，道贯古今。"将孔子道德比作天地，纵驰古今，空前绝后，无人可及。台湾高雄孔庙一副短联道："莲潭水明，直同泗水；半屏山秀，俨如尼山。"此联别开生面，没有正面歌颂孔子，只描绘周围景色，将台湾的莲潭和半屏山比作大陆的泗水与尼山，山水永恒，孔子万古，中华传统文化一脉相承，即使海峡相隔，也切不断这文化血缘。台南孔庙有副对联："集群圣之大成，振玉声金道通中外；立万世之师表，存神过化德合乾坤。"更是将孔子的思想当成整个中华民族不可动摇的道德根基。日本长崎孔庙联由著名画家李苦禅亲笔书写："至圣无域泽天下，威德有范垂人间。"指出孔子的圣德已超越地域的局限，泽被天下，成为一种普遍的处世之道、经世之学。

孔子教育学生"志于道，据于德，依于仁，游于艺"，成为一个具有仁义之心的"仕"和"君子"。孔子第七十三代孙孔庆熔为孔庙前上房题联："居家当思，清内外、别尊卑、重勤俭、择朋友，有益于己；处世尤宜，善言语、守礼法、远小人、亲君子，无愧于心。"其中蕴含的正是祖宗遗训，也是行之有效的人生真理，而孔子这种内外兼修、德才并重的教育主张，也是今天教育的最终目标。当然，现代生活质量和文明程度的提高，科技的发展，知识的广博，视野的开阔，也愈加显现出教育的深度和难度。教育者传道授业，要将社会责任和现实需要放在首位，把好学生的脉搏，推开学生的心扉，循循善诱，因材施教，教学相长，这样才能培养出心智健康、学有所用的现代人才。

曲阜孔庙有一副联："庙宇恢宏，史笔篆儒风，昭明日月留胜迹；德仁厚重，丹心传道义，彪炳春秋有大成。"孔子仁德高尚，使砖木建造的庙宇都变得恢宏起来，这就是思想的力量，也是人格的力量。世人要像孔子那样，为官当政，做人行事，严格规范自己的言行，才能一生坦荡无悔。

借代：在楹联创作中，为简明扼要说明一个事物，常采用借代手法，即不直说事物本体，而借用另一事物来阐明，借代与本体可换，借体可以代表本体。有这样一个故事，一个老翁有十个女儿却无人赡养，他贴在自家门上一联："家有万金不算富，命里五子还是孤。"以"千金"指代女儿，"半子"指代女婿，十个女婿即指"五子"，外人看了纷纷指指点点，女儿女婿十分惭愧，乃争相赡养。有一副怀念诗圣杜甫的对联："千古此诗王，流寓遍襄阳烟水，蜀道云山，故国有思，常感秋风怀杜曲；五陵孰年少，知交祗陇右词臣，咸阳节度，京华在望，每因泪雨忆长安。"联中的"陇右词臣"指代诗仙李白，"咸阳节度"指代提携帮助杜甫的严武。有家旅店张贴了这样一副对联："未晚先投二十八，鸡鸣早看三十三。"原来"未晚先投宿，鸡鸣早看天"是旧时客店的常用联，此联变化一下，借用神话中的"二十八宿"和"三十三天"，指代"宿"和"天"，别有一番情趣。湖南醴陵红拂墓有一联："红拂有灵应惜我，青山何幸此埋香。"红拂原为隋朝宰相杨素侍姬，因对李靖一见钟情而夜奔军营，追随李靖一生，后病逝于醴陵。"香"喻妇女饰品，古诗文中常借称为妇女，此处代称红拂，此是以物代人。

# 洞庭湖南极潇湘

## ——岳阳楼联

岳阳楼是江南三大名楼之一，高15米，主楼3层，由4根楠木支撑，全为纯木结构，楼顶铺饰黄色琉璃瓦，壮丽雄伟，自古就有"洞庭天下水，岳阳天下楼"美誉，盛赞它是"荆楚无双地，湖湘第一楼"。

据史书记载，建安二十年（215），刘备与孙权争夺荆州，东吴大将鲁肃率万人屯守巴丘，筑巴丘城，巴丘即岳阳的最初称呼，而岳阳楼就是当年鲁肃操练水军的阅兵台。唐开元四年（716）中书令张说驻守岳州，修葺扩建此楼，并定名为"岳阳楼"。宋庆历五年（1045），滕子京谪守巴陵郡，次年重修岳阳楼，又建三醉亭、仙梅亭、怀甫亭，并请范仲淹著文以志之。于是，范仲淹挥笔写成《岳阳楼记》。文章辞采华丽，纵古论今，一时盛传海内，文中"先天下之忧而忧，后天下之乐而乐"成为千古名句，此楼随之名声大噪、声誉日隆，如今已是天下驰名。

岳阳楼出了名，来此观景的人纷至沓来。文人墨客登楼望远，看洞庭湖水浩浩荡荡，兴怀古之思，于是提笔挥墨，直抒胸臆，便留下无数楹联，时有绝唱。据说李白有一副岳阳楼题联："水天一色，风月无边。"但据史料考证，李白未有楹联存世，疑为后人伪托。不管作者真伪，仅就内容看，此联确是一副佳作，寥寥几字，便高度概括了岳阳楼全景，联意境阔意远，通俗雅致，令人过目不忘，与范仲淹奇文有异曲同工之妙。

最有名的莫过于道光年间进士窦垿的一副长联："一楼何奇？杜少陵五言绝唱，范希文两字关情，滕子京百废俱兴，吕纯阳三过必醉。诗耶？儒耶？吏耶？仙耶？前不见古人，使我怆然涕下；诸君试看：洞庭湖南极潇湘，扬子江北通巫峡，巴陵山西来爽气，岳州城东道崖疆。潴者！流者！峙者！镇者！此中有真意，问谁领会得来？"对联以问答手法来指点江山，既写出了洞庭湖的山川形势、地理环境，又借名人典故、诗文名句、传说逸事描情绘景、抚今追昔、抒发情怀。这副对联上联写史，巧妙并列杜甫、范仲淹、滕子京、吕洞宾这几个诗、儒、吏、仙的典故，写尽岳阳楼的奇伟和洞庭湖的浩瀚，然后笔锋陡转，移用陈子昂诗句，感慨前代贤才已逝，寄寓了一种感时伤世的深沉情感。下联写景，登楼远眺，南可望潇湘，北可及巫峡，西可至巴陵山，东可穷山岩边界，湖水浩荡，群峰耸峙，可谁能真正领会胜景涵义，言虽尽而意无穷。

明嘉庆进士陈大纲撰岳阳楼联："四面湖山归眼底，万家忧乐到心头。"独辟蹊径，写景言简意赅，只在出句点破方位。下联笔锋陡转，从四面湖山的空旷联想到万家忧乐，这是全联主旨所在，见出作者一怀悲悯之心。

清末曾任江西督军的李秀峰对岳阳楼情有独钟，曾经写了两副颇为独特的对联。其一："吕道士太无聊，八百里洞庭，飞过去，飞过来，一个神仙谁在眼？范秀才亦多事，数十年光景，什么先，什么后，万家忧乐独关心。"吕洞宾在岳阳楼上题过一首诗："朝游北海暮苍梧，袖里青蛇胆气粗。三醉岳阳人不识，朗吟飞过洞庭湖。"余秋雨认为"顽泼滑稽"，与风景格格不入。此联亦嗔怪神仙吕洞宾飞来飞去，只顾喝酒行乐，又埋怨范仲淹多事，其实言下之意是：天子都不管人间疾苦，范公又如何能改变时局？其二："苍茫四顾，俯吴楚剩水残山，今古战争场，只合吹铁笛一声，唤醒沧桑世界；凭吊千秋，问湖湘骚人词客，后先忧乐事，果谁抱布衣独任，担当日夜乾坤。"此联与上联风格迥异，没有了嬉乐调侃之态，却一展书生儒雅深沉本色。一介武将，怀古思今，心绪难平，欲一逞英雄壮志，收拾残山剩水，亦不悔此生，读来让人心潮起伏。

清末翰林郑家溉的撰联悲愤难抑："湖景依然，谁为长醉吕仙，理乱不闻惟把酒；昔人往矣！安得忧时范相，疮痍满目一登楼。"此联作于1933年，当时日寇大举侵华，国难当头，政府腐败无能，民不聊生。面对眼前洞庭湖，想起祖国山河被日寇蹂躏，自己苟活乱世，只有一切不闻不问，像吕洞宾长醉不醒。但现实又是逃避不了的，希望有范仲淹这样的贤相来重整山河，挽救危亡，但昔人已经一去不返了，登楼一望，却是满目疮痍，悲从中来。其爱国之情、悲愤之状跃然纸上。1944年，日寇进犯长沙，郑家溉拒不当汉奸，骂贼而死。他代表了有民族气节的中国知识分子，其人品与文品同辉。

岳阳楼名联佳对甚多。欧阳修撰联："我每一醉岳阳，见眼底风波，无时不作；人皆欲吞云梦，问胸中块磊，何时能消？"将满腔忧愤倾入"眼底风波"中，寓意深长。王褒生撰联："放不开眼底乾坤，何必登斯楼把酒；吞得尽胸中云梦，方许对古人言诗。"气势超凡，登楼须得把酒放胸襟，才敢与古人对诗。王自成题联："八百里洞庭今人眼，五千年历史再从头。"洞庭水涌荡万古，我辈复登临，再把历史重新续写，豪情万丈。方功浚题道："对月临风有声有色，吟诗把酒无我无人。"此景正适遣怀，我自把酒对月，谁奈我何？胡林翼、杨翔凤和佚名者的题联有异曲同工之妙："杜老乾坤今日眼，范公忧乐昔人心"，"忧乐是岳阳楼套子，渔樵乃洞庭湖生涯"，"揽辔登车，一世澄清需满志；读书观政，万家忧乐尽关心"。三人解读的正是范公忧乐天下的悲悯情怀。毛泽东题（一说为烈士夏曦作）："楼上是仙居，一览无涯，权借湖山供啸傲；此中留宦迹，万方多难，莫叫风月老英雄。"借高楼长啸一声，宦海无涯，英雄暮年，拥一襟清怀，山水间我亦为大。朱德题的"舟系洞庭，世上疮痍空有泪；魂归洛水，人间改换已无诗"，一抒改朝换代的豪迈之情。

可以看到，岳阳楼的楹联大都取意于范仲淹文和杜甫诗句，登楼放远，仰望先哲，站在不同时代抒发不同的心境。细细品味，便可以感觉到沧海桑田变幻无穷，湖在楼在，湖是原来的湖，楼已不是从前的楼了，它已成了一个借喻，每个人都可以根据自己的情状来借此淋漓心情。

● **知识链接**

> 连环：即联中巧用同字、谐音、同旁等不同的修辞方法，嵌成联句环环相套的形式，以达到独特的艺术效果。符合这一特定要求的联句即为连环式。如："点灯登阁各攻书；移椅倚桐同赏月。""灯"与"登"、"各"与"阁"既音同，而且"登"、"各"又各自是灯（繁体字"燈"）、"阁"字的偏旁。对句中的"椅"和"倚"是同偏旁，"同"又是"桐"的偏旁，读音相同而且"移"和"椅"声母也相同，符合出句的要求。

# 青莲应怪我来迟
## ——武汉黄鹤楼联

黄鹤楼与岳阳楼、滕王阁并称江南三大名楼。相传建于三国吴黄武二年（233），位于武汉蛇山黄鹤矶头，因而取名黄鹤楼。历代屡建屡毁，清光绪十年（1884）被焚后，直到1984年才得以重建。有关黄鹤楼的传说很多，而唐代诗人崔颢题写了一首七律《黄鹤楼》后，此楼更是千古闻名。

黄鹤楼共5层，高51米，主楼面积4 000多平方米。重檐展翼，翘角12只，红柱，黄色琉璃瓦顶，楼体以72根圆柱支撑，具有独特的民族风格。

清代诗人李联芳撰武汉黄鹤楼联很有名："数千年胜迹，旷世传来，看凤凰孤屿，鹦鹉芳洲，黄鹤渔矶，晴川杰阁，好个春花秋月，只落得剩水残山！极目古今愁，是何时崔颢题诗，青莲搁笔；一万里长江，几人淘尽？望汉口夕阳，洞庭远涨，潇湘夜雨，云梦朝霞，许多酒兴风情，尽留下苍烟晚照！放怀天地窄，都付与笛声缥缈，鹤影蹁跹。"登楼远望，凤凰屿、鹦鹉洲、黄鹤矶、晴川阁这几处胜迹已残缺不全，回想起崔颢题诗、李白搁笔的故事，兴古今愁绪。一切的感慨和幽怨渐渐消失在隐约笛声和蹁跹鹤影中。此联先写近景后写远景，借助丰富的想象，将时代的变迁与现实联系起来，抒发了一种历史感慨。且把黄鹤楼四周美景和历史典故淋漓尽致地排比出来，既增语气又壮气势，使对联富于铿锵的节奏韵律感，具有一种音乐旋律美。

清代光绪进士陈兆庆的对联气魄宏大："一枝笔挺起江汉间，到最上层放开肚皮，直吞将八百里洞庭、九百里云梦；千年事幻在沧桑里，是真才子自有眼界，哪管它去早了黄鹤、来迟了青莲。"联中的"一枝笔"喻黄鹤楼，形象新奇，构思新颖，亦有双关之妙；"黄鹤"指崔颢，其题写的《黄鹤楼》诗为历代所称道，李白见此诗也弃笔不题，只因"眼前有景道不得，崔颢有诗在上头"。而此联先声夺人，告诉世人不要拘囿于古人的羁绊，千年旧事不要再提，只要有气吞山河的气势，是可以超越古人，成就一番事业的。

有人据李白弃笔逸事撰联叹道："青莲应怪我来迟，不敢乱题诗，恐被隔江鹦鹉骂；黄鹤已随仙去久，倘教重弄笛，定惊远岫凤凰飞。"李白也怕题得不好，不仅招来鹦鹉骂语，还给后人留下笑柄。既然黄鹤已载仙人而去，再来吹笛呼唤，惊飞对岸的凤凰，就太让人煞风景了。联语构思奇巧，出人意料，堪称妙笔。还有人撰联："楼未起时原有鹤，笔经搁后便无诗。"据说李白看了崔颢的诗弃笔不题后，仍心有不甘，于是归去后步崔颢诗原韵，作了一首《游金陵凤凰台》："凤凰台上凤凰游，凤去台空江自流。吴宫花草埋幽径，晋代衣冠成古丘。三山半落青天外，二水中分白鹭洲。总为浮云能蔽日，长安不见使人愁。"写得也相当绝妙，总算了结了一桩宿愿。

清代湖北巡抚钱楷被召回京，离任之前，因不舍黄鹤楼，便撰联作为纪念："我去太匆匆，骑鹤仙人还送客；兹游良眷眷，落梅时节且登楼。"联语不涉黄鹤楼的风光历史，只写自己匆忙进京时的心情，感情真挚，语言流畅，联中有我，独具风格。

清代名将彭玉麟对黄鹤楼情有独钟，写过两首告别联。其一："星斗摘寒芒，古今谁具摩天手；乾坤留浩气，霄汉常悬捧日心。"其二："心宽天地远，把酒凭栏，听玉笛梅花，此时落否；我辞江汉去，推窗寄语，问仙人黄鹤，何日归来。"彭玉麟是湘军将领，与曾国藩一道打败了太平天国，功名显赫，此时正春风得意，联语不免豪气冲天，见出武夫的勇猛骁雄和志得意满。

而何元恺所撰的黄鹤楼联与此相比，很有书生意气："临高台而极目，看大别垂杨，郎官春草，凤凰远岫，鹦鹉芳洲，写不尽万家烟景，更兼着帆随岸转，汉接天回，想仙人弭节归来，邂逅相逢应颜笑；沥浊酒以抒怀，问陶公战舰，庾令胡床，白石词锋，青莲采笔，又谁知千载英雄，都付与江上清岚，山间明月，剩我辈当歌痛饮，苍茫独立自吟诗。"一气呵成，将笔墨挥洒成千古豪气，让人赞叹。

三大江南名楼中，黄鹤楼的题联最多，许多对联没有名字，风采却一点不输名人。如："大江流日夜，明月照高楼。"清旷幽寂，恰如无声时光，逝去无痕，惟留一江湍涌、一月朗照；又如："一笛清风寻鹤梦，千秋皓月问梅花。"风雅十足，清吹一曲，折梅几枝，楼上清风入怀，别有一番意趣。

● **知识链接**

同出：即将出于同一事物的几个词语巧妙地组合到联中，使上、下联各表其意而又互相对应。如明代文学家杨慎在少年时随父到御花园玩与弘治皇帝对了一副妙对："荷叶莲花藕，真丝蛹茧蚕。"荷叶、莲花、藕为同一根上长出来的东西。真丝、蛹、茧、蚕也是同一动物在发展过程中所变化的不同形态，只是"真"对"荷"有些不妥。"炭黑火红灰似雪，谷黄米白饭如霜。"上联写木炭，下联写大米，也属同出手法，比上联显得更准确工稳。

# 江山兴废总关情

## ——南昌滕王阁联

　　滕王阁是江南三大名楼之一，位于南昌市沿江路赣江边，为唐太宗李世民之弟滕王李元婴都督洪州时所建，即以滕王封号命名。唐上元二年（675）九月九日，时任洪州都督的阎伯屿重修滕王阁，葺成后大宴宾客，"唐初四大才子"之一的王勃即席一挥而就《滕王阁序》，辞采华丽，纵横捭阖，气如长虹，举座惊叹！王勃以文名世，滕王阁也因此序名震古今。

　　滕王阁原来规模很大，有"西江第一楼"之称。一千三百多年以来，楼阁屡毁屡建，竟有28次之多。1926年，滕王阁遭北洋军阀邓如琢焚毁。1985年开始重建，主阁以当代著名建筑师梁思成重建草图为依据，呈宋代华丽风格。另建桂殿、兰宫、文亭、压江、挹翠等32座不同样式的建筑，与滕王阁互相映衬，共同组成优美的风光胜景。

　　滕王阁的对联颇多，特别是清代阮元、宋荦、刘坤一、周峋芝、江峰青、李春园等人撰写了许多佳联。

　　曾任江西巡抚宋荦的对联借古抒情："依然极浦遥天，想见阁中帝子；安得长风巨浪，送来江上才人。"《滕王阁序》是骈文佳作，感情恣肆汪洋，文辞绮丽隽美。王勃一文惊世，可惜英年早逝，虽隔着厚厚的时光幕帷，少年才气仍引后人神往，长风破浪会有时，何不将王勃从江上送来，好让我一睹风采。想象丰富，极具浪漫色彩，恰呼应王勃名篇。让人感慨江西才子可谓多矣。

　　湘军将领、官至两江总督的刘坤一在联中引用《滕王阁序》的名句"落霞与孤鹜齐飞，秋水共长天一色"，构成下面这副气势不凡的对联："兴废总关情，看落霞孤鹜，秋水长天，幸此地湖山无恙；古今才一瞬，问江上才人，阁中帝子，比当年风景如何？"联中颇见哲思睿语，世事沧桑变幻，天下兴废交替，江山易代，英雄千古，古今不过一瞬，回眸便是注视历史，看落霞铺满西天，江水依然波推浪涌，谁也逃不过自然法则。文人骚客本就爱怀古幽情，而附着了文学传奇的楼阁更让文人感慨不已。楼因人而名，人登楼畅怀，一抒千古之叹。

　　清代周峋芝认为王勃这样的"过路人"，能以一篇序使楼阁名扬千古，可见红尘中人才济济，不要小视市井之人。他在联中说："滕王何在？剩高阁千秋，剧怜画栋珠帘，都化作空潭云影；阎公能传，仗书生一序，寄语东南宾主，莫轻看过路才人。"因王勃只是省亲路过，非专程赴宴，却留下千古名篇，故此称其为"过路人"。深山藏古寺，布衣亦可傲王侯，此联提醒当局者应该放开胸襟，广纳贤士，不拘一格降人才，若是有刘备"三顾茅庐"求贤才的耐心和恭敬，何愁大业不成？

光绪进士、曾任浙江嘉善知县的江峰青在滕王阁留下的两副对联口气非同一般。其一："有才人一序在上头，恨不将鹦鹉洲踢翻，黄鹤楼捶碎；叹沧海横流无底止，慨然思班定远投笔，终子云请缨。"登阁远望，美不胜收，而王勃已写尽其美，可恨鹦鹉洲也有祢衡之赋压卷，黄鹤楼则有崔颢诗独领风骚，在胜迹之前只有搁笔叹息。叹时光太匆匆，何时能像东汉的班超和西汉的终子云一样报效国家呢？"序"指王勃的《滕王阁序》，鹦鹉洲在湖北武昌城外江中，据《后汉书》载，汉江夏太守黄祖之子黄射在此大宴宾客，有人献鹦鹉，黄射令祢衡作赋，祢衡一挥而就，辞采华丽，后祢衡因事被黄祖杀害，葬于此洲。班定远即班超，他曾投笔叹曰："大丈夫无他志略，犹当效傅介子、张骞，立功异域，以取封侯，安能久事笔砚间乎？"终子云即终军，他曾向汉武帝请求："愿受长缨，必羁南越王而致之阙下。"作者登上滕王阁，心潮起伏，欲立言以垂不朽已不可能，遂思在乱世立功、有所作为，全联直抒胸臆、气势恢宏而寄慨遥深。其实，"恨"不是痛恨而是怅恨，是仰慕王勃少年成名；"叹"也不是悲叹而是慨叹，是钦羡班超和终军壮志可酬。如此奇思，如此雄心，端的是一副奇骨侠肠，同样让人赞叹。其二："把西江水一口吸干，聊润我枯唇，纵谈曩日兴亡，多少桑田变沧海；将南浦云两手抱住，不放他出岫，免得随风飘荡，又无霖雨及苍生。"此联更是夸张中见壮志，拟人中有悲悯，用极度的修辞方法，将自己安邦定国的理想淋漓尽致地挥发出来。

李春园撰联道："我辈复登临，目极湖山千里而外；奇文共欣赏，人在水天一色之中。"孟浩然有"江山留胜迹，我辈复登临"句，陶渊明有"奇文共欣赏，疑义相与析"句，作者将前人典故化用联中，契合水天一色的景色，有身临其境之感。看来，有故事的胜迹总会让人浮想联翩，也会逼出智慧，绽出灵感之光。

王霞新有一联写黄鹤楼："鸣莺昼静，画蝶春融，当年文采风流，雨卷云飞余胜赏；乘鹤楼高，燃犀渚迥，是处江山辉映，诗成酒熟待才人。"联中的"乘鹤楼"就是指武汉的黄鹤楼，"燃犀渚"即安徽马鞍山采石矶，也是诗仙李白的埋葬处。作者将王勃与李白同列，分明是欣赏二人的才气、赞其诗名万古。因为有这样的才俊出现，无名地便成为千古胜迹，他们并未远去，已然契入山水楼台中，成为后人永远的追想。

此联感兴怀古，思绪深远："隔岸眺仙踪，问楼头黄鹤，天际白云，可被大江留住？绕栏寻胜迹，看树外烟波，洲边芳草，都凭杰阁收来？"传说许逊得道成仙，洪崖曾在南昌梅岭山修炼成仙，因此，作者眺仙人踪迹，问黄鹤白云可被江牵住、芳草是否为楼所收，感慨时光无情，联句抑扬有声，让人心起波澜，同兴共鸣。

江山代有才人出，楼阁无甚奇处，只因诗文和才子而有了情致，而鲜活灵动、动人心扉。

● **知识链接**

设问：以设问的方式来代替平铺直叙的写作是作联的一种重要方法，或上联提出问题下联作答，或上下联均为设问不作回答，便于把抽象的事理具体形象地表达出来。用问答形式作联更能引起人们的注意和思考，便于表达联意和创作主旨。常见的设问法有如下几种形式：设问作答，如一则庙联："你求名利，他卜吉凶，可怜我全无心肝，怎出得什么主意？殿遍烟云，堂列钟鼎，堪笑人供此泥木，空费了多少钱财！"设问求答，如梁启超答对张之洞联："四水江第一，四时夏第二，先生居江夏，谁是第一，谁是第二？三教儒在前，三才人在后，小子本儒人，何敢在前，何敢在后！"梁启超在武昌讲学时，坐镇武昌的湖广总督张之洞以"礼贤下士"的客套话出上联设问求答，锋芒显露，咄咄逼人。对此，梁启超不卑不亢，避其锋芒，含蓄作答，以柔克刚。设问不答，如董其昌题杭州西飞来峰联："泉自几时冷起，峰从何处飞来。"颇多朦胧神秘色彩。

# 三顾频繁天下计

## ——成都武侯祠联

诸葛亮，东汉末年隐居隆中（今湖北襄阳），自比管仲、乐毅，留心世事，满腹韬略，人称"卧龙"。刘备三顾茅庐才得见。感其真诚，他出山辅佐刘备取荆州，定益州，建立蜀汉政权，并与魏、吴成鼎足之势。刘备死后，他又辅佐后主刘禅，以丞相封武乡侯，兼领益州牧，整官制，修法度，志复中原，屡次北伐。建兴十二年，与魏国司马懿在渭南争战，终因操劳，病故于五丈原军中，结束了其辉煌的一生。

诸葛亮对后世影响极大，全国各地几乎都有纪念他的祠庙，以成都武侯祠最为有名。

成都武侯祠始建于公元6世纪，明初，与昭烈庙合二为一，仍习称武侯祠，康熙十一年（1672）重建。走进武侯祠，第一进是昭烈殿，供刘备塑像，东西偏殿供关羽、张飞，两廊祀文臣武将28人；第二进名静远堂，即诸葛亮殿，诸葛亮羽扇纶巾、儒雅潇洒，两侧陪祀诸葛亮之子诸葛瞻、之孙诸葛尚塑像。祠内对联颇多，尤以清代举人、曾任四川皋台的赵藩题联最发人深省。这副对联挂在祠庙正殿门柱："能攻心则反侧自消，自古知兵非好战；不审势即宽严皆误，后来治蜀要深思。"公元225年，诸葛亮率大军讨伐彝族叛乱时，制定"攻心为上，攻城为下"原则，曾七擒七放孟获，最后一次，孟获心悦诚服，竖指道："公，天威也，南人不复反矣！"此联正是举这个事例，赞叹诸葛亮文治武功。并总结其治蜀方略，阐述一己政见，予人以启迪。全联言简意赅，文采照人，叙事寓情，哲深韵长。作者怀古喻今，感时叹世，意在警醒后来者治政要明辨是非，审时度势，宽严相济。

这副长联可谓一篇读史札记，语重心长，循循善诱。作者当时任四川代理盐茶道使。光绪二十八年（1903）九月，其学生岑春煊任四川总督，一上任就大肆镇压百姓，让万民切齿。但作者不便正面劝阻，于是作此联，悬于诸葛亮祀殿前，待岑春煊上香武侯祠之机点破天机，反而惹恼了岑春煊将其撤职。岑春煊因在四川镇压民众有功，不久升任两广总督。在两广，岑春煊仍用治蜀之法治广，引起当地人民不满，且触怒了清廷贵戚，结果受诬而被削职为民。此时，他始悟赵藩对联精髓之所在。宣统三年（1911），岑春煊又被清廷重新起用，并派到四川平息保路风潮。这次，他从赵藩对联中汲取了正反、宽严、和战、文治、武功诸方面的深邃哲理，终于避免了自己像渝汉铁路督办端方被哗变军官所杀的可悲下场。1958年3月，毛泽东游览武侯祠时，就在这副对联前凝视良久，反复吟诵，点头称许，并要求将全部的武侯祠对联都收集起来。直到晚年，他还提议四川的负责同志好好研读此联和新都宝光寺的对联。那副对联由何元曾所撰："世外人法无定法，然后知非法法也；天下事了犹未了，何妨以不了了之。"这两副联都是经世之学，需要在实践中慢慢体会。

光绪拔贡、任四川达县教谕的刘咸荥有机会经常游览武侯祠，对诸葛亮十分敬仰，曾写了几副对联，从不同角度赞美他。其一："勤王事大好儿孙，三世忠贞，史笔犹褒陈庶子；出师表惊人文字，千秋涕泪，墨痕同溅岳将军。"诸葛亮三代辅佐蜀国，陈寿在《三国志》中就对诸葛亮极尽褒奖，宋代民族英雄岳飞也将《出师表》书于壁上，提醒自己忠君爱国，由此可见诸葛亮人格的魅力和历史影响力。其二："心悬八阵图，初对策，再出师，共仰神明传将略；目击三分鼎，东联吴，北拒魏，常怀谨慎励臣躬。"诸葛亮未出山时就能准确分析当时局势，作出魏蜀吴"三分天下"的预言，刘备用其谋略，联吴攻魏，成就了帝业。

光绪进士、官至安徽巡抚的冯煦的题联话恳切："此老不攻画，不善书，不精杂诗，压倒蜀吴魏中几多伪士；其人可托孤，可寄命，可临大节，算来夏商周后一个纯臣。"诸葛亮虽不善书精诗，却胜过无数纸上谈兵的穷酸士子。在大是大非面前，诸葛亮忠心如一，鞠躬尽瘁，死而后已。刘备对其既依赖又信赖，托孤寄命。可以说，他是自夏商周以来一个真正无私纯正的大臣，值得万世敬仰。

"一生惟谨慎，七擒南渡，六出北征，何期五丈崩摧，九代志能遵教受；十倍荷褒荣，八阵名成，两川福被，所合四方精锐，三分功定属元勋。"高屋建瓴，饱蘸浓墨，选择诸葛亮生平中的典型事迹和重大特征，从大处落笔，一气呵成，把诸葛亮的历史功勋及其深远影响写得恰如其分、真实感人。此联上下联各五句，每句嵌入一个数字，正好是从一到十共十个数字，只是次序有所变动而已。说来也巧，武侯祠用数字组合的对联特别多。南阳武侯祠有一副著名的对联："收二川，摆八阵，七擒六出，五丈原设四十九盏明灯，一心只为酬三顾；取西蜀，定南蛮，东和北拒，中军帐按金木土爻之卦，水面偏能用火攻。"上联嵌入数字一至十，下联嵌入五方和五行，高度概括了诸葛亮光辉的一生。成都武侯祠有一联："两表酬三顾，一对足千秋。"赞颂诸葛亮鞠躬尽瘁、才高智绝。"两表"指诸葛亮入蜀为相后所作的前后《出师表》，"一对"指的是诸葛亮在当年刘备三顾茅庐时所作的《隆中对》。五丈原是诸葛亮伐魏病逝的地方，这里的武侯祠有一副对联，可谓对诸葛亮一生的盖棺论定："义胆忠肝，六经以来二表；托孤寄命，三代而后一人。"

现代人也为武侯祠题了不少对联。爱国将领冯玉祥虽是行伍出身，却爱舞文弄墨，他在武侯祠写了一副相当工整的对联："成大事以小心，一生谨慎；仰风流于遗像，万古清高。"无产阶级革命家董必武同志参观武侯祠后挥毫："三顾频烦天下计，一番晤对古今情。"化用杜甫《蜀相》中的诗句，同样表达了一种敬仰之情。

清代时，因诸葛亮名高天下，河南和湖北两省便争诸葛亮故居之处所。当时任河南南阳知府的顾嘉蘅不敢开罪当地豪绅，又怕承担出卖桑梓之名，便撰一联："心在汉室，原无分先主后主；名高天下，何必辨襄阳南阳。"既赞诸葛亮，又抹平两省争执，可谓公允，亦见机智。但这场争论并没有因此而平息，1990年，中国邮政发行《三国》邮票第二组"隆中对"小型张，湖北、河南两省争夺首发式地点，并组成代表团进京申诉，使设计受阻。后来，国家专门组织专家研讨，最后论定湖北襄阳应为诸葛亮躬耕之地。同时，专家认为，就像文武赤壁一样，襄阳和南阳的诸葛胜迹也完全可以并存。

● **知识链接**

反问：为强调某一观念或结论的正确，故意以反问的形式把本意托出，令人注意，使读者从句中找到答案，这种制联方法叫反问法。反问的目的在于给读者以艺术的感染。如邓小平同志为士兵撰联："列为无产者，宁不革命乎。"此联采用流水对，嵌"列宁"二字，充分表现作者远大的胸怀和坚定的信念，运用否定句询问的形式表示肯定的答案，为反问句式的另一种。再如："不受几番磨炼，怎成一段锋芒。"另一种形式则是用肯定的询问式表示否定的答案。如："除却诗书何所癖，独于山水不能廉。"反问法与设问法有相通之处，不同的是：一为正面提问，一为反问。故也有人将二法合为一法，通称"设问法"。

# 月白风清一草堂
## ——成都杜甫草堂联

杜甫草堂位于成都西郊浣花溪畔，因唐代诗人杜甫于此结庐而居，故得此名。堂内有大庙、诗史堂、工部祠等建筑。工部祠又名三贤堂，内有杜甫、北宋诗人黄庭坚和南宋诗人陆游的塑像。祠后有受航轩、水竹居。祠内林木参天，古朴清新，诗情画意，是成都著名的文化遗迹。

杜甫草堂悬挂古今对联甚多，名联佳构不少。大门和工部祠悬挂的一副对联最有名："异代不同时，问如此江山，龙蟠虎卧几诗客；先生亦流寓，有长留天地，月白风清一草堂。"一问一答中寓几多感慨，是由清代诗人顾复初所撰。诗圣杜甫居草堂，安得广厦千万间，怀一腔济世之心，几千年来，能有几个像杜甫这样的诗人？草堂虽不是祠庙，却屹立千古；诗人也不是神仙，但流芳百世。如今，再来草堂，斯人渺杳，江水远逝，只见一院月白风清，却不禁更让人感怀那忧国忧民的诗人。龚依群题巩县杜甫墓联正是对他品格的最好总结："以忠爱为心，国步多艰，匡时句出惊风雨；为生民请命，恫瘝在抱，警世诗成泣鬼神。"

工部祠联由前清进士、原中央文史馆邵章补书，联旁跋语为蜀中著名学者向楚1955年所题："此联旧刻于光绪中，长洲顾复初撰书。顾氏工汉隶，老年势益遒厚，原刻久轶，今为邵章补书。乙未夏，向楚旁记。"大门联由郭沫若夫人于立群补书，郭沫若旁题长跋："杜工部草堂旧有清人顾复初长联，句丽词清，格高调永，脍炙人口，翱翔艺林，曾为名祠平添史料。惜原刻木联已毁，今凭记忆嘱内子于立群同志重为书出。用自首都，寄归锦城，遥想风清月白之堂，龙蟠虎卧之地，人民已作主人，气象焕然一新，不妨多此一段翰墨缘也！顾氏乃苏州元和人，清季游幕蜀中，故以流寓自况云。又顾氏通词章、工书画、有文集存世。此联隐隐以己为工部继承者，亦可见其自负不凡也！一九六三年九月五日，于立群书，郭沫若跋。"一处名胜同时悬挂两副联句相同、题跋不一的名家手制的楹联，恐怕在全国也绝无仅有，而此联萦怀于郭沫若心中，亦足可见顾氏这副对联的确非同凡响。

唐肃宗乾元二年（759）暮冬，杜甫因"安史之乱"流寓蜀中，仰人资助，于浣花溪畔筑茅屋而居。顾复初自留居成都后，充任幕僚，寄人篱下，同是天涯沦落人，自然感同身受。著一"亦"字，深蕴其情。何绍基曾许之"美人名士情如海，直节高风性有天"。顾复初生平时乖命蹇，郁郁不得志，如其自序云："仆吏才短拙，改就京秩。昔为薄宦，今作寓公。"字里行间难掩其仕途失意的落寞。顾复初狷狂自负，却被闲置终了一生，题杜甫草堂联尤为显现其情性。综观全联，气势豪放，深沉悲郁，格调高逸，含蓄典雅，尤其"长留天地，月白风清一草堂"句，韵律铿锵，风格俊朗，实是联眼。

清道光进士、官至两江总督的沈葆桢从杜甫草堂附近的武侯祠着笔撰联："地有千秋，南来寻丞相祠堂，一样大名垂千古；桥通万里，东去问襄阳耆旧，几人相忆在江楼。"杜甫与诸葛亮一样名传千古，特别是杜甫原籍襄阳的老人们更是对杜老念念不忘。此联为作者任四川藩台时所题，联语气韵流畅，一吐为快，表达了他对杜甫的崇敬与仰慕。沈葆桢乃禁烟大臣林则徐的女婿，他深受岳父的影响，自进士及第入仕之后，官声较好，恐怕也与他时时以杜甫为榜样不无关联。

清咸丰举人王闿运从另一个角度来写杜甫草堂："自许诗成风雨惊，将平生硬语愁吟，开得宋贤两派；莫言地辟经过少，看今日寒泉配食，远同吴郡三高。"上联说从唐杜甫以后，宋朝的诗分成两派，北宋黄庭坚以杜诗为正宗，而南宋的陆游却另成一派，难怪三贤堂内有此二人的塑像。下联说别看草堂偏僻，杜甫却与战国范蠡、晋代张翰和唐代陆龟蒙三位高人一样不朽。

当代名人对杜甫也十分敬仰，纷纷写联给予赞颂。朱德吟道："草堂留后世，诗圣著千秋。"联语与他本人一样朴实可爱。陈毅参观草堂后留下一联："新松恨不高千尺，恶竹应须斩万竿。"集杜诗为联，对杜甫的敬仰非同一般。张爱萍也集杜诗为联："挺身艰难际，张目视寇仇。"郭沫若写了一副十六字联："世上疮痍，诗中圣哲；民间疾苦，笔底波澜。"一字千金，表达了对诗圣的爱戴之情。何宇度赞佩杜甫："万丈光芒，信有文章惊海内；千秋艳慕，犹劳车马驻江干。"谢无量对杜甫深怀敬意："侧身天地更怀古，独立苍茫自咏诗。"可见杜甫的爱国精神已穿越历史，深深影响着中华民族，成为后世立身处世的道德标尺。

● **知识链接**

　　比拟：根据感情的需要，特意以人喻物或者以物喻人，或把甲当做乙来描绘，这种制联方法称为比拟法。通常人们将被比拟的对象称为主体，比拟的部分称拟体。运用比拟法，可以使楹联更加生动，意味深长。比拟法有拟人和拟物两种。拟人是把没有感情和生命的事物当做人来描绘，从而使所描绘的事物人格化，增强感情色彩。如下面一副挽联："杨柳春风怀逸致，梨花寒食动哀思。"作者把杨柳、春风、梨花、寒食等植物、时令都人格化了，寄予无限哀思。拟物是将人当做物来描绘。拟物的目的较为复杂，有的褒扬，有的讽刺，有的调侃。如："红莲开并蒂，彩凤喜双飞。"将新婚夫妇比作"红莲"、"彩凤"，因红莲、彩凤在民俗中是美丽吉祥的象征，以此比喻新人符合日常生活情理和人们的审美意识。

# 江流江楼共千古
## ——成都望江楼联

　　望江楼又称崇丽阁，坐落于成都九眼桥望江公园内，阁名取左思《蜀都赋》之"既丽且崇，实号成都"之意。清光绪十五（1889）年，四川总督刘秉璋邀集蜀中士绅筹集资金在原回澜塔旧址上修建，故名。阁高39米，上下4层，楼顶金顶黄脊，翘角凌空，极为壮观。四周有吟诗楼、濯锦楼、浣笺亭、五云仙馆等景点，大都为纪念唐代乐妓、女诗人薛涛而建。薛涛一生爱竹，望江楼种植各种名竹一百多种，如人面竹、佛肚竹、鸡爪竹、紫竹、观音竹等。

　　望江楼最著名的就是钟祖芬所撰长联，共212字，借景抒情，谈古论今，气吞山河："几层楼独撑东面峰，统近水遥山，供张画谱：聚葱岭雪、散白河烟，烘丹景霞、染青衣雾。时而诗人吊古，时而猛士筹边。最可怜花蕊飘零，早埋了春闺宝镜；枇杷寂寞，空留着绿野香坟。对此茫茫，百感交集。笑憨蝴蝶，总贪迷醉梦乡中。试从绝顶高呼：问问问，这半江月谁家之物？千年事屡换西川局，尽鸿篇巨制，装演英雄：跃冈上龙、殒坡前凤、卧关下虎、鸣井底蛙。忽然铁马金戈，忽然银笙玉笛。倒不如长歌短赋，抛洒些幽恨闲愁；曲槛回栏，消受得清风好雨。嗟予蹙蹙，四海无归。跳死猢狲，终落在乾坤套里。且向危楼俯首：看看看，哪一块云是我的天！”据说清光绪年间，四川旱情严重，地方官在赈济中营私舞弊，钟祖芬挺身出来揭发，被罗织罪名，逮捕下狱，在狱中写了此联。上联写“西川”景物，由前来吊古凭栏的文人墨客、戍边守疆的无畏将士，进而联想到花蕊夫人、才女薛涛，百感交集，叹人生如庄周一梦转眼成空。下联历数诸葛亮、庞统、李崇和公孙述等历代英雄，联想自己主持正义反而坐牢，悲愤难平，只好登顶高呼：“看看看，哪一块云是我的天！”传说时任四川巡抚的岑春煊读此句后很受感动，便主持公道，为其恢复了自由。

清代林山腴的望江楼联与钟祖芬之联风格迥异："夕阳红到枇杷，阅古今过客词人，苔荒洪度千年井；春水绿生杨柳，绾多少离怀别绪，门泊东吴万里船。"春日黄昏，晚霞遍照，枇杷开得正艳，薛涛井已被青苔覆盖，一片荒凉。薛涛旧居也称"枇杷门巷"，王建诗有"万里桥边女校书，枇杷花里闭门居"句。此联从枇杷树下笔，诉说怀乡思亲之苦。林山腴曾官至内阁中书，宦海沉浮，与亲人聚少离多，因此不作感慨激越之语，不发悲古伤今之情，只将思乡之情糅入联中，朴实直白，却触到读者心中柔软处，最是感人。

何绍基题吟诗楼联简洁明快："花笺茗碗香千载，云影波光活一楼。"独出心裁的浣花笺，芳留齿颊的井水茶，千百年来盛名不衰。薛涛居浣花溪时制深红小笺以作写诗之用，时人竞相仿效，风行千载。后明朝蜀藩在其故址挖一井，用井水仿制薛涛笺，因称薛涛井，"其水甘洌，异于江水"，烹茶最宜。据云，井旁之亭称浣笺亭。薛涛所建的吟诗楼原在成都西北角碧鸡坊，早已倾圮。嘉庆时有人移建吟诗楼于井右，后遭毁，光绪十年重建。此联从侧面着笔，以"香"喻"花笺"和"茗碗"，烘托出薛涛的才华。

顾复初题浣笺亭联融情入景，意境深远："引袖拂寒星，古意苍茫，看四壁云山，青来剑外；停琴仁凉月，予怀浩渺，送一篙春水，绿到江南。"作者月下抚琴，心怀浩渺。楼耸入云，旷远迷茫；云山连绵，一派春意。联语气派舒展，格调闲雅，"青来"、"绿到"写活景色，让人顿生盎然之趣。

伍生辉题薛涛井联晓畅豁达："古井冷斜阳，问几树枇杷，何处是校书门巷；大江横曲槛，剩一楼烟月，要平分工部祠堂。"冷落的古井在夕阳下映衬着荒凉的几树枇杷，物是人非，悲从心生。全联格调高雅，构思新巧，绘景追怀，用字准确贴切。

刘成荣题崇丽阁情文并茂："此间寻校书门巷，白杨中，问他旧日风流。汲来古井余芬，一样渡名桃叶好；西去接工部草堂，秋水外，同是天涯沦落，自有浣笺留韵，不妨诗让杜陵多。"桃叶渡在南京秦淮河与青溪合流处，相传晋朝王献之临渡作《桃叶歌》送其爱姜桃叶，因作渡名。古井之水尚有薛涛制笺余芳，其韵与桃叶渡一样妙不可言。薛涛声名虽不及"诗史"杜甫，但她制笺赋诗之事，足以名传千古。

正像赵熙题清婉室联所说："独作黄昏谁是伴，争教红粉不成灰。"唐贞元元年，薛涛16岁，时韦皋镇蜀，召令侍酒赋诗，因入乐籍，20岁脱乐籍，退隐西郊浣花溪。尝与诗人名士唱和往还。元和四年，薛涛30岁，元稹为东川监察御史，久慕薛涛之名。司空严绶知元稹意，命薛涛往侍。她见到元稹，作《四友赞》，令元稹叹服不已。据说薛涛颇有意于稹，与稹有诗唱酬，但终身未嫁，孤鸾一世。上联出自白居易《紫薇花》诗，意谓寂寞对黄昏，试问人间世上有谁来做伴？下联出自白居易《燕子楼三首》，意谓年华如流水，怎教花容月貌不变成灰土？

还是徐怀璋题望江楼联知心平和："江帆见惯风都熟，楼槛凭多月亦温。"看惯江上来往帆船，清风亦为知己；靠久楼槛，明月看我也温情脉脉。世事变幻，人情冷漠，到此来体味自然风光，可以慰心，可以暖意，那种默契和了然与李白"相看两不厌，只有敬亭山"一脉流袭。

望江楼曾有一绝对："望江楼，望江流，望江楼上望江流，江流千古，江楼千古。"此联一出，数十年无人能对。此联文字奇妙，将"望"、"江楼"、"江流"、"千古"多个字词反复变化运用：望江楼是一个景点，可以望江，又可以眺望江楼；"望江流"可以是眺望江流，也可以望江在流，更可以人望江流不息；"江流千古"可以理解江流过许多朝代，又可以想象成江流历悠悠岁月而千古不变；"江楼千古"既说望江楼关联的历史记忆悠长，又是祝愿望江楼千古长存。联中清晰描述了观望江楼、观锦江流，登望江楼眺望锦江流，然后发"江流千古、江楼千古"慨叹的过程。不同的语气停顿有不同的意义解释，可谓词虽少而意无穷。后来，当代四川人李吉玉联想到家乡的印月井，灵感突生："印月井，印月影，印月井中印月影，月影万年，月井万年。"其实一个叫彭大侠的人早就对上了："薛涛井，薛涛冢，薛涛井畔薛涛冢，涛冢至今，涛井至今。"薛涛井就在望江楼公园内，相传薛涛笺便是用此井水所制。清末，湖南大庸县的陈桐阶为此撰了一联："乐部想芳徽，好将司马大名，别为校书更小字；花笺留雅制，除却买驴博士，最宜才子写新诗。"

望江楼因为负载了才子美女的逸事，变得浪漫起来，让人翘首神往。

● **知识链接**

比喻：比喻是文学修辞中一个很重要的方法，基本含义就是用所熟悉的具体事物或现象，概括形象地说明另一较为复杂、抽象的事物和现象，使之更具体、更形象、更生动。在楹联创作中，这一修辞方法也被广泛地应用，可分为明喻、隐喻、借喻三种形式。明喻这种形式多带有比喻词，以"如"、"像"、"似"、"若"等连接本体和喻体，如纪晓岚的撰联："浮沉宦海为鸥鸟，生死书丛似蠹鱼。"用"鸥鸟"、"蠹鱼"之形象生动的比喻来写他从政经历和治学生涯，比喻贴切，富于哲理。隐喻即省去比喻词，隐去了比喻的形迹，如："谷乃园之宝，民以食为天。"联中的"谷"、"民"均是本体，"宝"、"天"是喻体，通过系词"乃"、"以"二字，把本体和喻体组成相合的关系。借喻即把比喻的事体借来，当做被比喻事物来说，而被比喻的事物在联中不出现。借喻的喻体不能取代本体，只是相似而已。如过去曾有人写了一联讽刺大堂六部："刑户吏礼工兵，大堂六部；马牛羊鸡犬豕，小畜一家。"

# 笑把湖山当孤注
## ——南京胜棋楼联

  江苏南京有个莫愁湖，相传南宋时，洛阳少女莫愁远嫁江东卢家，住在湖滨，因此叫莫愁湖。莫愁湖畔有座胜棋楼，始建于明洪武初年，重建于清同治十年（1871）。

  朱元璋，安徽凤阳人，出身佃农，17岁时家乡遭大旱，瘟疫流行，父母、长兄、次兄皆病死。朱元璋生活无着，便入皇觉寺做了和尚。不到两月，赴淮西一带化缘。21岁重回皇觉寺。25岁时投郭子兴部下当兵，颇受器重，郭把养女马氏嫁与朱元璋为妻。郭死后，朱元璋军队日益庞大，经千征百战，于1368年称帝，国号大明，年号洪武，是为明太祖，时年41岁。徐达也是安徽凤阳人。早年随朱元璋起兵，被任为大将军，胆量过人，足智多谋，克敌制胜，可谓开国勋臣。明朝建立后，被授中书右丞相，封魏国公，卒后追封为中山王。当年，朱元璋与徐达常在莫愁湖畔下棋。徐达棋艺卓绝，与朱元璋对弈却每局必输。朱元璋认为徐达畏君，没有拿出真本事。于是，许诺徐达胜棋便将莫愁湖送给他作"汤沐邑"。一天，他俩从早晨就开始布棋，直到红日西沉，尚未分胜负。终于一局围成，朱元璋大笑："这一回我真的胜了！"徐达谦虚地说："请主公细看这盘棋，方知胜负。"朱元璋听出话中有话，便举灯照棋，发现徐达所布百余颗棋子分明排出繁体"万岁"二字，顿时惊叹不已，忙亲自斟酒，双手捧至徐达面前。徐达连忙跪接一饮而尽。后来，人们就在二人下棋的地方，建了一座胜棋楼。朱元璋曾经这样感慨："世事如棋，一局争来千古业；柔情似水，几时流尽六朝春。"其实，浮世沧海，朱元璋得天下成就霸业，无疑是最大赢家。

  后来，很多名人在胜棋楼上题联，因楼与湖相融，加上美女莫愁的传说，联语大都以此为话题。

  清末湘军将领彭玉麟，湖南衡阳人，咸丰三年随曾国藩创办湘军水师，转战长江各省，战功显赫。曾与太平军作战，1855年，在湖口遭太平军截击大败，建水师昭忠祠于湖口石钟山，祠有锁江亭。如此骁将英豪，却十分喜欢秀美的莫愁湖，他常到此赏玩，曾题道："胜地是流传，直博得一代芳名、千秋艳说；赏心多乐事，且看此半湖烟水、十顷荷花。"另有一副联也写莫愁湖："山色惯迎逃世客，水声常送渡潮僧。"也许，他心底里早已厌倦了征战沙场，而意在归隐山水，甚至有脱尘入佛之念。他题写胜棋楼亦见这份洒落和飘逸："王者五百年，湖山具有英雄气；春光二三月，莺花合是美人魂。"由此可见，一代名将也是性情中人。

曾广照题莫愁湖："憾江上石头，抵不住迁流尘梦，柳枝何处桃叶无踪，转羡他名将美人燕息能留千古迹；问湖边月色，照过了多少年华，玉树歌余金莲舞后，收拾这残山剩水莺花犹是六朝春。"怀古幽思，恰是对旧山河的留恋。

朱方题湖心亭："提笔四顾天地窄，长啸一声山月高。"如此软媚山水锁不住英雄壮心，提笔长啸，天地自在心中。王子实题湖心亭："恨我晚来游，只落得万柄枯荷，一湖秋水；问谁能不朽，除非是六朝儿女，千古英雄。"时光如水流，一切都作了古，只有美人英雄不朽。

黄漱兰题联境界高远："人言为信，我始欲愁，煞费思量，风吹皱一池春水；胜固欣然，败亦可喜，这般结局，浪淘尽千古英雄。"

李淡愚的对联却高人一筹："君臣相悦，遑论输赢，谁谓开国帝王，笑把湖山当孤注；儿女多情，易生悲感，愿祝凝妆少妇，饱餐风月不知愁。"跳出美女弈棋之局限，祝愿世上人都过上"不知愁"的日子。

刘隽甫的对联把眼界放开了许多："钟山东峙，长江西来，地势壮金陵，登斯楼也，喜政局楸枰，一着棋高凭国手；雨花南屏，清凉北倚，天安悬紫塞，忆彼美兮，注波光云影，千秋旨胜重华封。"将胜棋楼东南西北的胜景收入眼帘，登楼怀古，自多感叹。

英雄美人早已不在，"粉黛江山留得半湖烟雨，王侯事业都如一局棋枰"。感慨之后，每个人都要过自己的生活。仁者爱山，智者乐水，山水洗濯身心，历史提示今天，悟透了禅机，就会懂得珍惜，懂得宽容，这才是超越，也是放怀。

● 知识链接棋

易词：即在同一联中，将一个词作词用之后接着又作词组使用。有的是将一个固定的词分离重新组句，达成原词异义的效果。请看："膏可吃，药可吃，膏药不可吃；脾好医，气好医，脾气不好医。""膏药"和"脾气"是两个固定词，作者突发异想，将两词分离成与原来词义截然不同的词来，让人大开眼界，领悟到中国汉字的魅力。同时作者劝导世人改掉脾气才能成为高人。据说这是一副中药店联，只当给患者吃了一付舒心丸。

# 青山有幸埋忠骨
## ——杭州岳飞墓联

岳飞是一位民族英雄，后被秦桧等人诬陷致死，其年39岁。人们景仰英雄，在西湖建岳飞墓以追怀他的爱国之举。

岳飞墓通称岳坟，位于杭州市西湖边栖霞岭下，包括墓和庙。墓道两侧有石俑、石马、石虎、石羊，墓是圆形封土，前有墓碑"宋岳鄂王墓"，旁边是岳飞之子岳云墓。墓墙两边是秦桧、王氏、张俊、万俟卨四人铁铸跪像，他们是谋害岳飞的千古罪人。

岳飞墓和岳庙的对联很多，历代名人多有题撰，尤以短联最佳。

清代松江人徐氏女的一副七字联刻在岳墓的碑上："青山有幸埋忠骨，白铁无辜铸佞臣。"英雄向来与山同立，千古不朽，只有深沉厚重的山才能托起他们的英魂。青山为有幸埋葬忠骨而欣慰，又为白铁铸佞臣之像而惋惜。联语立意奇特，不直接歌颂岳飞尽忠报国，也未厉声痛斥秦桧等奸人谋害忠良，只借没有生命的青山和白铁来慨叹，却将其爱憎表达得清晰分明，言短意深，广为传诵。

刻于墓道两侧的还有吴迈的一副短联："正邪自古同冰炭，毁誉于今判伪真。"正义与邪恶本就水火不相容，明辨是非，立场坚定，对岳飞的诋毁与赞誉，是真是伪，到今天是愈来愈分明了。

乾隆进士、官至侍读学士的秦涧泉一次来到岳飞墓前，想到与杀害岳飞父子的秦桧同姓，顿时羞愧难言，于是写了一副七言联祭祀岳飞："人从宋后羞名桧，我到坟前愧姓秦。"感情真挚，得到了人们的理解和欣赏。

同为乾隆进士，历任两广、云贵总督的阮元为秦桧夫妇跪像题联风趣幽默："咳！仆本丧心，有贤妻何至若是；啐！妇虽长舌，非老贼不到今朝。"以拟人口吻，将夫妇二人如今犹在相互责怪诉历的情状描绘得惟妙惟肖。笑看奸臣跪在英雄前的丑态，再读此联，既解气，又耐人寻味。

清代文学家张岱对民族英雄岳飞颇为敬仰："拓地饮黄泉，厥志当酬，尚见泥兵湿蒋庙；呼天悲铁像，此冤未雪，常闻石马哭昭陵。"岳飞壮志未酬，深冤未雪，连墓前的"泥兵"与"石马"都为之流泪不止。作者想象丰富，采取拟人的手法，使人读了更为之不平！

写得最长的一副墓联就是彭玉麟撰写的："史笔炳丹书，真耶？伪耶？莫问那十二金牌，七百年志士仁人，更何等悲歌泣血！墓门凄草碧，是也？非也？看跪此一双顽铁，亿万世奸臣贼妇，受几多恶报阴诛。"联语明白如话，岳飞当年大破朱仙镇，指日渡河，秦桧一日以十二道金牌召岳飞撤军，致使不能破敌，激起多少志士仁人悲歌泣血！又怎么不让人痛恨跪在岳坟前的一双顽铁、四个奸臣恶妇呢？

乾隆进士、官至兵部左侍郎的吴芳培为岳王庙写了一副名联："千秋冤狱莫须有，百战忠魂归去来。""莫须有"出自《宋史岳飞传》，韩世忠问秦桧："岳飞有何罪？"秦答道："莫须有。"韩即道："莫须有三字何以服天下？""归去来"引陶渊明《归去来辞》的首句三字。联语从同情岳飞落笔，现在平冤昭雪了，呼唤身经百战的岳飞的忠魂快些归来。作者为岳飞招魂，寄予对英雄的无限崇敬与怀念。

当代的赵朴初先生也为岳飞庙题联："观瞻气象耀民魂，喜今朝祠宇重开，老柏千年抬望眼；收拾山河酬壮志，看此日神州奋起，新程万里驾长车。"赵朴初用了五个典故："老柏"指岳飞墓前精忠柏，传为岳飞忠魂所化。"抬望眼"、"收拾山河"、"壮志"、"驾长车"都出自岳飞的《满江红》。《文心雕龙》说"言对为易，事对为难"，就是指用典。用典之所以难，是因为文意两方面都不易配合妥当。赵先生的这副对联用得自然而贴切，即使没有读过《满江红》的人也照样可以理解。

西湖有幸，有英雄为山水添色；时光无痕，是诗文让历史多韵。简洁明了的名胜联如此轻松地引我们入山水之境、契千古之情，这也是今人之幸啊。

● **知识链接**

婉曲：也称折绕。有些要表达的意思，作者不想直接说出，或因社会等各种原因不敢明说。而是采取一种迂回的表现手法。使读者透过委曲、含蓄、隐约的语言领会作者的内在含义。这种方法称为婉曲法。请看一副旧联："月无贫富家家有，燕不炎凉岁岁来。"联中两句为折体。作者故意将本体隐去不说。联中要说的意思是：只有月亮和燕子不嫌弃我们，常光顾这里，暗喻世态的炎凉。联语通过月和燕而收到一种特殊的艺术效果。这比直接说出来收效要好得多。

# 湖中倒浸一轮秋

## ——杭州西湖三潭印月联

三潭印月是西湖三岛中最大的一个岛，面积有6万平方米，又名三潭映月。

相传苏轼疏浚西湖之后，在湖水深处建成三座瓶形石塔，名为三潭。他明令从苏堤到这里的水域不得种植菱芡，以防湖泥淤积。也传说三潭印月是一只大香炉的三只脚，大香炉倒扣着一条黑鱼精，香炉的三只脚伸出水面就成了三潭印月。

三潭印月素有"小瀛洲"之称，被比作神话中的仙山。此岛确乎名不虚传，岛上建筑精致，花木扶疏，书韵飘逸，文脉蕴藉，一步一景，步移景异，让人赏心悦目。最奇的是湖面上有三个高2米的石塔鼎足而立，球形塔身中空，各有5个圆孔，有"月光映潭，塔分为三"之说。每逢中秋佳节，皓月当空，"一湖金水欲溶秋"，中空的塔内燃上蜡烛，洞口蒙上薄纸，烛光外透，宛如一轮轮明月倒影在湖中，塔影、云影、月影融成一片，烛光、月光、湖光交相辉映，呈现出"天上月一轮，湖中影成三"的绮丽景色。三潭印月因此而得名。第五套人民币的一元纸币的背面就印有三潭印月美景，由此三潭印月名声愈噪，如今已是"西湖十景"之一。

如此美景引得游人如织，诗人骚客也到此流连忘返，兴致来时，便留下许多佳文名楹。

李鸿章之兄、官至两广总督的李瀚章所题三潭印月联，就呈现出文人的一派散淡闲适："碧玉栏边，正酒熟香温，隔墙忽逗初三月；绿荷丛里，有珠帘画舫，携客来尝六一泉。"阳春三月，主人携友坐上一只彩舫。凉风袭来，撷来岸上阵阵花香，沁入腑中。无需过多寒暄，你一杯，我一杯，怡然快哉。此时，二人饮的已不是酒了，而是无边春色。余兴未尽，再到六一泉边，喝杯用泉水泡的龙井茶，消去这一日的疲劳。人生贵得适意尔，西湖的山光水色正是陶醉的酒、静心的茶，到此处，可忘红尘之忧，可息功名之心。

李瀚章描绘的是三潭印月的晴日，而沈阆昆撰、俞樾书的题联写的是三潭印月的夜景："记故乡亦有仙潭，看一样湖光，添得石桥长九曲；至此地宜邀明月，问谁家秋思，吹残玉笛到三更。"眼前景色恍若家乡浙江德清的仙潭，只是三潭印月上多了一个九曲桥，石桥九转三回、曲折三十弯，柳暗花明，幽深寂静。这次第，应该有笛声从湖上飘然而来，恰衬此般清凉秋夜。这联语更像一首唐诗，蕴藉深长。

湘军将领彭玉麟的门生程云俶站在静凉轩中看三潭印月别有情愫："天赐湖上名园，绿野初开，十亩荷花三径竹；人在瀛洲仙境，红尘不到，四围潭水一房山。"静凉轩就在过九曲桥后三潭印月的中心绿洲上，湖水映天，岛上一房假山被潭水环绕，犹是仙境一般。绿色一径扑入怀中，千竿翠竹掩映着石径，池里荷花芬芳馥郁。三潭印月空明澄净，纤尘不染，可濯洗身心。此联语气舒缓，与轩名相契相应，读来字字清新。

光绪进士、官至内阁大学士的徐琪对故乡西湖情有独钟："孤屿春回，许与梅花为伍；寒潭秋静，邀来月影成三。"联中不写西湖十里荷花，却极赏梅花高洁孤傲的品性，要学诗仙李白"花间一壶酒，对影成三人"的浪漫，与梅花为伴。这样的想象也不是毫无来由的，因为西湖附近有孤山，那里曾是"梅妻鹤子"林逋住过的地方。可见作者心下渴慕的是淡泊隐逸的生活，有梅有酒，有月有湖，斯世足矣。

描写三潭映月的不光是洋洋洒洒的长联，也有许多简洁精到的短联，读后耐人寻味。

谢光行题联云："客中客入画中画，楼外楼看山外山。"画中有画，客中有客，"山外青山楼外楼"，西湖山水相映、花木深郁、楼台层叠，你装饰了风景，而风景又成了别人的图画，景幽深，意远长。黄倬的题联禅意十分："最喜荷花环佛界，每量湖水问渔人。"清净幽雅的荷花，衬托西湖边的灵隐寺圣洁端庄，寺内信众如云，香火不断，垂钓的渔人闲逸得有如不知世外何年的桃花源人，好一派出世之风。佚名者题道：

"绕郭荷花三十里，拂城杨柳一千株。"晓白简洁，将三潭印月一带繁花似锦、树木成林的景状白描出来。

有副对联描摹三潭印月最是形象传神："波上平临三塔影，湖中倒浸一轮秋。"与石冶堂写平湖秋月的"万顷湖平长似镜，四时月好最宜秋"之对可称双绝。游西湖，只觉凉意沁人，湖中映的不光是月，还浸满了秋色，这湖水该是怎样的清澈碧透啊。有水有月有塔，再有一人泛舟其上，乍一看，不就是梦中仙境吗？

有此美景，对花酌酒，月下吟哦，也不枉人生走一遭，如此才真是天心月满，再无遗憾了。

● 知识链接

撰联名家郑燮（1693～1765），字克柔，号板桥，江苏兴化人。幼年家贫，丧母，赖乳母教养，并随其父学画。早年扬州卖画为生，生活困窘，后由朋友资助读书，应科举而为康熙秀才、雍正举人、乾隆进士。49岁出任山东范县、潍县知县，历时12年。任职期间鞭笞贪吏，勤政于民。一年山东遭受严重灾荒，"十日卖一儿，五日卖一妇"（《逃荒行》），"杀畜食其肉，畜尽人亦亡"（《思归行》），他目不忍睹，据理为民请命，力争赈济，并在潍县开仓捐粮，救济灾民。被诬告罢官，遂愤然绝意宦途，重返扬州，以卖画为生。为"扬州八怪"之一，时人称其"三绝诗书画"。郑燮又是清代楹联大师之一。他一生喜爱楹联，其联配以独创的"六分半书"，加盖"古朴不俗"的印章，凝成三美结合的艺术精品。郑燮的楹联与其诗文一样，自由抒写，自成一格，抒情议论，脱口而出，直达肺腑，每见性情。其形式大多短小精悍，语言清新，富诗情画意，耐人寻味。

# 月好四时最宜秋

## ——杭州西湖平湖秋月联

平湖秋月在杭州西湖白堤西端，明代为龙王祠，清康熙年间改建设为御书楼，并在楼前水面建平台，康熙皇帝亲自手书"平湖秋月"匾额。楼侧有"平湖秋月"碑亭，每至一轮明月当空，临风望月，"湖际秋而益澄，月至秋而愈洁。合水月以观，合全湖之精神始出"，美不胜收矣。

明代书画家徐渭有一首藏头诗写此景："平湖一色万顷秋，湖光渺渺水长流。秋月圆圆世间少，月好四时最宜秋。"嵌入"平湖秋月"四字，一色湖光万顷秋，最美是秋月，一语点出风景之眼。

黄文中用动物和禽鸟来装饰平湖："鱼戏平湖穿远岫，雁鸣秋月写长天。"鱼儿在平湖里嬉戏跳跃，如穿行峰峦；群雁在秋月下排成人字阵形，用羽翅在长天书写。鱼跃雁飞，秋意顿现，一个"穿"字，一个"写"字，端现无限动感和一派生机。联中同样嵌进"平湖秋月"四字，意境浑然一体，情致妥帖自然。

陶镛写平湖秋月寓理于景："佳景四时，最好秋光何况月；静观万物，欲平天下有如湖。"联语化用宋代理学大师程颢《偶成》诗中的"万物静观皆自得，四时佳兴与人同"，其意出自《大学》："知止而后有定，定而后能静，静而后能安，安而后能虑，虑而后能得。"意即要静静观察才能格物致知、得万物之理，并获得一种佳致。秋天为最美时节，而秋月又是最美景致；静观世间万物能有得于心，将天下治理得如湖水不起波澜才叫成功。此联还是嵌入"平湖秋月"四字，并把景物与治国安邦相联系，胸怀高远，情理交融。

彭玉麟所题平湖秋月联一派风流："凭栏看云影波光，最好是红蓼花疏、白萍秋老；把酒对琼楼玉宇，莫辜负天心月到、水面风来。"白日，西湖云影徘徊、波光潋滟、红蓼扶疏、芦苇摇荡；夜晚，月到波心，清风徐来，良辰美景非虚设，把酒临风，对月吟哦，满襟都是月光清风，好不自在倜傥。彭玉麟为清末名将，曾与曾国藩同创湘军水师，一介武夫亦浪漫至极，以秋容和月色入手，将这美景佳致描摹得毫无俗韵，一派大家胸怀，十足难得。

官至巡抚的德馨虽是满族人，却精通汉文化，他为平湖秋月写的对联清静脱俗："玉镜静无尘，照葛岭苏堤，万顷波澄天倒影；冰壶清濯魄，对六桥三竺，九霄秋净月当头。"秋静夜深，月光如水，清澈的湖水倒映着葛岭与苏堤，兴之所致，乘一小船朝六桥和三竺划去，木桨荡起清风，掠去多少尘世烦恼。联中泛起层层诗情画意，旖旎不可方物。而将葛洪炼丹、苏轼筑堤等美丽传说融于风景中，又有几分怀古幽意。上下联互相交错，相互衬托，将"平湖"和"秋月"融于同一意境之中，境界开阔，感情真挚，令人怡然神往。

江峰青所题平湖秋月眼光独到："佳趣此偏多，量来秋水平篙，照我全身都入画；吟怀间不得，携有清风两袖，看花沿路去寻诗。"一路看花寻诗，携风入怀，将湖上风光看透，自在天地徜徉，好似人入画中，醒耶？醉耶？轻灵洒脱，散出一派天然之趣。文人与山水原本就是分不开的一体，是儒道思想的浸润，也是文人本身自我解嘲的本性使然。山水之间，可怡情，亦消泯了怀才不遇的怅惘，又可使出世不得的难堪化入风物之间，倒落得个雅士名声。这样的智慧，也是中国文人所独有。

写平湖秋月的对联大都离不开"秋"与"月"字，而光绪年间状元，授翰林院编修的骆成骧在联中偏偏不写秋和月："穿牖而来，夏日清风冬日日；卷帘相见，前山明月后山山。"后山即指孤山。夏日清风、冬天阳光穿户而来，掀开竹帘，抬眼可见明月一轮、青峰座座。西湖不仅秋天美，一年四季都风光如画，永远令人流连往返，不忍归去。博学多才的体仁阁大学士阮元联中无"秋"却有"月"："胜地重新，在红藕花中，绿柳影里；清游自昔，看长天一色，朗月当空。"阮元是江苏人，虽说历任两广、云贵总督，来西湖的机会颇多，故地重游，仍是兴致不减，一池荷花、一堤柳色、一轮皓月映于他的眼中，还是美不胜收。这其中自然有思乡的情愫在里面，也有抛却俗世烦累长醉于此的打算，毕竟宦海浮沉难料，哪如长天一色看明月般地清闲自在？此时，风景不全是自然之物，实已化为精神依附，想着它，念着它，看着它，写着它，才觉得人生不会枯寂，生命从此有了颜色。所以，现代人所说的"回归自然"无非是寻找一种精神寄托而已。

石冶棠写在亭柱上的短联最是凝练："万顷湖光长似镜，四时月好最宜秋。"道出了平湖秋月的风景特色，简洁明了：平湖如镜，月好在秋。想要一览此景，那么最好在秋天来西湖吧。

● **知识链接**

撰联名家邓石如（1743～1805），初名琰，字石如，又字顽伯，号完白山人、笈游道人等，为避清仁宗讳，遂以字行。他篆刻和书法皆精，世称"邓派"或"皖派"；他擅诗文联语，康有为称之为"千百年来一人"。邓石如的楹联与郑板桥的作品风格类似，意境高雅，情景交融，后世视为"神品"，而才情更为飘逸，超凡脱俗，无迹可求，让人心旷神怡。如自题联："开卷神游千载上，垂帘心在万山中。"读书思接千载、神交古人，作书绘画与世隔绝，而心则驰骋万山之中。又如："海为龙世界，天是鹤家乡。"境界宽阔辽远，显示出宏大的气魄和不凡的抱负。开国之初，齐白石曾书此联赠毛泽东，表达对一代伟人的爱戴之情。却将联中"天"字错写成"云"。邓石如一生以布衣终老，和郑板桥"一官归去来"有所不同，他一向鄙弃功名富贵，曾自题茅屋联云："茅屋八九间，钓雨耕烟，须信富不如贫、贵不如贱；竹书千万字，灌花酿酒，益知安自宜乐、闲自宜清。"

# 孰从飞去悟来因
## ——杭州飞来峰联

飞来峰又名灵鹫峰，高168米，山体由石灰岩构成。由于长期受地下水溶蚀作用，它形成了许多奇幻多变的洞壑：龙泓洞、玉乳洞、射旭洞、呼猿洞等。且洞洞有来历，极富传奇色彩：龙泓洞中端坐一尊观世音像；射旭洞的岩顶石缝上能看到一线天光，即一线天；呼猿洞相传僧人慧理在此呼唤黑白二猿。

飞来峰怪石嵯峨，如蛟龙，如奔象，如卧虎，如惊猿。山上老树古藤，盘根错节，岩骨暴露，峰棱如削，明人袁宏道曾盛赞道："湖上诸峰，当以飞来为第一。"据史载，飞来峰有72洞，因年代久远多数已湮没，现仅存几洞。飞来峰在灵隐寺前，山坡上遍布五代以来的佛教石窟造像多达340余尊，为我国江南少见的古代石窟艺术瑰宝，堪与四川大足石刻媲美，苏东坡曾以"溪山处处皆可庐，最爱灵隐飞来峰"赞之。石刻有西方五代的三圣像，北宋的卢舍那佛浮雕，南宋的布袋和尚，元代的金刚手菩萨、多闻天王、男相观音，尤其是宋代塑造的袒胸露腹、笑口常开的弥勒佛天下知名。飞来峰东麓有隋朝古刹下天竺寺（法镜寺）、中天竺寺（法净寺）和五代吴越始建的上天竺寺（法喜寺），合称"三天竺"。飞来峰西麓有一泓泉掩映在绿荫深处，泉水晶莹如玉，无论溪水涨落都会喷涌不息，飞珠溅玉，炎夏不温，凉沁爽澈，呼为冷泉。

飞来峰的来历有许多传说。相传，1 600多年前的东晋，印度僧人慧理游方到杭州，看到此峰很惊奇："此乃天竺国灵鹫山之小岭，不知何时飞来？"因此此峰被称为飞来峰。也有传说，灵隐寺的济公和尚一日算知有一座山峰要从远处飞来，济公深恐山峰会埋没寺前的村庄、压死众多百姓，就飞奔进村，劝大家赶快离开。村里人因平时看惯济公疯癫之态，以为他是来寻大家的开心，因此没人听他的话。眼看山峰就要飞来，济公急忙冲进一户娶新娘的人家，背起正在拜堂的新娘子就跑。村人见和尚抢新娘，就都呼喊着追了出来。正追着，忽听风声呼呼，天昏地暗，一座山峰飞降灵隐寺前，压没了整个村庄。这时，人们才明白济公说的话是真的，抢新娘也是为了救大家。于是，就把这座山峰称为飞来峰。

飞来峰无石不奇、无树不古、无洞不幽，其景与周围诸峰迥异，秀丽绝伦。徜徉至此，灵隐寺、飞来峰、三天竺，使人沉在一派悠远肃穆的佛国之境中，而文人骚客的题联赋诗，更让人感受到丰厚的历史文化意韵。

明代书画家董其昌题飞来峰下的冷泉亭："泉自几时冷起？峰从何处飞来？"看似简单的问句，却很耐琢磨。泉何时冷？峰何处来？人何以清纯透明不染尘俗？由此想到杜甫《佳人》诗中的"在山泉水清，出山泉水浊"，纯朴少女在山野中可以不沾尘泥、不惹风尘，一入喧嚣市井，就会俗鄙不堪。冷泉自飞来峰流出时，水质清洌爽冷，流出山外就是温泉了，早已失去本色。在山本清，入世即浊，人亦如此。

董其昌此联一出，引来不少答联，别有怀抱，各有其妙。

清末著名学者俞樾偕妻女到冷泉亭歇息，其妻见亭上对联，便要俞樾作答，俞樾道："泉自有时冷起，峰从无处飞来。"此答非常巧妙，暗含妙理。夫人略为沉吟，也对道："泉自冷时冷起，峰从飞处飞来。"更有"本来无一物，何处染尘埃"的禅机。就在这时，却听旁边的爱女说："泉自禹时冷起，峰从项处飞来。"意为大禹治水引来的泉脉，项羽"力拔山兮气盖世"，将山搬至此处，想象若飞来峰般横空出世，妙趣多多。

张载阳题写的对联让人心生暖意："峰峦或再有飞来，坐山门老等；泉水已渐生暖意，放笑脸相迎。"若再有峰峦飞来，不会撒腿就跑，一定坐在山门邀峰凑趣，似故友相逢，冲山道：来，我们携手，饮一杯冷泉沏的茶水吧。原来茶中满满漾的都是暖意，很有平常人家开门揖客的热情和随意，不禁让人心头热气融融。

左宗棠题飞来峰联云："在山本清，泉自源头冷起；入世皆幻，峰从天外飞来。"将飞峰冷泉的疑问和世宦关联想象，就有了一种人生浮沉的感喟。一介士子为求功名而入世，又因厌倦俗尘而出世，一往一返间，泉依然冷，峰照旧峭，可是心境却大大有别。在山清，出山浊；入世时满怀理想，出世时已看破红尘。原来宦海浮沉，不过是人生一场梦而已。一代名将有此感慨，与其戎马生涯密不可分。如今，他与那个朝代一同逝去，盖棺犹难论定，是一个很有争议的人物。功过别论，仅以窥视人生的角度来看，不减名将风范。

还有很多佚名者题联也颇含机趣："泉在山中，自是清流甘冷落；峰高世外，孰从飞去悟来因。"甘于寂寞，不求闻达，有隐者气度；"泉冷几时？问孤松而不语；峰来何处？输老鹤以长栖。"孤松，老鹤，冷泉，峭峰，像一轴古画，展开，一片澹然古意渗出；"山峰且有飞来悔，泉水偏从冷后传。"飞来峰也有悔意，泉水冷后闻名，绕过一排绿柳，眼前是一片花丛，有时也许就是满目萧然，世事难料，人心难测；"涤热肠泉是冷好，卫净土峰故飞来。"冷泉是清醒剂，飞峰是清静地，热闹过后要冷静相对，要清心寡欲。

杨叔怿的题联结处在人心："南高峰北高峰，世事尽倪来，莫问峰来何处；在山泉出山泉，人心先耐冷，才知泉冷几时。"以山峰归结人事，人间万事自有其存在之理，不必深究渊源；以泉水归结人心，多加磨练才能悟出人生真谛。"人心先耐冷"，勿趋炎附势，耐得住寂寞，守清贫之道，知万世之理，向来是中国士子的处世原则。

金安清的题联寓性灵于情景中："泉水澹无心，冷暖惟主人翁自觉；峰峦青未了，去来非佛弟子能言。"一反以前冷泉亭诸问答联之意。因为泉水无心，其冷暖只有涉足泉水者才自知，而连绵不尽的飞来诸峰，究竟何时存在也非佛教中人所能讲清。"峰峦青未了"化自杜甫《望岳》的"岱宗夫如何，齐鲁青未了"，泉水清心无欲才澹泊宁静，青山沉默不语却已屹立万古，做人做事，于此可获教益。

山峰本是落地生根，原非飞来之事，却因被赋予传说而生出如许的想象和感慨。这是文学的妙笔生花，也是因为人生的喻示需要一个借代，如此，飞来峰便成了最佳的喻体。读来豁然开朗。

● **知识链接**

撰联名家梁同书（1723～1815），字元颖，号山舟，晚自署不翁、新吾长，浙江钱塘（今杭州）人。乾隆举人，特赐进士，改庶吉士，官至翰林院侍讲。工书，初学颜真卿、柳公权，后兼采苏轼、米芾笔法，以羊毫笔作大字，颇为苍劲。他擅长挽联和集句，情感真挚深沉，语言简明质朴，对仗老辣工稳，与其书法一脉相承。其挽亡联："一百年弹指光阴，天胡勒此；九十载齐眉夫妇，我独何堪。"表达对结发老妻的哀悼和对自己孤寂晚景的悲叹，读来深沉感人。又有自勉联可作格言看："能受苦方为志士，肯吃亏不是痴人。"梁同书的楹联书法作品极富哲理，多为集句："读书不求甚解，鼓琴足以自娱"、"我书意造本无法，此老胸中常有诗"、"官如草木吾如土，舌有风雷笔有神"、"山水有灵，亦惊知己"、"性情所得，未能忘言"。《楹联丛话》评价他："梁山舟学士最工为寿联，得之者无不乐其雅切。"

# 一江风月终无期

## ——黄州东坡赤壁联

长江流入湖北境内先后经过两个"赤壁"，即"武赤壁"和"文赤壁"。武赤壁在湖北蒲圻，是三国时孙刘联合用火攻大破曹军之地，有一座石峰伸延江中，上镌"赤壁"二字。文赤壁在湖北黄冈，原名赤鼻矶。因断岩临江、形如悬鼻、颜色纯赤而称"赤壁"。苏东坡因反对王安石新法被贬黄州，愁肠百结之时，便"泛舟游于赤壁之下"，江流有声，月色照心，触景生情，挥笔写下了《前赤壁赋》、《后赤壁赋》与《念奴娇·赤壁怀古》。因此，文赤壁又称"东坡赤壁"。

文赤壁比武赤壁著名，许多文人学士于此吟诗撰联，尤以明清两代文人最多。

明嘉靖进士、官至太常寺少卿李开佚写道："尘梦醒来，当前明月清风，哪是东坡，哪是赤壁；壮游倦后，随处芒鞋竹杖，何必为客，何必泛舟。"想当年，东坡竹杖芒鞋轻胜马，一蓑烟雨任平生，何等放达旷逸。人是物非，明月依旧在，清风入我怀，不须此身是客，何必赤壁泛舟，天涯处处是我家。人生难免忧愁，何以解忧，不妨学学东坡，对酒当歌，临风赋诗，一樽还酹江月。这就是中国士子的卓然风度。

清代大学士阮元却道："小月西沉，看一棹空明，摇破寥天孤鹤影；大江东去，听半滩呜咽，吹残后夜洞箫声。"无月仍泛舟，"一棹空明"，"半滩呜咽"，"孤鹤影"，"洞箫声"，寒彻凄清，是否和东坡当年夜游赤壁场景相似？一样的风景，不一样的主角，时光随江流远逝，谁能挽住流光缕缕，美人迟暮，廉颇老矣。全联端现中国文人伤世感怀的常态，达则兼济天下，穷则独善其身，而入世未必能让其心灵得到满足和慰藉。正像清乾隆进士毕沅题东坡赤壁所说："弹指去来今，一瓣心香生予晚；持幢秦豫楚，卅年游迹与公同。"怀想当年战争风云，恨生不逢时，空怀一腔英雄壮志，如今来赤壁之下，三十年宦海沉浮的经历与当年苏公何其相似。于此看，虽时空早已不同，但英雄惺惺相惜之情不减，文人的清高孤傲气质决定了其命运大体一致。

而清道光举人、官至刑部主事的张世准却另有一番议论："周郎胡为乎来，地若葬曹瞒，便坏此江山风月；安石何以不死，天而相苏子，岂老于诗酒渔樵。"他责怪周瑜无用，当时没有把曹操烧死在赤壁，而果真如此，赤壁就没有今天的风光了；他还诅咒王安石应该早死，让东坡做宰相，何必使其在诗酒中消磨了余生，但那样就不会有辉耀古今的《赤壁赋》了。怨归怨，恨归恨，历史不会改变，诗家不幸，可历史有幸，一介潇洒倜傥文人翩然于旧日时光中，也飘逸芬芳了中国文化史。幸哉！

"月色如故，江流有声"。这番世事无常、逝者如斯的感慨，是中国文人抒情的一贯套路，而不讲赤壁的典故、史实和遗迹，只咏月色和江流，就饱含了所有情感，字短而意长，只八字便了解赤壁的风光。

　　湖北黄冈举人薛瑞璜的一副长联平白如话："什么为功名，什么为富贵，惟酷爱一江风月，终无尽期，苍茫蛮触苦纷争，东坡而后谁称达者；何必有诗赋，何必有酒鱼，要开拓万古心胸，且登绝顶，俯仰乾坤皆戏剧，赤壁之游见其道乎。"功名富贵为何物？不过是过眼云烟。要像东坡一样"酷爱一江风月"，一襟诗赋，满腹酒鱼，过散淡闲逸的日子才是最惬意的生活。游赤壁，思东坡，原来哲理就在山水间。清代诗人喻森为黄州东坡赤壁的题联简单却亦有此情此理："无客无肴无酒无鱼无赤壁，有江有山有风有月有东坡。"一切都已消散远去，只有江山风月东坡永恒不朽。中国文人的精神之脉如此传承下来。

　　关于赤壁的真伪也有一段讹误，清人朱蓝坡就此撰联："胜迹别嘉鱼，何须订异箴讹，但借江山摅感慨；豪情传梦鹤，偶尔吟风弄月，毋将赋咏慨平生。"作者是在为苏东坡打抱不平，因为一些好事之人认为苏东坡弄错了地方，误将黄州赤壁当成赤壁大战的战场，故而不断有人来"订异箴讹"。其实，苏东坡心内早已了然，在《赤壁赋》后记中就明确说"江汉之间，赤壁有三"，他不过是"借江山摅感慨"而已。事实上，文学反映的是艺术的真实，抒发一种旷达情怀才最重要，又何必拘泥于故址真伪呢？

　　一江风月终无期，中国文化源远流长，铭记此理，才是不虚游赤壁亲山水之行。

● **知识链接**

　　撰联名家何绍基（1799～1873），字子贞，湖南道州（今道县）人。清道光十六年（1836）进士，历官编修、四川学政，曾在福建、贵州、广东主持乡试。因直言时务被降职，先后在山东泺源、长沙城南书院教授生徒。他的书法遒劲峻拔，世称何绍基体，著有《说文段注驳正》、《东洲草堂诗集》。

# 湘流应识九歌心

## ——湖南汨罗屈子祠联

我国伟大的思想家和文学家屈原行廉志洁，其创造的"楚辞"体在中国文学史上独树一帜，所著《离骚》与《诗经》并称"风骚"二体，开创了中国浪漫主义文学先河，对后世诗歌创作产生了极其深远的影响。因而，近代学者梁启超首推屈原为"中国文学的老祖宗"。

二千多年前，屈原遭贬流放至湖南汨罗，写下了《离骚》、《天问》、《九歌》、《九章》等气魄宏伟、辞章瑰丽的诗歌名篇，并在此怀沙自沉。诗人余光中由此称汨罗为中华古代文化"蓝墨水的上游"。人们为纪念屈原，在汨罗的玉笥山上建屈子祠。祠庙院落三进三厅，祠前有八棵榕树，院内四棵古桂树，花香馥郁，象征了屈原香草美人的品格。

清代的李次青题屈原祠联最是简练精括："万顷重湖悲去国，一江千古属斯人。"诗人以自沉来表达对楚国的绝望和悲愤。也许，只有那一江清流才能托起诗人洁净的身体和纯洁的心灵，所以，他怀抱着清澈的理想，沉静地步入江中。"路漫漫其修远兮，吾将上下而求索"，屈原持有执著和坚定的信念，却依然没有让他独留世间。可见，混浊的尘世已容不得挚心薄躯了。江湖生悲，亦是百姓痛失三闾大夫的表情；水流千古，却是因为和屈原融为一体而不朽。至今，人们还在端午节以包粽子、赛龙舟等民俗来纪念永远的屈原。

清代曾任刑部右侍郎的秦瀛所撰祠联充满了对屈原的敬意："何处招魂，香草还生三户地；当年呵壁，湘流应识九歌心。"联中的"呵壁"出自王逸《天问序》，说"屈原放逐，忧心愁悴"，"因书其壁，呵而问之，以泄愤懑"，并嵌入屈原的《招魂》、《九歌》作品名，既赞美屈原崇高的品德，又凭吊了自沉汨罗江的屈原。

几十年后，道光进士、曾主讲城南书院的郭嵩焘对屈原更是崇敬有加，他为屈子祠写了两副对联，其中一副可与秦瀛联媲美："哀郢矢孤忠，三百篇中，独宗变雅开新格；怀沙沉此地，两千年后，惟有滩声似旧时。"郢指楚国都城郢都，怀沙指《怀沙》，相传为屈原投江前的绝笔。他着重点出屈原的《哀郢》是《诗经》以来独具特色的一篇，突出了屈原的爱国主义精神，且化用陆游《楚城》中"一千五百年间事，只有滩声似旧时"的诗意，叹兴亡之感，哀诗人壮志未酬。

同治进士、曾任两广总督的张之洞为屈原庙湘妃祠题联洋洋洒洒、蔚为大观："九派汇君山，刚才向汉沔荡胸，沧澜濯足。直浪滚滚，奔腾到星沉凫赭，潮射钱塘。乱入海口间，把眼界洗宽，无边空阔。只见那庙唤鹧鸪，落花满地，洲凌鹦鹉，芳草连天。只见那峰回鸿雁，智鸟惊寒，湖泛鸳鸯，文禽戢翼。恰点染得翠霭苍烟，绛霞绿树。敞开着万顷水光，有几多奇奇幻幻，淡淡浓浓，铺成画景。焉知他是雾锁吴樯，焉知他是雪消蜀舵？焉知他是益州雀舫，是彭蠡渔艘。一个个头顶竹襄笠，浮巨艇南来。叹当日靳尚何奸，张仪何诈，怀王何暗，宋玉何悲，贾生何太息，至今破八百里浊浪洪涛，同读《招魂》呼屈子；三终聆帝乐，纵难觅伶伦截管，荣援敲钟。竞响飒飒，随引出潭作龙吟，孔闻鼍吼。静坐波心里，将耳根灌澈，别样清虚。试听者仙源渔櫂，歌散桃林，楚客洞箫，悲含芦叶试听者岳阳铁笛，曲折柳枝，俞伯瑶琴，丝弹桐谱。又添增些帆风橹雨，荻露葭霜。凑合了千秋韵事，偏如许淋淋漓漓，洋洋洒洒，惹动诗情。也任你说拳椎黄鹤，也任你说盘贮青螺，也任你说艳摘澧兰，说香分沅芷。几声声手拨铜琵琶，唱大江东去。忆此祠神尧阿父，傲朱阿兄，监明阿弟，霄烛阿女，敤首阿小姑，亘古望州六湾白云皓月，还思鼓瑟吊湘灵。"作者围绕洞庭湖，将历史上的重大事件和人物、上古传说、四周风光收入联中，上联吊屈原，下联吊湘妃，将抒情、写景、叙事融为一体，描写错落有致，不同凡响。

郭沫若年逾八十高龄时还为屈原祠撰了一副集句联："集芙蓉以为裳，又树蕙之百亩；帅云霓而来御，将往观乎四荒。"恰当准确地评价了屈原的高洁行止。写成后由其夫人、书法家于立群代为书写，现陈列在屈原祠中屈原塑像两旁。赵朴初题秭归屈原祠："大节仰忠贞，气吐虹霓，天问九章歌浩荡；修能明治乱，志存社稷，泽遗万世颂离骚。"以其作品来颂赞屈原品格。湖南兴化三闾遗庙的对联评价屈原很得当："泽畔行吟，五月孤忠沉夜月；离骚寿世，三闾遗恨泣秋风。"同是哀其悲剧结局，留下的千古遗恨让人怅然。

"千古忠贞千古仰，一生清醒一生忧"。诗人虽清醒地看清了浊世，心灵却没有得到一丝放松，而是一生忧愤。也许，在那样的时代，清醒者才是最痛苦的，也许半梦半醒才会得以解脱。

撰联名家翁方纲：为书法金石大家，诗歌创作颇丰，擅诗论，曾倡导"肌理说"，其楹联与其诗风相近，宗法宋诗，构架巧妙而具清空气象。如著名的题北京陶然亭联："烟笼古寺无人到，树倚深堂有月来。"写出了陶然亭清寂空静之特色。又有自题联："老骥思千里，鹪鹩足一枝。"言简意深，用典贴切，上联化用曹操"老骥伏枥，志在千里"，"鹪鹩"见《庄子·逍遥游》"鹪鹩巢于深林，不过一枝"。作者自比"老骥"与"鹪鹩"，表明自己既有雄心壮志，又勤勤恳恳，别无他求。又有赠人联："结幽兰以延贮，抚孤松而盘桓。"借物言志，思想风格皆与上联接近，而更见老辣苍劲。

# 多少楼台烟雨中

## ——浙江南湖烟雨楼联

浙江有三大名湖：杭州西湖、绍兴东湖和嘉兴南湖。嘉兴南湖又因湖中多鸳鸯而称鸳鸯湖，当年是明末文士、复社领袖之一吴昌时的私家园林，也是东林党人的活动场所。吴昌时常邀名士在画舫开锦筵赏昆曲，酒酣歌热，欢宵达旦。表演的家伎皆绝色少女，上演的都是当时名家新谱昆曲，《牡丹亭》就曾在此演出过。明崇祯年间，宰相周延儒当权，重用吴昌时为吏部员外郎，两人朋党为奸，招权纳贿。东窗事发后，吴昌时被腰斩弃市，周延儒也被赐自尽。吴氏既败，其家园也被抄归公。清代书画家吴伟业在吴昌时死后20年作《鸳湖曲》以感慨人生浮沉："我来倚棹向湖边，烟雨台空倍惘然。芳草乍疑歌扇绿，落英错认舞衣鲜。人生苦乐皆陈迹，年去年来堪痛惜。闻笛休嗟石季伦，衔杯且效陶彭泽。"晚清诗人陈维崧亦作《贺新郎·鸳湖情旧》唏嘘其际遇无常："人生繁华原易了，快比风樯阵马。消几度，城头钟打。惟有鸳鸯湖畔月，是曾经，照过多情者。"

南湖胜迹最有名的莫过于烟雨楼。这座楼始建于后晋，广陵郡王钱元镣在湖滨筑宾舍楼台作"登眺之所"，后几经兴废，至明嘉靖年间，嘉兴知府赵瀛征民夫修浚城河，运土填于南湖之中成一湖心小岛，并于次年于岛上重建烟雨楼。楼名取自唐代杜牧的"南朝四百八十寺，多少楼台烟雨中"诗句。明末文人张岱在《陶庵梦忆》中曾记载烟雨楼的风流盛况："嘉兴人开口烟雨楼，天下笑之。然烟雨楼故自佳。楼襟对莺泽湖，空空蒙蒙，时带雨意，长芦高柳，能与湖为浅深。湖多精舫，美人航之，载书画茶酒，与客期于烟雨楼。客至，则载之去，舣舟于烟波缥缈。态度幽闲，茗炉相对，意之所安，经旬不返。舟中有所需，则逸出宣公桥、角里街，果蔬蔬鲜，法膳琼苏，咄嗟立办，旋即归航。柳湾桃坞，痴迷伫想，若遇仙缘，洒然言别，不落姓氏。间有倩女离魂，文君新寡，亦效颦为之。淫靡之事，出以风韵，习俗之恶，愈出愈奇。"所以，乾隆当年六访烟雨楼时流连忘返，返回京城后，便让工匠仿此楼样式，在承德避暑山庄也建了一座烟雨楼。

烟雨楼楼高二层，周围有清晖堂、御碑亭、宝梅亭、凝碧阁和鉴亭等，构成一组古园林建筑群。烟雨楼有一幅长达260字的对联，写景状物，怀古抒情，对仗工整，语句流畅，为清代无锡学者顾鳌所撰："湖山点缀，量来玉尺如何？漫品题，几回搁笔。曾记碧崖绝顶，看波澜壮阔，太湖无边，停桡渐北斗斜横，趁凉月从三万六千顷苍茫湖水摇归，生憎鸟难度，为饶游兴，白打宁抛，还思暮暮朝朝，向断桥问柳寻花能再？最是撩人西子，偏画眉深浅入时，早匡庐失真面，恨铅华误了倾国，强自宽，也悔浓抹非宜，天然惟羡鸳鸯，湖畔喜留香梦稳；楼阁玲珑，卷起珠帘最好！破工夫，半日凭栏。管甚沧海成田，尽想象空漾，层楼更上，远树迷南朝兴废，任晓风把四百八十寺多少楼台吹散，愁煞燕双飞！知否昨宵，绿章轻奏，要乞丝丝缕缕，将孤馆离情别绪系牢。却怪作态东皇，竟故意阴晴错注，寓高处不胜寒，罔蒹笠载得扁舟，欲坐待，又怕黄昏有约，到此未逢烟雨，楼头闲话夕阳残。"其中长达15字的两句尤其气势恢弘："趁凉月从三万六千顷苍茫湖水摇归"、"任晓风把四百八十寺多少楼台吹散"。联中用古代名人的诗句不露痕迹，巧夺天工："量来玉尺"引李白《上清宝鼎》之"仙人持玉尺，度君多少才。玉尺不可尽，君才无时休"；"燕双飞"引宋晏几道《临江仙》之"落花人独立，微雨双燕飞"；"黄昏有约"引宋欧阳修《生查子》之"月上柳梢头，人约黄昏后"；"闲话夕阳残"引《三国演义》开篇《西江月》之"青山依旧在，几度夕阳红"。

道光拔贡、曾任嘉兴知府的许瑶光，得天独厚，宦海之余，常在烟雨楼邀友饮酒吟诗，留下了几副对联："补种荷花凝太液，更栽杨柳赛西湖。""读竹垞歌，两岸渔庄蟹舍；记梅村曲，扁舟杨柳桃花。""故乡信有湖山，看秋月春花，一样登临成往事；此地偏宜烟雨，听樵歌渔唱，半年管领亦前缘。"许知府书生意气，十分留恋南湖，他说前世有缘在此为官，想要多种些柳树，南湖就能超过西湖，多种点荷花，南湖就成了太液池。一个长沙人对南湖如此偏爱，可见此地风情不同寻常。

1921 年 7 月，中国共产党第一次全国代表大会在上海秘密召开，后因遭法国租界巡捕房暗探的干扰，便转移到南湖的游船上举行。这一偶然事件便使南湖成为革命的摇篮，名扬海内外。"一大"代表董必武 1963 年 12 月重游南湖，在书写了"烟雨楼"匾后，乘兴写了一副对联："烟雨楼台，革命萌生，此间曾著星星火；风云世界，逢春蛰起，到此皆闻殷殷雷。"撇开南湖的秀丽风景，写了"一大"非凡的意义，饮水思源，正因中国共产党在此点燃了星星之火，才带来了中国乃至世界的革命风云。

袁世凯之子袁克文寓居沪上游烟雨楼时曾撰一联："古木一楼寒，烟雨人间，笙歌天上；扁舟双岸远，鸳鸯何处？云水当年。"楼旁古木萧疏，登楼远眺，人间一片烟雨迷蒙，而北都却笙歌盈耳，暗含袁世凯篡政、准备称帝登极之意。鸳鸯究在何处？如今自己浪迹四方，无固定居所，亦含几分凄凉之意。联语风格淡雅，含意隽永，情寓景中，联中嵌"烟雨"和"鸳鸯"，贴切而自然。

此去已成旧时忆，多少楼台烟雨中，此情此景，让人怎不生诗心史叹？

● **知识链接**

撰联名家齐彦槐（1774～1841），字梦树，号梅麓，又号荫三，江西婺源人。清嘉庆进士，历任江苏金匮知县、苏州知府。后去官居宜兴。以诗文书法鉴藏闻名于世，诗学韩愈、苏轼，文师桐城派，尤擅骈体律赋，能楹对，其题江苏苏州沧浪亭联："四万青钱，明月清风今有价；一双白璧，诗人名将古无俦。"其撰江苏宜兴县宜城镇东庙巷周孝侯庙联云："朝有奸党，岂能成将帅之功，若教仗钺专征，蛟虎犹非对敌手；世无圣人，不当在弟子之列，谁信读书折节，机云曾作抗颜师。"晋人周孝侯，即周处，少时横行乡里，父老将其与南山之虎、长桥之蛟合称三害，后从陆机、陆云而学，射虎斩蛟，励志向善，成一代名臣。梁章钜评此联"词意激昂，可当一首周处传论"。齐彦槐有一位女弟子张襄，才貌双全，事其如父，齐有两联赠她："几生修到梅花骨，一代争传柳絮才。""前身来自众香国，佳句朗如群玉山。"在男尊女卑的封建时代，齐彦槐招收女弟子，教以诗文，很有进步意义。

# 枫桥不改旧时月

## ——苏州寒山寺联

苏州有三大名寺：灵岩寺、西园寺和寒山寺。灵岩寺高踞名山，是吴宫遗迹；西园寺殿宇雄伟，五百罗汉栩栩如生；寒山寺在唐代因"寺当山水之间，不甚幽邃，来游者无虚日"，而一俟张继赋《枫桥夜泊》，天下传诵"姑苏城外寒山寺，夜半钟声到客船"，寺院市肆、酒筵书斋到处流布寒山、拾得的传说，于是，无论黄童亦或白叟，皆知苏州寒山寺也。正如寒山寺寺联所云："尘劫历一千余年，重复旧观，幸有名贤来作主；诗人题二十八字，长留胜迹，可知佳句不须多。"一语中的，毕尽寒山寺盛况之由来。

寒山寺古称枫桥寺，始建于梁武帝天监年间，初名"妙利普明塔院"，唐末曾改名封桥寺，北宋因张继诗而易封桥为枫桥，至南宋绍兴年间寺名仍名枫桥寺。寒山寺里，古樟郁郁葱葱，楼阁飞檐翘角，霜钟楼、枫江楼分列左右，清幽萧远，别有一番洞天。寒山寺的正殿大雄宝殿雄踞台基之上，飞甍崇脊，肃穆庄严。谢思孝所书"大雄宝殿"匾额高悬门楣上方。大堂两侧庭柱上悬挂着赵朴初居士撰写的楹联："千余年佛土庄严，姑苏城外寒山寺；百八杵人心警醒，阎浮夜半海潮音。"道尽古寺的悠远历史。

还有一副对联意韵清远、佛理深厚："古刹千年，长留半夜钟声，响彻世间惊客梦；姑苏一揽，剩有几株枫树，饱经霜雪护寒山。"为寒山寺扬名的张继一首《枫桥夜泊》为姑苏城外的古刹注入了历史内涵，使寒山寺的钟声深沉浑厚，让每一位已至欲至的造访者惊心而开悟。

寒山寺有多处以"寒拾"命名的遗迹，寒拾殿、寒拾泉、寒拾亭，大雄宝殿后壁嵌有清代名画家罗聘所绘《寒山拾得写意画》石刻，寒山右手指地，拾得祖胸笑颜，画上题诗道："我若欢颜少烦恼，世间烦恼变欢颜。"传说寒山曾经问拾得："世间谤我、欺我、辱我、笑我、轻我、贱我、恶我、骗我，如何处治乎？"拾得云："只是忍他、让他、由他、避他、耐他、敬他、不要理他，再待几年你且看他。"俚语村言，天成妙对，机趣多多，"寒拾"一体因此流行于世，人皆仿效习之。

寒山寺的碑廊里嵌立着宋明以来历代名人如唐寅、文征明、康有为、罗聘等的诗词碑刻多块，其中最著名也最引人注目的是《枫桥夜泊》诗碑。石碑始刻于宋朝宰相王珪，因屡经战乱，寒山寺多次被焚而不存。至明代重修寒山寺时，姑苏才子、书画家文征明为寒山寺重写了第二块《枫桥夜泊》石碑，但因寒山寺数遇大火，诗碑漫漶于荒草瓦砾之间，现仅存"霜、啼、姑、苏"等数字而已。清末光绪三十二年，江苏巡抚陈龙重修寒山寺时，延请书法家俞樾手书第三块《枫桥夜泊》石碑。其时，俞樾虽已86岁高龄，此碑成为其绝笔，弥足珍贵。寒山寺的第四块《枫桥夜泊》诗碑出自与诗人同名的近代书法家张继之手，诗后跋云："余夙慕寒山寺胜迹，频年往来吴门，迄未一游。湖帆先生以余名与唐代题《枫桥夜泊》诗者相同，嘱书此诗也。中华民国三十六年十二月沧州张继。"近代张继书唐代张继诗，巧合之外，传达出一种绵亘千古的永恒魅力。

张继当年夜泊枫桥，半夜犹闻钟声响起，一声声击碎了清寂的夜色。没有了钟声的寒山寺就没有了韵味。此巨钟悬在枫江楼上，钟声敲起时直达五腑六脏。陆游当年投笔从戎，西去巴蜀，路经此处写下《宿枫桥》一诗："七年不到枫桥寺，客枕依然半夜钟。风月未须轻感慨，巴山此去尚千重。"心事重重，风雨兼程下同样是世宦坎坷的艰难和无奈。明代文人高启《泊枫桥》语气虽平淡却深涵怀古之意："画桥二百映江城，诗里枫桥独有名。几度经过忆张继，月落乌啼有钟声。"同样令人怅然不已。清代诗人黄仲则的《山塘杂诗》别开生面："寒山迢递

171

镜铺蓝，小泊游仙一枕酣。夜半钟声敲不醒，别来怎不梦江南？"即使沉沉的钟声也敲不醒江南梦，人杰地灵的姑苏就是这样紧紧抓住了游子的心。

这些文人的诗虽说不是对联，却为这则对联作了最好的注解："枫桥不改旧时月色，古寺依然今日钟声。"月色依旧，钟声仍响，各人怀抱不同、兴慨各异，却都让平常的一寺一桥一月一钟生出别样风情，滋养了一代代的文化情致。

● **知识链接**

撰联名家俞樾（1821～1907），字荫甫，晚号曲园居士，德清人，24岁中举人。30岁成进士，历授翰林院庶吉士、编修、协修，出任过河南学政。后御史曹泽（登庸）弹劾他所出试题割裂经文，被革职回京，归居苏州饮马桥，时与陈失、宋翔凤相交，切磋经学。十年后返德清，后辗转绍兴、上虞、宁波、上海等地。同治四年秋，经两江总督李鸿章推荐，任苏州紫阳书院主讲，在苏州马医科巷购地建宅，屋旁余地成曲尺形，叠石凿池，栽种花木，题名曲园。此后，光绪二十四年，因年老辞去诂经精舍讲席，后复任翰林院编修。1907年2月5日卒，葬西湖三台山东麓。临终前作留别诗10首，代讣辞行。瑞安孙诒让作《哀世丈俞曲园》挽联纪念他："一代硕师，名当在嘉定、高邮而上，方冀耄期集庆，齐算乔松，何因梦兆嗟叱，读两平议遗书，朴学销沉同堕泪；卅年私淑，愧末列赵商、张逸之班，况复父执凋零，半悲宿草，今又神归化鹤，拈三大帙手墨，余生孤露更吞声。"可谓他一生的总结。

# 清风明月本无价
## ——苏州沧浪亭联

沧浪亭位于苏州城南三元坊附近，原为五代吴越广陵王钱元璙的池馆，北宋时被文人苏舜钦花四万钱买下，并在园中筑亭，取楚辞《渔父》"沧浪之水清兮，可以濯我缨；沧浪之水浊兮，可以濯我足"之意，名之曰"沧浪亭"，自号沧浪翁，作《沧浪亭记》。南宋初年，沧浪亭曾一度是抗金名将韩世忠的"韩园"，其后屡有兴废，明洪武二十四年（1391）诏以宝昙和尚居南禅集云寺，将妙隐、大云二庵合并。嘉靖年间，郡守胡缵宗将妙隐庵改筑韩蕲王祠。后僧人文瑛复建沧浪亭，归有光作记，曰："自有庵以来二百年，文瑛寻古遗事，复子美之构于荒残灭没之余，此大云庵为沧浪亭也。"

沧浪亭园中的面水轩是一座傍水而筑的四面厅，亭名取杜甫"层轩皆面水，老树饱经霜"诗意。轩北假山壁立，下临清池；轩南古木映掩，郁郁葱葱。正如齐梅麓题此轩联："短艇得鱼撑月去，小轩临水为花开。"渔父得鱼之后撑船而去，池中月被船桨击碎，随波移动，好不快乐自在。"短艇"借喻撑船人，"小轩临水"为赏清洁寒澈的梅花，于此透出园主的风致品好。联语化静为动，动中含情，雅逸潇洒，读之如沐一身清风。

园中的翠玲珑为一组连贯几间大小不一的房室，使整个小馆曲折幽雅，绿窗环绕，芭蕉掩映，风起竹动，动中寓静，静中寓动。何绍基题翠玲珑联中将其作为隐逸之所："风篁类长笛，流水当鸣琴。"构思奇巧，将风中摇曳的修竹比为长笛，把流水喻作鸣琴，用词造句洗练生动，富于想象。

"百花潭烟水同清，年来画本重摹，香水因缘，合以少陵配长史；万里流风波太险，此处淄尘可濯，林泉自在，从知招隐胜游山。"此联是薛时雨在清同治十二年（1873）沧浪亭重新修葺后所题。作者独辟蹊径，将杜甫草堂与苏舜钦沧浪亭相提并论，借以突出苏舜钦的诗坛地位；"流波太险"，"林泉自在"，原来归隐林园、寄情山水胜过居无定所、浪迹萍踪。

严保庸题沧浪亭大云庵襟怀坦荡："商彝周鼎，汉印唐碑，上下三千年，公自有情天得度；酒胆诗肠，文心面手，纵横一万里，我于无佛处称尊。"洪钧题沧浪亭怀古幽情绵邈："徒倚水云乡，拜长史新祠，犹见羁臣留胜迹；品评风月价，吟庐陵旧什，恍闻孺子发青歌。"宋荦题沧浪亭很有禅意，耐人琢磨："共知心似水，安见我非鱼。"朱应镐题沧浪亭自在开怀："小子听之，濯足濯缨皆自取；先生醉矣，一丘一壑亦陶然。"这些对联抑扬有声，契合沧浪亭风景。中国文人处穷达用舍，水清濯缨，水浊濯足，行藏在我，那份天人合一的理想是以筑园植绿来实现的。小小园林，是他们躲避世宦风雨之所。因此，中国的园林不只是木石搭建的建筑，而是一种艺术，是一种哲学，甚至是一份可以让精神寄寓其中的宗教。

沧浪亭最值得称道的是梁章钜所撰的一副联："清风明月本无价，近水远山皆有情。"梁章钜在编辑《沧浪亭志》过程中，从沧浪亭本事的诗中集句成联。上联出自欧阳修《沧浪亭》中的"清风明月本无价，可惜只卖四万钱"，下联出自苏舜钦《过扬州》之"绿杨白鹭俱自得，近水远山皆有情"。全联上下契合，浑然天成，情趣高雅，哲蕴深长。清风明月是无价之宝，意境雅淡疏朗；远山近水为有情之物，情韵缠绵妩媚。名园对名联，相映成趣。中国士大夫的审美情趣深受佛道影响，他们崇尚高雅、清淡、闲适。由于中国社会政体的特殊性，中国文人士子对社会政治实体依附性很强。儒道思想是中国知识分子的两大精神支柱，达则尊孔孟，积极入世，讲究修、齐、治、平；穷则重老庄、消极出世，转向自然，寄情山水。家国之忧与隐逸山林是中国古典诗歌的两个基本母题，文人士子一旦官场失利，便从政治的消极转向审美的积极，消极的人生态度恰与积极的审美态度相接。他们移情自然，亲近一草一木、一山一石、一水一溪，从中得到美的享受和精神的愉悦，而中国文学艺术就这样在大自然中怡情养性、自得其乐。尤其清风、明月更受文人青睐，高人雅士以吟水弄月为乐，苏轼在《前赤壁赋》中说："惟江上之清风，与山间之明月，耳得之而为声，目遇之而成色，取之无禁，用之不竭，是造物者之无尽藏也。"欧阳修在《会老堂口号》云"金马玉堂三学士，清风明月两闲人"，李白《独坐敬亭山》中道"相看两不厌，只有敬亭山"。齐梅麓题沧浪亭大云庵同样契合此意："四万青钱，明月清风今有价；一双白璧，诗人名将古无俦。"唐寅题苏州狮子林真趣亭简直是风月无边："苍松翠柏真佳客，明月清风是故人。"如此，清风、明月、近水、远山全成了失意文人的心灵寄托。

● **知识链接**

撰联名家陶澍（1779～1839），字子霖，一字云汀，晚号髯翁，湖南安化人。嘉庆七年（1802）进士，官至两江总督，其为政清廉，实干有为。著有《印心石屋文集》、《陶恒公年谱》、《渊明集辑注》。他擅长名胜楹联，如题上海豫园得月楼联："楼高但任云飞过，池小能将月送来。"信手拈来，而天然成趣，与宋代晏殊的名句"无可奈何花落去，似曾相识燕归来"有异曲同工之妙。陶澍1839年病逝，尚书卓秉恬悼以联云："天下大事公可属，江南遗爱民不忘。"后来左宗棠任两江总督，在金陵为陶澍、林则徐合建一祠，并题一联："三吴颂遗爱，鲸浪初平，治水行盐，如公诚不朽；卅载接音尘，鸿泥偶踏，湘间邗上，今我复重来。"表达对他们勤政爱民的崇敬。

# 脱身依旧归仙去

## ——安徽采石矶太白楼联

太白楼位于马鞍山采石矶南坡，原名谪仙楼，也称青莲祠，因李白晚年寄寓当涂时多次游采石矶并赋诗其上，后人建楼以纪之。楼高三层，黄琉璃瓦顶，翘角飞檐，华丽多彩，并留有许多精彩对联。

曾任采石矶翠螺书院主讲、清代的黄琴士一副长联相当有气势："侍金銮，谪夜郎，他心中有何得失穷通，但随遇而安，说什么仙，说什么狂，说什么文章声价。上下数千年，只有楚屈平、汉曼倩、晋陶渊明，能仿佛一人胸次；踞危矶，俯长江，这眼前更觉天地空阔，试凭栏远眺，不可无诗，不可无酒，不可无奇谈快论。流连四五日，岂惟牛渚月、白纻云、青山烟雨，都收来百尺楼头。"李白一生中浮沉波折的两件大事是"侍金銮"和"谪夜郎"：唐玄宗时，他被召入宫中为供奉翰林，待诏金銮殿，这是他最得意之时；安史之乱中，他参加永璘王幕府，王兵败，他受牵连流放夜郎（今贵州桐梓），后遇赦，这是他最潦倒之时。好在无论穷达贫富，他都能随遇而安，看淡"诗仙、狂人、文章声价"。黄琴士非常推崇李白，认为由古至今只有楚国屈原、西汉东方朔、晋陶渊明的豁达胸襟能与其相提并论。由于人物、景物、事件较多，易流于琐碎堆砌，而此联选材扣题切景，排比句令全联文意连贯、文气充沛，如江水奔流，一泻千里，将李白飘逸高雅、豁达脱俗的情怀挥洒得淋漓尽致。气魄之宏大，豪情之激越，语言之畅达，实为联中罕见。

清代的王有才题采石矶的一副对联别具一格："吾辈到此堪饮酒，先生在上莫题诗。"自谦平庸，以此来反衬前辈先人诗才高不可攀，谆谆告诫吾辈之人到此喝酒畅饮足矣，千万不要在此舞文弄墨，留下千古笑柄。

齐彦槐的集句联简洁却活化出诗人的气质和风采："紫微九重，碧山万里；流水今日，明月前身。"此为集句联，上联出自李白语，下联出自司空图《诗品》。紫微指京师皇宫。古称天有九重，皇帝尊为九重天子。"问余何意栖碧山？笑而不答心自闲"，京师居不易，醉中捉月，乘鲸仙化而去，诗人不同流俗，身在"紫微九重"，心在"碧山万里"，其人清如"流水"，洁如"明月"。

胡书农的联语也有月色相伴："公昔登临，想诗境满怀，酒杯在手；我来依旧，见青山对面，明月当头。"明月青山，山川美景，浓烈地烘托出当年诗仙醉酒逸兴的情状。以画意出诗情，似听到李白登山木屐声响，依稀可见李白低回吟唱。我来依旧，明月当头，今时月照过古人也照着今人。想象诗仙当年登楼把酒的潇洒，我亦生出一怀浪漫。这股士子精神穿越了时光，融在了整个中国文化经脉之中。

清嘉庆进士吴山尊题采石矶联道："谢宣城何许人，只凭江上五言诗，要先生低首；韩荆州差解事，肯让阶前盈尺地，容国士扬眉。"谢宣城，名朓，字玄晖，南齐时曾任宣城太守，他的《江上曲》等五言诗，感情真切，意境清新，极受李白推崇。李白在《与韩荆州书》中一吐胸中之气："君侯何惜阶前盈尺之地，不使白扬眉吐气，激昂青云。"韩荆州名朝宗，唐开元时任荆州长史，常提拔后进，曾推荐崔宗之、严武等入朝，士人中有"生不愿封万户侯，但愿一识韩荆州"的美誉。全联似是评论谢朓、韩朝宗，其主旨却在称颂李白，这是用"以客衬主"的方法来陈述李白的诗坛地位。

还有许多姓名无可考的对联可圈可点、值得一读。"谗起七言，千古才人千古恨；快登百尺，一楼风景一楼诗"。其实，诗人留下的岂止是一楼的诗，留下的是一代佳话、万世风流。"把酒问青天，放眼已无高力士；登舟望秋月，旷怀犹忆谢将军"。李白的傲骨才是中国士子的风度，酒中天地，月下独酌，全是不肯摧眉折腰事权贵的一襟清怀。"神仙诗酒空千古，明月江天贮一楼"。李白的酒杯早已倾空，一楼明月照彻了古代也辉耀了现代。"笛吹黄鹤楼中，想当年无限骚情，一曲江城歌古调；舟泊翠螺山下，慨此日重寻胜迹，千秋风月念斯人"。李白有"黄鹤楼中吹玉笛，江城五月落梅花"诗句，潇洒而飘逸，而诗人早随笛声消散，余韵缭绕，留下的那是绵荡不绝的千秋诗魂。"楼压惊涛，万里江山供醉墨；山临幽壑，四时风物助诗怀"。江山雄奇，楼台壮美，奉上的原是一番深情厚谊，只因诗人风骨已浸入此山此水中。"狂到世人皆欲杀，醉来天子不能呼"。李白"天子呼来不上船，自称臣是酒中仙"，不过是一种傲视王侯的佯狂，却惊世骇俗，散出的是中国士子的飘逸和骄傲。

而此联尤其独具慧眼："荐汾阳再造唐家，并无尺土酬功，只落得采石青山，供当日神仙笑傲；喜妃子能谗学士，不是七言招怨，怎脱去名缰利锁，让先生诗酒逍遥。"君恩淡薄，诗人天真，诗人推荐郭子仪，唐朝得此名将才能够复兴，可是自己却未得寸土封赠，只落得病死当涂。传说李白早年游并州，发现郭子仪的才能，郭当时因罪被囚，李为之保释，并荐用于军中。后郭平安史之乱，建立中兴之功，封汾阳王。幸而杨贵妃谗毁了诗人，若不是《清平调》结下嫌怨被逐，诗人怎会卸下负累，徜徉诗酒之间，一逞其才，成就一代诗仙之名。天宝元年，李白奉唐玄宗命写《清平调》三首，诗中"借问汉宫谁得似，可怜飞燕倚新妆"句备受玄宗赞赏。不料高力士因前有脱靴之辱，乘机诬陷李诗是用赵飞燕私通赤凤来讥讽贵妃与安禄山有暧昧关系，李白遂被逐出朝廷。诗家不幸国家幸，诗人遭受种种挫折与不幸实为写诗的动力，使诗人把压抑心底的情感释放出来、将其创作推上盛唐高峰。从另外一个角度看，个人之"不幸"也正是中国文学的大"幸"。

李孚青的对联最具浪漫情怀："脱身依旧归仙去，撒手还将月放回。"捉月台在安徽马鞍山市采石矶上，原名舍身崖，又称联璧台，嵌于陡峭绝壁间，突兀江干，势态险峻。传说李白酒醉后，从此台跳江捉月后，骑鲸升天，回归仙界。李白与月结缘，他月下徘徊，对月独酌，邀月同游，最后捉月化仙，一番月魂冰骨，衬其清气诗怀最恰当不过。脱去肉身，逃离尘世，放月而回，揽天入怀，这才是诗仙风骨。

唐代因为有了李白而气象磅礴，中国文学因为有了李白而鲜活灵动。以此看，他就是谪仙下凡。

● **知识链接**

撰联名家伊秉绶（1754～1815），字祖似，号墨卿，晚号默庵，福建宁化人。乾隆五十四年（1789）进士。授刑部主事，迁员外郎，出为广东惠州知府及扬州知府。为当时书法名家。常以隶书作联语，间亦用行草，联语风格一如其书法，放达飘逸，存世墨迹较多，主要见于《默庵集锦》中。其题扬州平山堂联为集联中之难能可贵者："衔远山，吞长江，其西南诸峰林壑尤美；送夕阳，迎素月，当春夏之交草木际天。"上联集范仲淹《岳阳楼记》、欧阳修《醉翁亭记》，下联集王禹偁《黄冈竹楼记》和苏轼《放鹤亭记》，四大名家，四大名记，四大名楼（亭）萃于一联，若出一人之手，诚奇迹也。伊秉绶的楹联书法作品又如："三千余年上下古，一十七家文字奇"、"由来意气合，直取性情真。"都是不可多得的佳作。

# 万古忠诚昭日月

## ——关帝庙联

东汉建安二十四年（219），三国名将关羽与东吴交战失败，被俘斩首。孙权将关羽的首级献给曹操，曹操将关羽厚葬在洛阳南7公里处，名曰关林。湖北当阳也有关羽的坟墓关陵。

关羽在民间千古名扬，被老百姓尊为神，关羽庙处处可见，题联也有许多。湖南湘潭关圣殿联写出英雄壮举："匹马斩颜良，河北英雄皆丧胆；单刀辞鲁肃，江南士子尽低头。"齐彦槐题宜兴荆溪关帝庙两联概括了关羽的英雄业绩："恩若弟兄，刘关张桃园结义；威镇华夏，魏蜀吴国士绝伦"、"帝业归来，青龙刀偃缑山月；神公如在，赤兔马嘶嵝岭风"。左宗棠撰常德关庙联气势不凡："史策几千年未有，上继文宣大圣，下开武穆孤忠，浩气长存，树终古彝伦师表；地方数百里之间，西连汉寿旧封，东接益阳故垒，英风宛在，想当年戎马关山。"赞颂关羽上继孔子、下开武穆，其英风长在、浩气长存。台湾的一副关帝庙联高度概括关羽一生忠义："义勇腾云，一朝兄和弟；忠心贯月，千秋帝与王。"有一副长联以拟人语气写出关羽当时心情："亦知吾故主尚存乎，从今后走遍天涯，再休言万钟千驷；曾许汝立功乃去耳，倘他日相逢歧路，岂敢忘杯酒绨袍。"恽季申题上海关帝庙联："天地一完人，文武才情忠义胆；古今几夫子，英雄面目圣贤心。"全是盛赞关羽的侠肝义胆和热肠忠心，读后令人感动，不禁泫然涕下。

所以，当年孙权用吕蒙之计袭破荆州，杀了关羽父子，让后人对孙权耿耿于怀甚至恨之入骨："江声犹带蜀，山色欲吞吴。"长江仍波涌着蜀汉的涛声，焦山雄壮欲一口吞下孙吴，便明显地楔入了这种思想感情。四川巫山的一副关庙联与此联有异曲同工之妙："山势西来犹护蜀，江声东下欲吞吴。"上一联是"江带蜀、山吞吴"，此联则是"山护蜀、江吞吴"，感情随景而变，但观点呼应，都是恨孙权的冷酷，惜英雄身首两处。

历代帝王对关公相当崇敬，乾隆皇帝就为不少关帝庙题联。他题北京地安门关帝庙："浩气丹心，万古忠诚昭日月；佑民福国，千秋俎豆永山河。"题北京地安门关帝庙："威镇雄州，野树尚含荆浦绿；神游古国，夕阳偏照蜀山红。"题北京正阳门关帝庙："翊汉表神功，龙门并峻；扶纲伸浩气，伊水同流。"题洛阳关林拜殿："兵法读春秋，必有文事；官箴严月旦，作无神羞。"对关羽极尽赞颂，称其浩气丹心与日月同辉。作为一国之君，如此推崇关羽，亦是为自己江山着想。他不过是让众臣民学关羽忠义之举，死命维护皇权统治，自己便可一统天下、高枕无忧了。

白崇禧题新竹关帝庙道："汉封侯，宋封王，清封大帝；儒称圣，释称佛，道称天尊。"正好说明关羽在儒释道三教的供奉下，又被一朝一代加封追谥，终于将其推至神位，被夸张神化到了无以复加的地步。正像王兆瀛题杭州关庙联所云："从真英雄起家，直参圣贤之位；以大将军得度，再现帝王之身。"有一副长联就将关羽尊为至圣至佛："儒称圣，释称佛，道称天尊，三教尽皈依，式瞻庙貌长新，无人不肃然起敬；汉封侯，宋封王，明称大帝，历朝加尊号，矧是神功卓著，真所谓荡乎难名。"据此，明代文学家周亮工游历浙江仙霞关帝庙深有感触："拜斯人，便思学斯人，莫混账磕了头去；入此山，须要出此山，当仔细扪着心来。"提醒世人要学关羽忠义精神，而不是盲目地将其当做神来崇拜。淮安关帝庙联便将关羽还原成一个普通的人："如公自是奇男子，举世谁为大丈夫。"将其呼为奇男子和大丈夫，听来更觉亲近，让人不禁怀念其浩荡英风。

还是俞樾题安徽省关庙联说得比较实在：“威名满华夏，真义士，真忠臣，若论千载神交，合与睢阳同俎豆；戎服读春秋，亦英雄，亦儒雅，试认九霄正气，常随奎璧焕光芒。”不过，关羽的确“义存汉室丹心耿，志在春秋浩气长”，真可谓“天地间大丈夫，大文大武大义；古今来奇男子，奇才奇节奇忠”，值得后世赞叹崇仰。

● **知识链接**

撰联名家毕沅（1730～1797），清江苏镇洋（今太仓）人，字秋帆，自号灵岩山人，乾隆进士，官至湖广总督。其治学范围较广，由经史旁及小学、经石、地理，善诗文联作，其题陕西兴平杨贵妃墓两副联乃传世佳作。其一：“莺花尚恋霓裳影，环佩空归月夜魂。”此联与安徽灵璧县虞姬墓联有异曲同工之妙：“虞兮奈何，自古红颜多薄命；姬耶安在，独留青冢向黄昏。”其二：“谷风如诉旧愁来，蜀道秦川，过客重谈杨李事；暮粉还将秋色补，雨尘云梦，伤心何似汉唐陵。”此联情景交融，塑造出一种强烈的悲剧气氛。“谷风”一作“谷铃”，汉唐陵在西安附近，因贵妃未入唐陵，故以“伤心”言之。

# 明镜高悬一青天
## ——包公祠联

北宋名臣包拯进士出身，历任知县、知府、官至龙图阁直学士、枢密副使等职，卒谥孝肃。由于他“执法如山”、“不畏权贵”、“不通关节”，百姓呼其为“包公”、“包青天”、“阎罗包老”，并为其建包公祠。

开封与合肥的包公祠最为有名。包公祠的对联亦颇多，有名的是无名氏题安徽包公祠联：“理冤狱、关节不通，自是阎罗气象；赈灾黎、慈悲无量，依然菩萨心肠。”包公治理“冤狱”能够做到“关节不通”，遇到天灾的老百姓却有着一副“菩萨心肠”。

包公祠的大门两侧有一副红地金字的门联：“忠贤将相，道德名家。"祠堂四周的柱子上，有许多各具特色的楹联："一水绕荒祠，此地真无关节到；停车肃遗像，几人得立姓名尊。""照耀千秋，念当年铁面冰心谏谠言，不希后福；闻风百世，至今日妇人孺子颂清官，只有先生。"对后世颇有警醒作用。

合肥包公祠两副短联是乾隆年间任代理庐州知府郑交泰所题，其一云："史鱼后劲，忠介先声。"联语引用两个古人，一是春秋时卫国大夫史鱼，正直敢谏；一是明代直臣海瑞，也是有名的清官。包公继承了史鱼敢说敢为的品德，为后来的海瑞树立了榜样。真可谓"忠贤将相，道德名家"。

官至两广总督，淮军主要将领张树声从包公的遗像着笔："遗像至今传铁面，直臣岂肯作金钩。"包公严肃的面孔犹如冷硬的生铁，令人见而生畏。化用包公《题郡斋壁》中的"秀干终成栋，精钢不作钩"诗句，正直的大臣是不愿意作金钩的，要敢于为民办案，不畏强权，要正直端正、声震天下。

同为淮军将领，官至文华殿大学士李鸿章却对包公的《谏书》感兴趣，挥笔题联："一笑河清，乡国旧闻传谏草；千秋墩在，岁时薄酹荐香花。"包公是安徽人，李鸿章也是安徽人，同乡读了同乡留下来的《谏书》后，为之骄傲，哪怕自己的官比包公高，也照样以酒洒地，祭祀这位令人肃然起敬的包大人。

当代人刘子善为包公祠写了一副较长的对联："铁面贮黄泉，清声远播，墓侧犹张三宝铡；赤心化紫气，明镜高悬，民间纪念一青天。"包公的铡刀相当有名，曾斩过许多不法之徒，驸马陈世美不认前妻，就被包公怒斩。作者在联语中用"黄"、"清"、"赤"、"紫"、"青"、"明"等色彩词，将包公的崇高品德描绘出来。

● 知识链接

撰联名家阮元（1764～1849），字伯元，号芸台，仪征人，出生书香门第，祖父阮玉堂，武进士，官至参将，父阮承信是学者。阮元5岁从母学字，6岁进学，8岁能作诗。清乾隆五十四年（1789）中进士，选庶吉士，次年散馆，取一等第一名，授翰林院编修。乾隆五十六年（1791）大考翰詹，又取得一等第一，乾隆召见其叹道："不意朕八旬外复得一人！"阮元任过浙江、河南、江西巡抚，国史馆总纂，漕运总督，湖广总督，两广总督，云贵总督，晚年任体阁大学士。他为官清廉，善察民情，尽力为民解忧。其知识广博，在经史、小学、天算、舆地、金石、校勘等方面均有极高造诣。他任浙江学政时，修编《经籍纂诂》。他积极发展教育事业，在浙江创办诂经精舍，在广东创办学海堂，培养了许多人才。前人赞阮元"身经乾嘉文物鼎盛之时，主持风会数十年，海内学者奉为山斗焉"（《清史稿》）。阮元是清代楹联大家之一，甚多妙对佳联为后世所传诵。

# 尘心息后觉凉来
## ——北京颐和园联

颐和园在北京西郊，初为金帝完颜亮的行宫，明辟为皇室的好山园，清乾隆十五年（1750）改名清漪园，咸丰十年（1860）为英法联军焚毁，光绪十四年（1888），慈禧太后挪用海军军费重建此园，并改名颐和园。全园由昆明湖、万寿山和各种宫殿组成，借西山为外景，占地约290公顷，园内山清水秀，阁耸廊回，富丽堂皇，兼有人工与自然之美，合南北园林建筑艺术于一体，可谓集天下园林之大成。

园林中有许多匾额和楹联，它们成为颐和园不可分割的一部分，蔚成颐和园一片春色。

颐和园绣漪桥有一联意境奇美："螺黛一丸，银盆浮碧岫；鳞纹千叠，璧月漾金波。"绣漪桥位于颐和园昆明湖之最南端，亦名锣锅桥，为自水路进入颐和园的门户。绣漪桥如美人的一弯黛眉镶嵌在银白色的湖面上，水波粼粼，倒映着碧绿的万寿山。夜色如水，月光皎洁，湖面荡漾着金色的清波。联语文辞瑰丽，笔墨传神，将风景绘成了一幅苍润秀美的水墨画。

颐和园宜芸馆存道斋联清新幽雅："霏红花径和云扫，新绿瓜畦趁雨锄。"落英缤纷，小径上铺满红叶，如踏在云霞上轻扫庭院；那一片新绿透润的瓜菜，正有人慢慢锄草。联语用词简练，"趁雨锄"扣紧

"宜芸馆"之名，一派清新素雅之风，衬托出居住的主人闲适雅逸的心境。

颐和园月波楼联轻柔素淡："一径竹荫云满地，半帘花影月笼纱。"月波楼在颐和园昆明湖中韵南湖岛上，竹林、花枝、沙滩在月色笼罩下充盈着一片迷蒙幽静。"月笼纱"三字出于杜牧《夜泊秦淮》中的"烟笼寒水月笼纱"句，扣月波楼甚为贴切。

颐和园十七孔桥联："虹卧石梁，岸引长风吹不断；波回兰桨，影翻明月照还空。"十七孔桥横跨于颐和园昆明湖的东堤和南湖岛间，桥由17个桥洞组成，长150米，为颐和园中最大石桥。石桥若彩虹横卧水上，兰桨击碎水波中的月影，清风入怀，便抛却所有红尘烦忧，一桥一水，景小却同样可以息心。

爱新觉罗·玄烨题颐和园谐趣园饮绿亭联很有书香雅趣："云移溪树侵书幌，风送岩泉润墨池。"谐趣园系北京名园颐和园中之园，原名惠山园。饮绿亭为其中一水榭，曾名水乐园。溪边树梢上飘来一抹彩云，仿佛为书房挂上一帏纱帘；山泉随风流至，润湿了书桌砚台，一室的清幽、一心的宁静。雅致的书房并不死气沉沉，而是清寂中透出几分热闹，云和风因此有了生命，和书香搅扰一处，那么清雅，又那么鲜活。而坐落于谐趣园中的知鱼桥也同样被描绘得动感十足："月波潋滟金为色，风濑玲琮石有声。"明月下，水波涟漪，金光闪烁，风吹水击岸石，发出悦耳声响。咏水却无一"水"字，"潋滟"与"玲琮"双声叠韵相对，增添了音韵之美。联语用词精巧，秀丽娴雅，令人如见其景，如闻其声。

颐和园宜芸馆凝炼脱俗："绕砌苔痕初染碧，隔帘花气静闻香。"用刘禹锡《陋室铭》"苔痕上阶绿"句意，说石阶周围的青苔刚刚萌发绿色，花气透过竹帘传来静静幽香，幽静宜人，沁人心脾。

颐和园画中游联深涵禅意："幽籁静中观水动，尘心息后觉凉来。"画中游在颐和园内万寿山西面。亭倚山岩，楼耀金碧，水木清华，环绕几曲画廊，游览其中，如身在画中，寂静之中可以体验到水之动、籁之幽，始悟万物无不从容自得。有万物静观皆自得之意。于是，繁嚣之中，耳目享受到了快感，尘心得到洗濯，凡俗之心和名利之念消泯于自然之中，忘名利、齐得丧、同祸福、等贵贱，无牵无挂，走入同乎万物而与造物者相游的逍遥境界。和画中游石牌坊联纯描风景的"闲云归岫连峰暗，飞瀑垂空漱石凉"更高一筹。

爱新觉罗·弘历题颐和园霞芬室联打通人的视觉、听觉和触觉："窗竹影摇书案上，山泉声入砚池中。"霞芬室在北京颐和园玉澜堂东配殿。婆娑摇曳的竹影映照在临窗的书桌上，潺潺的山泉声传入室内的砚池中。窗外的竹影、山泉与窗内的书桌、砚池遥相呼应，构成一幅宁静和谐的画面。

颐和园涵虚堂澹会轩诗味浓郁："碧通一径晴烟润，翠涌千峰宿雨收。"涵虚堂坐落在颐和园南湖岛上。雨后的清晨，一条小径通向幽深林中，云烟明润，峰峦如绿色波涛起伏。对联以一峰小径入手，便端现颐和园的一派碧翠风光。作者抓住雨后初晴的瞬间景色来描绘颐和园的胜景，可谓匠心独运，于平凡中见独特，于小处见全景，寓情于景，情景交融，相得益彰，读来使人感到其秀色可餐，如身临其境。

爱新觉罗·玄烨题颐和园涵远堂气势磅礴："西岭烟霞生袖底，东洲云海落樽前。"涵远堂为颐和园谐趣园之正殿。西山诸峰缭绕的烟霞在襟下袖底升起，东海瀛洲茫茫云雾落在了酒杯中。上下联一"西"一"东"、一"生"一"落"、一"底"一"前"，虚实相应，意境空灵。对联独选烟霞、云海两种大自然现象，用"生袖底"和"落樽前"的夸张笔法将西岭和东湖之景衬映勾勒出来。而对联看似写景，实则抒发一种人生处世之意：只有站得高，才能将四海烟云尽收袖底，才能开阔心胸，自在而从容。

颐和园佳联比比皆是，写景，喻人，说理，不一而足，点点笔墨，春色浓郁，文脉不息，润泽着秀丽园林，也丰沛充盈着中国传统文化。

● 知识链接

撰联名家沈葆桢：他撰写的联绚丽多姿，恢宏精深，多有寄托，既带哲理，又处处显现忧国之心、自勉之词。如："且漫道见所未见、闻所未闻，即此是格致关头、认真下手处；何以能精益求精、密益求密，定须从鬼神屋漏、仔细扪心来。"用古汉语来写新科技，本来就有一定难度，而作者根底深厚，游刃自如，对仗严谨，提出研究科学技术的方法，关键在于从尚是空白点处，即未见未闻的地方认真下手，另一方面要求高精密度，定要小心求证，便可找出窍门，激励人们不懈学习，认真探索，足见其思想的先进。

# 俯仰方知天地阔
## ——南岳衡山联

衡山位于湖南省中部，古称南岳，为五岳之一，也是东南佛教圣地。衡山群峰耸峙，山势雄伟，有七十二峰之多，绵延数百里，南以衡阳回雁峰为首，北以岳麓山为足。最高点为祝融峰，海拔1 290米，还有天柱峰、芙蓉峰、烟霞峰诸峰。衡山观宫寺庙殿院密布，有南岳大庙、祝圣寺、六朝古刹、福严寺、方广寺、藏经殿等，集道、佛、儒各教派于一庙一山，在国内绝无仅有，文化渊源之深厚令人叹为观止。

衡山名胜古迹、碑刻甚多，有许多值得琢磨回味的对联。

衡山南天门联气势不凡："门可通天，仰观碧落星辰近；路承绝顶，俯瞰翠微峦屿低。"将"门可通天"与"路承绝顶"相对，又把"仰观碧落星辰近"和"俯瞰翠微峦屿低"相对，竭力突出"南正门"之高峻，使人有临天之感。本联运用了夸张、对比等修辞手法，来突出衡山南天门的高峻险奇，使得一副字数不多的名胜对联，变成了一副雄峻突兀的山水画，形象而生动。

祝融峰高，"山矗天止云起峰流"，有联称其"放眼愁天压，低头觉地空"。南宋曾任过南岳主持的佛印题望日台联相当壮观："万顷苍波澄玉鉴，一轮红日滚金球。"日出前，衡山万顷苍翠，如玉镜般澄静；日出后，金球照红世界，衡山也被霞光染上了红色。祝融峰上有祝融殿，殿旁观月台石门上有一联："日月光天德，山河壮帝居。"相传祝融殿为祝融火神所居，处南岳之峰顶，羊春秋题祝融峰观月台，正是借登高来表达一种高洁志向："身在最高峰，不怕浮云遮望眼；我来绝险处，要扶初日上微栏。"而他为祝融峰与南岳大庙之间的半山亭所题对联也有励志之用："要攀登光辉顶点，还得出把汗、费把劲；再加上一半功夫，便可捧着日、摘着星。"借景喻理，方见其妙。

南岳紫盖峰下有个朱陵洞，清末湖南株州三泉镇人，武侠蓝仙果曾进洞游览，并留下一联："洞口开自哪年，吞不尽潇湘奇气；岩腹藏些何物，怕莫是今古牢骚。"口吞奇气，腹藏牢骚，作者表面上写岩洞，实际上写自己，巧妙地表达了对清朝的不满，虽然隐晦，借物发挥，却能使许多读者产生共鸣。

祥光峰下、东距南天门8里就是藏经洞，是南岳四绝之一，无名氏有联："万斛珠玑辉梵宇，一襟星斗焕经台。"说藏经洞的藏书一本本都像珠玑一样优美，值得佛学弟子认真翻阅，世代传播下去。

南岳大庙中的对联最多。因近代常有重兵守护衡山，故有不少将领留下了对联，曾任陆军混成旅旅长的刘重威有副长联："本南天保障，望七二峰朱陵紫盖，郁郁壮哉，愧小子是匹马征夫，也许碧山探芝术；正沧海横流，问三千年金简玉书，爽爽在否，更何处访元夸使者，上邀赤帝扫搀枪。"相传神农氏曾在朱陵洞四周采药，大禹曾在衡山得一石匣，内有《金简玉书》，书上有记载治水的方法，因而大禹治水成功。作为一介武夫，作者慨叹自己既无神农本领，更少大禹机遇，而手中的一杆枪却不能救黎民于水火之中，空有报国之志，不禁心生愧意。话语实在，情真意切。

回雁峰是南岳衡山七十二峰中的首峰。世传鸿雁至此而返，寺为唐天宝（742）重建。抗日战争中被日军焚毁，后重新修葺。雁峰寺楹联较多，大都与雁有关，如："真诚招来飞鸿落，深情激静玉石开。"化用俗语"精诚所至，玉石为开"，只要心诚，鸿雁自会飞到眼前，何况玉石？无名氏的一副长联第一个字就是雁："雁序本无心，形影偶留，便令寿域同登，福田广种；峰峦如有意，菩提常住，管教佛宇清静，道场庄严。"来去无踪的雁行有时排成一个人字形，能使信佛的人颐享天年，得到好的报应；而在七十二峰下的寺庙，更能使信佛的人豁然开悟，对"觉、智、道"有深刻的领会，从而达到如日开朗的彻悟境界。清代的王湘绮进雁峰寺却偏不提大雁："明窗啜茗时，半日闲，三日忙，须勘破庭前竹影；画船携酒处，衡山月，嶷山云，冷思量城外钟声。"这位曾是侍读的大才子悠然地坐在竹影下品茗，喝够了，便坐一只船在水中轻悠地划着，边喝酒边听寺内传出的钟声，好不自在洒脱，散出士子的一派风流。同样，周延俊题雁峰寺联有一股文人书卷气："到此一回头，忆幽燕云树吴楚烟波证五千里，新旧鸿泥敢去倦也；会当凌绝顶，指太华岩绕岱宗神秀比七二峰，郁葱佳气毕竟何如。"真真是文人蕴藉之风。

而雁峰寺的住持破门和尚的题联风格却迥于他人，风雅全无，平俗淡极。其一："上一点，下一点，与我何干，到此处看看，都只为游山玩水；达也好，窘也好，管他怎甚，来这边走走，无非是拜佛烧香。"其二："上乘希佛，上界希仙，上域希圣，庶民无一上一希，我只得仰天问来鸿去雁；达道立德，达智立言，达人立功，君子有三达三立，谁又能着地便造极登峰。"不管红尘多少烦扰，皆与我无关，就连希佛、希仙、希圣都不屑看一眼，只关心鸿雁的来来去去，透出出家人看空世间贪嗔的胸襟，又蕴着一种人生哲理。

有人赞誉衡山："天下数名山，五岳之中称独秀；人文传太古，六朝而后见多姿。"也有联曰："七二峰雾失云迷，好留佳客寻衡岳；九千丈风回雪舞，喜看飞花落洞庭。"更有这样的评价："北望神州，擎天四岳皆吾友；南来胜景，播誉千秋是此山。"众多名士的笔墨中已显现出了衡山的历史文化价值。

● **知识链接**

庐山虎溪三笑亭联："桥跨虎溪，三教三源流，三人三笑语；莲开僧舍，一花一世界，一叶一如来。"庐山素以"匡庐奇秀甲天下"著称于世，不仅是蜚声中外的避暑胜地，而且是历史悠久的文化佛法名山。相传和尚慧远居东林寺时，送客以溪为界，若过溪，寺后老虎就会吼啸起来，因此名虎溪。有一次，慧远送别陶渊明和道士陆修静，由于情投意合，边走边谈，不知不觉过了虎溪，虎即吼叫起来，三人相视大笑，从此传为佳话。他们三人代表了佛、儒、道三种宗教派别和宗教泛流发展历程。佛教在汉魏两晋时期从印度传入中国不久，庐山东林寺便成为"佛教阐化之基"。慧远于东晋孝武帝太元八年（383）到庐山宣扬佛法，在江州刺史帮助下，创建了东林寺，结下了白莲社，创立了佛教新的分支净土宗，又称莲宗，世人称之为"一花"，其后禅宗佛教又演化为五个宗派，人们称为"五叶"，每一宗派都产生出自己的领袖人物。对联作者唐英没有生硬地照搬历史，而是依据离奇的传说故事，充分发挥了对联的借景抒情、探胜猎奇、对仗严谨、音韵铿锵的艺术特色，使人读后兴味无穷。

# 明月无心自照人

## ——衡阳船山祠联

　　船山祠在湖南衡阳市东洲，清乾隆年间为纪念王夫之而建。王夫之字而农，号姜斋，湖南衡阳人，明代思想家，晚年在湘西草堂闭门著书，曾为草堂写过两副名联："六经责我开生面，七尺从天乞活埋"、"清风有意难留我，明月无心自照人"，格调高扬，襟怀坦荡，透射出古代士子的清高散淡、执著不屈的品格。

　　陶澍对王夫之的人品与学识钦佩有加："天下士非一乡之士，人伦师亦百世之师。"他认为王夫之虽出生在衡阳、老死在衡阳，但由于他的唯物主义哲学思想所带来的巨大影响，他便不再只是一乡之士，而已经成为天下之士，是受万代敬仰的"百世之师"。

　　有一副对联道出了王夫之的思想与行为："践实反躬，穷理致知觉后死；戴笠着屐，高风亮节仰先生。""践实反躬，穷理致知"是王船山提出的唯物主义哲学思想，他强调实践是知识的基础，研究是获得知识的方法。王船山抗清失败后，仍然与清朝誓不两立，天晴出门也要头顶斗笠脚踏木屐，表示与清朝不共戴天。这种行为颇受洪亮吉的赞赏："恸哭西台，当年航海君臣，知己犹余瞿相国；羁栖南岳，此后名山著作，同心惟有顾亭林。"在题船山祠联中，他认为王夫之的义举只有两个人可以与其相提并论：一是明朝灭亡后，王夫之在御史台痛哭流涕，后来投入抗清的战斗，与万历进士瞿式耜与清军抗衡最后殉难的气节媲美；二是王夫之抗清之后隐遁衡山著书立说，与明末名士顾炎武明亡后隐身精研经史相类似。

　　还有一副对联对王夫之的学说与著作更是评价甚高："治国辟良知，千载永垂经世论；没齿无遗恨，百年长著等身书。"王夫之提出的治理国家的主张与哲学思想，是可以千载流传下去的，而王夫之等身的著作，如《周易外传》、《尚书引义》、《读四书大全说》、《黄书》、《思问录内外篇》等，极大地丰富了我国的文化宝库，是一笔了不起的精神遗产。

　　船山祠旁有一所船山书院，清代的彭玉麟对同乡王夫之非常景仰，他撰写了一副长联思先贤："一瓢草堂遥，愿诸君景仰先贤，对门外岳峻湘清，想见高深气象；三篙桃浪暖，就此地宏开讲舍，看眼前鸢飞鱼跃，无非活泼天机。"别开生面，不是正面歌颂王夫之，而是从眼前的景物着笔，却更能激起思古之情。

王夫之远接孔孟，近继宋代理学创立者周敦颐以来的儒家道统，对湖湘文化产生了深远影响，于中国传统文化贡献巨大，是元明以来开学术新风之第一人。正如郭嵩焘题船山祠联所评价道："训诂笺注，六经周易犹专，探羲、文、周、孔之精，汉宋诸儒齐退听；节义文章，终身以道为准，继濂、洛、关、闽而起，元明两代一先生。"他认为王夫之对伏羲、文王、周公、孔子等人的文化经典进行研读、评注《易》、《书》、《诗》、《礼》、《乐》、《春秋》，以《易》最为精到，其学问之精深，汉宋诸儒难以匹敌。难怪王湘绮赞其"前朝干净土，高节大罗天"、"世臣乔木千年树，南国儒林第一人"。

● **知识链接**

天心阁联：天心阁位于长沙古城墙东南角上，建于清代康熙、乾隆年间。主阁三层，南北两端增建了两层楼附阁，左右对称，浑然一体，蔚为壮观。天心阁与岳麓山对峙，登楼可瞰全城，眺望湘江。1950年被辟为天心公园。天心阁内，古人和今人写了不少的对联，其中佳对颇多，如："四面云山都到眼，万家忧乐最关心。"清朝进士陈继训撰联发幽古之情："岂天下已安时，看烟火万家，敢忘却屈大夫九歌，贾太傅三策；此城南最高处，更楼台百尺，好管领卅六湾风月，七二峰云岚。"爱国诗人屈原长期生活在湖南，最后在汨罗江投江自尽，汉代政治家贾谊也是怀才不遇，被贬长沙，联语语重心长，让人心生无限感慨。一副无名氏撰联也是深沉凝重："游不遍七二峰衡岳，流不尽八百里洞庭，无限诗情，如此江山容我醉；待谁反屈大夫离骚，问谁虚贾太傅前席，苍茫古意，满城风雨自西来。"写景抒情，浑然一体，格调悲壮。

# 四面荷花三面柳

## ——济南大明湖联

　　山东济南最有名的对联应该是："四面荷花三面柳，一城山色半城湖。"因为准确传神地表现了济南城市风光，所以，200年来，这副对联一直被济南人引以为傲。

　　大明湖在山东省济南市旧城北部，由珍珠泉、芙蓉泉、王府池等多处泉水汇成，湖面465公顷，出小清河流入渤海。宋代称"四望湖"，后渐湮塞，半为街市，金代起以今城内湖沿袭大明湖之名。小沧浪园为大明湖西北岸亭园，清乾隆五十七年（1792）以修铁公祠之余工建此。园林面山傍水，绕以长廊，湖水穿渠引入庭中。小沧浪亭踞园中临湖处，三面荷池，遍植莲藕，盛夏荷花开放，故有"四面荷花"之盛。济南市旧为历城，因在历山之下，故有"一城山色"之称。此联刻嵌在大明湖公园铁公祠西门两侧，联语清丽明快，笔力端庄沉雄，以湖中的荷、湖岸的柳来描摹大明湖小沧浪园，并用"四面"、"三面"、"一城"、"半城"几个数字，勾勒出山城、湖水、小沧浪园交相辉映之景貌。

　　《老残游记》作者刘鹗称此联"尽画了大明湖的绝景"，清人黄恩彤在《明湖竹枝词》中亦赞道："四面荷花柳线长，一城山色映沧沧。天然妙句留楹帖，输与风流老侍郎。"并附注云："刘金门少宰于铁公祠留一楹联云：四面荷花三面柳，一城山色半城湖。"指明这副楹联为侍郎刘金门即刘凤诰所作。

　　刘凤诰，字丞牧，号金门，江西萍乡人，是乾隆五十四年（1789）一甲第三名进士（探花），官至吏部右侍郎，曾授"太子少保"衔，历任山东、浙江学政。刘凤诰任山东学政时，恰好他应科举时的主考官铁保来济南任山东巡抚。作为铁保的"门生"，又是同僚，他们关系十分密切。刘凤诰任职期满奉诏回京时，铁保等人在铁公祠前的小沧浪亭上为他公宴送行。席上，刘凤诰作此楹联并请恩师铁保书写。铁保欣然留墨，并在楹联两侧注明："甲子七月与金门学使小集大明湖，金门得句，遂书之，以记一时师友雅会。"

　　大明湖小岛上有历下亭，始建北魏，杜甫于唐天宝四年（745）与名宦李邕相会于此，留下名句"海右此亭古，济南名士多"。清代著名书法家何绍基将此句刻于亭前，弃笔后感慨不已，遂留下一联："山左称有古历亭，坐览一带幽燕之盛；当今谁是名下士？不觉三叹感慨而兴。"自古幽燕一带多慷慨悲壮之士，作者生活在清代道光、咸丰年间，英国人用鸦片麻醉中国人，大举侵犯中国领土，泱泱大国却只有林则徐一人禁烟，名士乏陈，国势衰微，因此才不觉三叹！

龚蔼仁为历下亭写的长联发幽古之思："李北海亦豪哉，杯酒相邀，顿教历下古亭，千古入诗人歌咏；杜少陵已往矣，湖山如昨，试问济南过客，有谁继名士风流。"杜甫与李邕在历下亭相会，将平常的相遇拟成佳联，为后人留下一处胜迹。原来名胜古迹都是名人和美人留下的，可惜这种风流今天已无人再续了。

但多数题历下亭的对联都漾溢出一派春色。一副对联这样描述历下亭风景："有鹤松皆古，无花地亦香。"这里没有花香阵阵，只有鹤舞古松，却现出一种古朴之韵。另一副长联将历下亭写得如诗如画："风雨送新凉，看一派柳浪竹烟，空翠染成摩诘画；湖山开晚霁，爱十里红情绿意，泠香飞上浣花诗。"柳枝摇曳，翠竹含烟，雨中之景宛如王维笔下的文人画；而雨后花艳树润，夕照中的历下亭好似韦庄的诗一般动人。方萱年从动静两方面将历下亭的美写得恰到好处："独上高楼，是山色湖光胜处；谁家画舫，正清歌美酒良时。"独自登楼望远，千佛山山色、大明湖湖光尽收眼底，不知是谁坐船在湖中穿行，饮酒听曲。

春色宜人，有故事的景色更增春色。沐浴春光的同时赏景品联，是人生一大快事。

### ● 知识链接

铁保（1752～1824），字冶亭，号梅庵，满洲正黄旗人，10岁开始延师读书，16岁入国子监继续求学。少年时代，他就表示"专攻举业以求一当"，果然，19岁中举人，21岁即成进士。他集诗人、书画家、文学遗产整理编纂家于一身，时人曾把他和汉军旗人百龄、蒙古旗人法式善三人并称"北方三才子"。铁保一生经历充实又颇多坎坷，曾出任吏部尚书、山东巡抚、两江总督等要职，为官恪尽职守，屡有政绩。嘉庆年间，因故两度遭到革职，分别被遣戍新疆和吉林。在起伏波折的人生遭逢中，铁保总是表现出异常旷达的心胸，给人一种进退安然、荣辱不惊的个性展示。他曾担当《八旗通志》的总裁，并且先后纂辑了汇收八旗诗歌作品的《白山诗介》、《熙朝雅颂集》等，为保留满族文学遗产付出了极大心力。同时，铁保又是清代著名的书画家。他的书法极具晋人风骨，在中国书法史上占有一席位置，被公认为是"清代四大书法家"之一。

# 平地忽堆三尺雪
## ——济南趵突泉联

济南多泉水，"济南山水甲齐鲁，泉甲天下"，自古就有"泉城"之名。有关济南泉水的记载最早见于《春秋》，金代有人立"名泉碑"，列泉名72个。历代各家所记72泉不尽相同，大致为趵突泉、黑虎泉、珍珠泉、五龙潭四大泉群。济南泉水自地下溶洞的裂缝涌出，一年四季奔涌不息，单是趵突泉每天就涌泉水7万立方米，据传泉水盛时可供数10万人饮用。

济南泉水千姿百态：或白浪翻腾，如银花玉蕊；或晶莹温润，如明珠璎珞；或如洪涛倾注，虎啸狮吼；或如细雨潇潇，冰弦低语。而作为众泉之首的趵突泉更是浪飞四溅，势如鼎沸。

趵突泉在济南市西门桥南约一里处，一名"瀑流"，又名"槛泉"，宋代始称"趵突泉"，为古泺水发源地。泉东有漱玉泉，泉畔建有李清照纪念堂，泉南为半壁廊水榭，泉西有观澜亭，泉北有泺源堂，中立"趵突泉"、"观澜"、"第一泉"碑刻。泺源堂建于济南趵突泉之北，始建于宋，清代重建，取"泺水之源"之意。堂前抱厦柱上刻有赵孟頫的槛联。后院壁上嵌明清以来咏泉石刻若干。

元代书画大家赵孟頫撰题济南趵突泉泺源堂联："云雾润蒸华不注，波涛声震大明湖。"生动形象地描绘了趵突泉"泉源上奋"，"高或数尺"的奇伟情景。只见水涌高数尺，加之浪花四溅，以致看历城的华不注山"云雾润蒸"，宛若笼罩在一片水气之中。此联烘托出趵突泉势如鼎沸、声震大明湖的气势，再现了这一壮阔的画面。全联用词简洁，一看一听，便让人犹如置身于景中。

一副撰济南趵突泉联很有气势："平地忽堆三尺雪，四时长吼半空雷。"清泉自平地喷涌而出，状如白雪，高达三尺，景色奇伟而壮观。怒涛澎湃，但闻空中轰响着隆隆雷霆之声。描写济南趵突泉的佳作名篇不少，然而若论"以短见长"、"尺畅千里"，则非此联莫属。此联紧扣"雪"、"雷"二字，发展了奇思异想，把泉喷写得有声有色、淋漓尽致，不失为构思奇巧的佳作。

另一副题济南趵突泉联别开生面："佛脚清泉，飘飘飘飘，飘下两条玉带；源头活水，冒冒冒冒，冒出一串珍珠。"凡写景咏物的对联往往将范围扩大，推及其他，将笔墨铺展开来。此联却截然不同，而是集中笔墨专描趵突泉。"佛脚清泉"点明趵突泉地理位置。佛地是清净的，趵突泉从"佛脚"下流出，自然更加清醇了。四个"飘"字用来写泉水流势是从高处向低处飘落，而不是在平地缓缓流动，像玉带一样飘落。"源头活水"原是一句常见成语，用在这里却是写实，四个"冒"字写尽趵突泉喷射情状，不像玉带而似珍珠，与"浪花四溅"相吻。全联巧在"飘"和"冒"的连用，形象逼真地绘出趵突泉的喷涌奇景。但上下联意思有重复之嫌，犯了"合掌"大忌。

老舍在《济南的冬天》里充满感情地描绘济南的水，说它既"绿"又"活"，绿萍、绿藻、绿柳、绿水，衬得"空中，半空中，天上，自上而下全是那么清亮，那么蓝汪汪的"，水色、水光、水影，映照得济南如一块"空灵的蓝水晶"。是啊，济南因为有了趵突泉而生秀色，趵突泉因为有了众多佳联而更具人文气息。泉水润喉，佳联清心，自然和文化如此缠绵不分，才真正达到了天人合一之境。

● 知识链接

甲秀楼联：甲秀楼又名来凤阁，位于贵阳南明河鳌矶石上，始建于明万历二十五年（1597），取"科甲挺秀"之意。楼阁三层，高22米，有檐三重，四角攒尖顶。楼前一湾流水，建有浮玉桥，桥南有观音寺与甲秀楼相陪衬，颇为壮观。甲秀楼是继昆明大观楼之后的又一西南名楼，楼内有不少对联，有名的要数道光举人汪炳璈的两副对联："水从碧玉环中出，人在青莲瓣里行。"和"半面山楼，半面江楼，书画舫，容我掀髯大笑，邀几个赤松、黄石、白猿来一评今古；数声樵笛，数声渔笛，翠微天，尽他拍手高歌，听不真绿水、明月、清风引万象空濛。"描写甲秀楼碧水环绕、青莲盛开的美景，相比江南风光毫不逊色，邀"赤松、黄石、白猿"，听樵笛渔笛，沉在明月清风中，悠哉游哉。谢宝书的撰联自然流畅，别有一番韵味："乍来顿减尘嚣，看远山铜鼓，夹背芦笛，丞相祠堂云霭霭；小立便成仙境，听珠树莺声，整矶渔唱，将军柱石雨潇潇。"

# 亭影不孤醉乡在

## ——滁州醉翁亭联

　　醉翁亭坐落于安徽滁州琅琊山半山腰的琅琊古道旁，是上琅琊寺的必经之地。据《琅琊山志》记载，北宋庆历六年（1046），欧阳修被贬为滁州太守，感怀时世，寄情山水，山中僧人智仙为他建亭饮酒赋诗。欧阳修不仅在此饮酒，也常在此办公，"为政风流乐岁丰，每将公事了亭中"。欧阳修自号"醉翁"，并以此名亭，写下传世之作《醉翁亭记》，其中"醉翁之意不在酒，在乎山水之间也"将其寄情山水，安民乐丰的情绪抒发得淋漓尽致，成为千古名句，醉翁亭因此闻名遐迩，被誉为"天下第一亭"。

　　醉翁亭小巧独特，飞檐凌空，倚立峭壁，数百年来屡次遭劫又屡次修葺增建，如今的醉翁亭已不再是一座孤亭，总面积虽不到1 000平方米，四面环山的亭园内却有九院七亭：醉翁亭、宝宋斋、冯公祠、古梅亭、影香亭、意在亭、怡亭、览余台，风格各异，互不雷同，人称"醉翁九景"。内有由欧阳修文、苏东坡手书的《醉翁亭记》全文石刻，为宋代流传下来的稀世珍宝。

　　醉翁亭依山傍水，幽雅而宁静。这里古树婆娑，亭台错落，青山如画，碧水潺流，环境十分优美。整个布局严谨小巧，曲折幽深，富有诗情画意。亭中新塑的欧阳修立像神态安详。亭旁一巨石上刻有"醉翁亭"。离亭不远，有泉水从地下溢出，泉眼旁用石块砌成方池，水入池中，然后汇入山溪。水池三尺见方，池深二尺左右，池上有清康熙四十年知州王赐魁所立"让泉"碑刻。让泉水温度终年变化不大，保持在十七八摄氏度。泉水"甘如醍醐，莹如玻璃"，所以又被称为"玻璃泉"。

醉翁亭小题联却不少，有一副题冯公祠联很耐品："泉声如听醉翁操，海日已照琅琊山。"醉翁亭落成后，吸引了不少游人。当时的太常博士沈遵便慕名而来，观赏之余，创作了琴曲《醉翁吟》（《太守操》），欧阳修亲为配词。事隔数年后，欧阳修和沈遵重逢，"夜阑酒半"，沈遵操琴弹《醉翁吟》，"宫声在迭"，"有如风轻日暖好鸟语，夜静山响春泉鸣"，琴声勾起了欧阳修当年亭间游饮往事，即作诗以赠。此联记述的正是这段轶事。知音难逢，相遇本是乐事，有酒有琴有故人，该是怎样的怡然惬意啊。欧阳修与沈遵的故事颇似钟子期与俞伯牙山间的相遇相知。不过，欧阳修要比钟子期幸运，因为还能再次与老友重逢，那种欣喜不亚于杜甫江南逢李龟年，"正是江南好风景，落花时节又逢君"。文人的相契相近若此，让人感怀神往。

有几副佚名者题醉翁亭的对联可圈可点。其一："翁去八百载，醉乡犹在；山行六七里，亭影不孤。"其二："人生百年，把几多风光琴尊等闲抛却；是翁千古，问尔许英雄豪杰哪个醒来。"其三："并未成翁，到处也须杖履；不能一醉，此来辜负山林。"其四："饮既不多缘何能醉，年犹未迈奚自称翁。"欧阳修（1007～1072）字永叔，号醉翁、晚年号六一居士，天圣进士，官馆阁校勘，因直言论事贬至夷陵。庆历中任谏官，因支持范仲淹、要求改良政治，被诬贬滁州。熙宁四年（1071），欧阳修以太子少师的官衔退休，次年在颍州去世，享年66岁，谥文忠。欧阳修主张文章应"明道"、致用，对宋初以来靡丽、险怪的文风表示不满，并积极培养后进，是北宋古文运动的领袖。他在散文、诗、词、文学理论以及文学批评等方面都取得很高成就，尤以散文为妙：散文说理畅达，抒情委婉，为"唐宋八大家"之一；诗风与其散文近似，语言流畅自然；其词婉丽清隽，承袭南唐余风。名作《醉翁亭记》形式新颖、语言酣畅、叙事委婉、绘景优美，寓景抒情，流传千古。因此，这几副对联都以"醉"入题，醉翁之意不在酒，在山水之乐，非醉也，醉只是狂浪的形式，中国文人的气质原来就是沾染了儒家之风，处穷达用舍、水清水浊之间，自以为濯缨濯足、行藏在我，壮志雄心转眼便可归于恬淡安静。往高里说，是豁达洒脱，开悟超然，其实，这又何尝不是一种逃避？

《醉翁亭记》：环滁皆山也。其西南诸峰，林壑尤美。望之蔚然而深秀者，琅琊也。山行六七里，渐闻水声潺潺，而泻出于两峰之间者，酿泉也。峰回路转，有亭翼然临于泉上者，醉翁亭也。作亭者谁？山之僧智仙也。名之者谁？太守自谓也。太守与客来饮于此，饮少辄醉，而年又最高，故自号曰"醉翁"也。醉翁之意不在酒，在乎山水之间也。山水之乐，得之心而寓之酒也。若夫日出而林霏开，云归而岩穴暝，晦明变化者，山间之朝暮也。野芳发而幽香，佳木秀而繁阴，风霜高洁，水落而石出者，山间之四时也。朝而往，暮而归，四时之景不同，而乐亦无穷也。至于负者歌于滁，行者休于树，前者呼，后者应，伛偻提携，往来而不绝者，滁人游也。临溪而渔，溪深而鱼肥；酿泉为酒，泉香而酒洌；山肴野蔌，杂然而前陈者，太守宴也。宴酣之乐，非丝非竹，射者中，弈者胜，觥筹交错，坐起而喧哗者，众宾欢也。苍然白发，颓乎其中者，太守醉也。已而夕阳在山，人影散乱，太守归而宾客从也。树林阴翳，鸣声上下，游人去而禽鸟乐也。然而禽鸟知山林之乐，而不知人之乐；人知从太守游而乐，而不知太守之乐其乐也。醉能同其乐，醒能述其文者，太守也。太守谓谁？庐陵欧阳修也。

# 好风月不用钱买

## ——安庆大观亭联

大观亭即元末郡守余阙葬处，亦称大观楼或大观台，建于明世宗嘉靖元年（1522），位于安庆市大观亭街中段。大观亭系两层砖木结构，画栋飞檐，位踞山巅，背倚大龙山，前临长江，境界开阔，气象雄伟，故有"大观"之名，素称"皖省第一名胜之区"。明代沈复登上大观亭，此亭"面临南湖，背倚潜山，亭在山脊，眺远颇畅，旁有深廊，北窗洞开"，"目无所阻，骋怀游览，胜于平园，真人工之奇绝者也"。《怀宁县志》也说"士大夫从公来游，俯瞰长江，一泻千里，闾阎两岸，樯舳迷津，皖中风景俱若勇跃奋迅而出也"，可见"大观远眺"名不虚传。历代文人墨客跋涉登临，对景抒情，怀乡思古，留下许多诗词和楹联。

彭玉麟题安庆大观亭长联气势连绵、气象豪迈："五千年皖公何在，地接东南，消除浩劫，选胜快登临，尽鹤唳丹霄，鸥盟黄浦，拓此一亭佳景，荡涤胸襟，寄语墨客骚人，莫辜负新秋风月；卅六载贱子重来，天开图画，俯仰狂吟，凭栏休感慨，看龙峦叠翠，鹅屿浮青，骋我百战壮怀，放开眼界，收览练湖灊岳，依然是旧日山河。"作为一个武将，将风雅情怀和征战风尘糅在一起，就有了刚柔并济的味道，很有品头。

清代宫尔铎大观亭撰联境界开阔："莽乾坤能得几人闲？早安排铁板铜琶，唱大江东去；好风月不用一钱买，休辜负青山红树，送爽气西来。"青山红树，大江东去，绚烂的秋景和浩瀚的长江一静一动、相映成致。对联运用典故，暗寓哲理，一语双关，意蕴悠长。"铁板铜琶，唱大江东去"化用宋代俞文豹评苏东坡词语，"青山红树"化用欧阳修"红树青山日欲斜，长郊草色绿无涯"诗，"好风月不用一钱买"化用李白《襄阳歌》，巧妙嵌入联中，浑然无迹，新境端现。好风月不需花费一文一分，何不尽情享受大自然的赐予，休辜负这佳山秀水、美妙时光。慷慨激昂处又寄殷殷叮嘱，豪放又婉曲，让人心生温暖。

清代道光九年状元李振钧撰大观亭联由远及近、意涵深远："秋色满东南，自赤壁以来，与客泛舟无此乐；大江流日夜，问青莲而后，举杯邀月更何人。"苏轼在《前赤壁赋》中"饮酒乐甚"，作者却"与客泛舟无此乐"，江山如故、人事已非，没有李白、苏轼这样挚友为伴，再美的风景也是平淡无趣。作者感喟世事，流露出一种孤寂无凭的情绪。人以景移、情由人传，就这样把怅惘和忧愤融入秋色和江水之中。

清代任安徽巡抚的朱家宝题安庆大观亭凭吊英雄："凭高吊幽古英灵，任千古江潮，淘不尽孤忠魂魄；揽胜忆滇池杰阁，对八公烟景，问何如故里河山。"联中的"幽古英灵"指元朝余阙。红巾军起义时，余阙分兵镇守安庆，亲率民兵士卒数千人与陈友谅军大战于沙漠洲，冒矢石冲入阵内，连斩陈友谅十三员大将，连破红巾军四十三寨。余阙前后扼守安庆七年，历经大小数十战。淮东、淮西尽由红巾军占据，唯安庆为完城。至正十八年正月，陈友谅大集诸部环攻安庆，西门危急，余阙徒步提戟，率军往救，战于清水塘，身负重创十余处。红巾军蜂涌进城将其重围，城中四处火起。余阙见大势已去，遂自刎，沉于清水塘中。陈友谅感其义，觅其尸殡葬于正观门外。其妻蒋氏、妾耶律氏、耶卜氏及子德臣、女安安、甥福童闻余阙死，亦投井自尽。后人将该井名"风节井"，并建"一家人"亭于井旁。

今天，我们不能简单地指责余阙愚忠愚孝，人各为其主，坚守自己的职责，以死殉之，可见风骨高洁、风节弥坚。安庆大观亭有许多对联都是颂扬忠魂英风，正体现了"士可杀不可辱"的儒家思想。如："天开图画，美尽东南，落日咽孤忠，战血腥余千载后；鲁酒不温，高丘返顾，歌风思猛士，江流倒卷万山来。""杰阁四窗开，地扼中原控吴楚；忠魂一抔在，天留正气壮山河。""片土寄忠魂，听槛前万马，江声滚滚，惊疑征鼓动；孤城俏战气，指窗外二龙，山影苍苍，飞入酒杯来。""樽前帆影，槛外岚光，数胜迹重重，都向江头开画本；楼上仙人，阁中帝子，溯游踪历历，又来亭畔吊忠魂。"这些对联都充满着对英烈的敬仰，也挥散出儒者的刚毅和不屈之气度。

晚清江峰青大观亭题联大气磅礴："金汤依旧扼荆扬，风起云飞，不尽悲歌怀猛士；银汉何时洗兵甲，内忧外患，似留艰巨待英才。"此联原题为"公举议员赴省，题大观亭"，时在民国初年，国家正是多事之秋，作者由此抒情寄慨，倾注了期待英才整顿旧山河、振兴国家的赤诚之情。猛士指元末的余阙和晚清的徐锡麟。1907年7月6日，光复会领导的安庆起义爆发，徐锡麟用短枪击毙安徽巡抚恩铭，后被前来镇压的清军包围，激战4小时后徐锡麟被捕。审讯中，毓朗令徐跪，徐抗对不屈，当晚，徐锡麟被杀，临刑前神色自若："功名富贵，非所快意，今日得此，死且不悔矣！"终年34岁。徐锡麟为推翻帝制、建立民主共和的理想而牺牲，他要比余阙的境界更宏阔，他不是听命于皇权的摆布，而是为苍生谋幸福、为国家谋前途，因此，更让人刮目相看。世事沧桑，风云变幻，江山易主，英雄千古，刀光剑影、血雨腥风已成为历史，而英雄并未隐去。风起云飞，悲歌不尽，怀猛士，悼英雄，因为英雄虽不是创造历史的全部，但至少是成全历史的风骨！

以如此心态来看陶澍"倚槛苍茫千古事，过江多少六朝山"和徐旭

"两皖生才，台阁犹含雄杰气；四郊多垒，江山莫作等闲看"的对联，便心有默契，世情人情了然于胸了。

● **知识链接**

桃花源联：桃花源位于桃源县西南15公里水溪附近，因东晋诗人陶渊明的名篇《桃花源记》而得名。园内有集贤祠、桃花观、蹑凤亭、探月亭、方竹亭、遇仙桥等建筑。桃花源的对联较多，如此联一字千金，虽短却耐咀嚼："秦时明月，洞口桃花，水流花放；路转峰回，别有天地，不知岁时。"写得最好的是清罗润章的长联："卅六洞别有一天，渊明记，辋川行，太白序，昌黎歌。渔耶？樵耶？隐耶？仙耶？都是名山知己；五百年问今何世，鹿亡秦，蛇兴汉，鼎争魏，瓜分晋。颂者，讴者，悲者，泣者，未免桃花笑人。"上下联都是写历史，用典多，上联点了陶渊明的《桃花源记》、王维的《辋川集》、李白的《春夜宴诸从弟桃李园序》和韩愈的《石鼓歌》，说明这些写渔人、樵夫、隐者和神仙的名人，才是真正懂得欣赏山水的人。下联用秦、汉、魏、晋四个典故来说明争名夺利无非一场梦，难免被桃花取笑。几副集句联也有特色，清代吴悔晦联云："山鸟似欲啼往事，桃花依旧笑春风。"清代吴玉麟集李白《送人寻桃源序》中句子为联："花藏仙溪，落英何许流出；水引渔者，春风不知从来。"联语平仄虽有问题，但用在桃花源却恰到妙处。

# 机智幽默真性情
## ——苏轼趣联

苏东坡是北宋著名的政治家和文学家，四川眉山人，才华横溢，风流雅逸，作文名列唐宋八大家，作词与辛弃疾并为双绝，书法与绘画也独步一时，民间流传着许多有关他的楹联故事。

苏东坡与黄庭坚并称"苏黄"。一日，苏东坡与黄庭坚郊游归家时，红日西坠，晚霞似火，映红江面。黄庭坚心中一动，停步对苏东坡说了一联："晚霞映水，渔人争唱满江红。"联中嵌入"满江红"词牌，贴切自然，趣味横生。吟罢，黄庭坚拖着苏东坡就走。苏东坡一甩胳膊，黄庭坚一个趔趄，差点摔个跟头，身边扛锄走过的农夫见此哈哈大笑。苏东坡随即吟出下联："朔雪飞空，农夫齐唱普天乐。"联中也用了一个"普天乐"词牌，既和上联相对，又含戏谑之意。

苏东坡和佛印和尚交情颇厚，彼此都很欣赏对方。但是两人在一起的时候时常斗嘴。一天苏东坡又去找佛印，一进庙门便大喊："秃驴何在？"佛印一看是苏东坡，便微笑着说："东坡吃草。"又有一日，苏东坡到寺中拜访佛印，进门便闻到一股鱼腥味，而佛印却若无其事，不露一点声色。东坡明白佛印是在故意逗他，便在屋子里四处找鱼，可整个屋子里除了一只大磬外，再没有可藏东西的地方。苏东坡断定那鱼就在磬里边，就冲着佛印一笑："向阳门第春常在。"佛印不知苏东坡用意，便应声对答："积善人家庆有余。"苏东坡听罢哈哈大笑："既然磬（庆）里有鱼（余），为何不拿给我吃？"佛印恍然大悟，知道上了当，只有拿出鱼来招待苏东坡。

传说苏小妹曾以文选婿。一个叫方若虚的豪门公子，闻讯后连忙呈上诗文应选。小妹看其文字淡如白水，便提笔在上面批了一联："笔底才华少，胸中韬略无。"苏东坡为了避免是非，便悄悄在小妹的联语后各添一字："笔底才华少有，胸中韬略无穷。"方若虚读后欣喜若狂，急于要见苏小妹。苏东坡知道小妹根本看不上他，生怕玩笑开大了不好收场，急忙托故阻止："我妹妹脸长、额突，去年一滴相思泪，至今流不到腮边，未出房门三五步，额头先到画堂前。"方若虚以为苏小妹很丑，于是怏怏地走了。而著名词人秦观听说苏小妹不但相貌端秀而且工诗善词，久有爱慕之心，便去苏家求婚。小妹看了秦观的诗文，很是欣赏，在其文批道："不与三苏同时，当是横行一世。"于是，其父苏洵便将苏小妹许给了秦观。

秦观因为《满庭芳》一词的流传被人呼为"山抹微云"。当时，柳永写的《破阵子》词中也有一名句"露花倒影"，于是时人称柳永"露花倒影"。有一次，苏东坡同秦观同饮，酒至半酣，苏东坡诗兴大发，随口将二人的名字和绰号联成一副对子："山抹微云秦学士，露花倒影柳屯田。"秦观一听，大笑，深佩苏东坡的诙谐和敏捷。

北宋词人张先喜作慢词，其词以描写男女之情见长。他曾因有"云破月来花弄影"、"帘压卷花影"、"堕轻絮无影"这三个别致句子而得"张三影"雅号。他晚年退居乡间，年逾八十，家中尚蓄有歌妓。有一次，苏东坡去拜访他，赠了一副对联戏嘲之："诗人老去莺莺在，公子归来燕燕忙。"联中借用唐代元稹的《莺莺传》中的人物，将张先比做拈花惹草的秀才张珙。张先得联，亦制一联："愁似鳏鱼知夜永，懒同蝴蝶为春忙。"这副对联以鱼和蝶作喻为自己辩白解嘲，韵词俱佳，深得苏东坡赞赏。

苏东坡性情率真，机智幽默，有着一颗凡俗平淡之心。他在杭州时用自己俸禄开了一家诊所，三年里治疗了近千人。有些人为了得到他的墨宝，假装生病，求他开药方，他也不拒绝，还开了这样的药方："一日无事以当贵；二日早寝以当富；三日安步以当车；四日晚食以当肉。"中国文人多是愤世嫉俗慷慨悲歌者，少有东坡这样宠辱不惊、穷达皆乐的文人。他携竹杖，踏芒鞋，吟啸徐行，一蓑烟雨任平生，那股洒脱和倜傥足以让人神往。如此看，豁达的人总是快乐的。

● 知识链接

苏东坡被贬湖北黄州，常常亲自烧菜与友人品味，其中，以红烧肉最为拿手，他曾写诗介绍烹调之法："慢著火，少著水，待它自熟莫催它，火候足时它自美。"他在杭州任官时，发动数万民工除葑田、疏湖港、筑长堤，并建桥以畅通湖水。西湖秀容重现，长堤后来成了"西湖十景"之首的"苏堤春晓"。老百姓为表达对这位父母官的谢意，纷纷送他猪肉。苏东坡就叫家人把肉切成方块，用他的烹调方法烧制好后送给杭州百姓。而家人把"连酒一起送"听成"连酒一起烧"，却不料烧制出来的红烧肉更加香酥味美，食者就把这道菜称为"东坡肉"了。以后每至农历除夕，杭州家家户户都制作东坡肉，相沿成俗，如今已成为杭州一道传统名菜。

# 自古英雄出少年

## ——神童妙对

明代有许多才思超群的神童，他们妙语如珠，出口成联，留下许多有趣的故事。

南京金水河上有玉栏杆，解缙8岁时，胡子琪以"金水河"出一上联："金水河边金线柳，金线柳穿金鱼口。"解缙对道："玉栏杆外玉簪花，玉簪花插玉人头。"一天，解缙在院子里玩，折了一枝桃花，刚爬下树就看见父亲带着一个朋友回来了，便连忙把花藏在衣袖中。父亲早就看到了，就故意说了一个上联："袖里笼花，小子暗藏春色。"小解缙当场对出下联："堂前悬镜，大人明察秋毫。"父亲点头称许，那人也竖指赞叹。

明代状元梁储少时就颇具"公辅之量"。一天，父亲到私塾里接他放学回家。因为路不平不慎跌倒，父亲连忙去扶他，随口道："跌倒小书生。"梁储一边爬起来拍打着身上的尘土，一边笑嘻嘻地说："扶起大学士。"又有一日，梁父带孩子们到池塘中沐浴，随口出句："晚浴池塘，涌动一天星斗。"7岁的梁储答道："早登台阁，挽回三代乾坤。"显示了自小就胸怀大志。后来，梁储果然考中进士，当上吏部尚书和华盖殿大学士。

何孟春自小爱读书。一天夜晚，月明风爽，景色很美，老师临窗望月，诗兴大发，不禁脱口吟出一联："窗外一团风月，这般清趣少人知。"何孟春马上对出下句："架头几部诗书，哪是精微皆自得。"老师听了连声称妙，非常赞赏学生的远大志向。后来，他考中进士，成了李东阳的门生，当过云南巡抚、礼部侍郎。

福建莆田有一个小神童叫戴大宾，聪慧机灵，特别喜欢作对。有一年，朝廷里举行童子试，5岁的戴大宾由父亲背着去应试。在场的秀才就逗他："你长大以后想当什么官呀？"戴大宾大声回答："我想当阁老。"一个秀才听了，戏谑道："未老思阁老。"戴大宾高声答道："无才做秀才。"弄得秀才很尴尬。

伦文叙在科举考试中，会试、殿试都考了第一名。他从小就出口成章，人称"善联鬼才"。一天，老师让学生吟诵《木兰辞》，学生们就照着书本反复念诵，伦文叙却跑到墙角抓蟋蟀。这时，外面天昏云暗，雨夹着冰雹噼啪地下起来。闭目养神的老师被惊醒，发现伦文叙不在座位上，就站在他的身后训斥："顽童无心读诗书。"话音刚落，只顾抓蟋蟀的伦文叙头也没抬就回道："先生有意观冰雹。"老师听了，又好气又好笑。

唐伯虎小时聪慧好学，才思敏捷。一位客人到他家做客，父亲拿出甜瓜和炒豆来招待。客人见炒豆皮已经炸开，颜色很好看，便想出一个对句："炒豆捻开，抛下一双金龟甲。"正自鸣得意时，唐伯虎笑着道出了下联："甜瓜切破，分成两片玉玻璃。"客人听了，很是惊异，拿起半个甜瓜给他："给你一片玉玻璃！"

杨慎从小受父亲影响，知书达理，善文写诗，人们都叫他"神童才子"。有一回，杨慎在家乡的池塘里洗澡，恰好县令路过此地。但杨慎不仅不躲避，还嬉笑着冲县令扮鬼脸。县令叫人把杨慎的衣服拿走，挂在路边的一棵古树上，对杨慎说："你如果能对上我的上联，就还你的衣裤。"说完，就出了上联："千年老树为衣架。"杨慎一边划水一边对道："万里长江作浴盆。"县令听了，大吃一惊，没有想到这么小的孩子能有如此奇才，就把衣服还给了杨慎，还邀请他到县衙里去玩。后来他们成了忘年交。

邱浚小时到野外钩竹笋，正遇几位妇女在田里拔秧苗。一捆捆秧草堆在田埂上，小邱浚人小个矮，跨不过去，就央求她们搬开。这些妇女有意逗他，便出一联为难："稻草绑秧婆抱子。"小邱浚挥挥手中的竹竿钩对道："竹竿钩笋公携孙。"捆秧苗的稻草是前两季打稻子剩下的，相当于老婆婆，捆稻相当于婆婆"抱"子；竹笋长成竹，老竹再做成竹竿去钩新笋，就跟老爷爷"携"孙差不多。下联对得贴切得体、趣味横生。

高则诚少负才名，有"神童"之誉，7岁时，他身穿绿袍从学塾归家，路逢身着红袍、官居尚书的邻居，尚书戏谑他："水出蛙儿穿绿袄，美目盼兮。"高则诚即对："落汤士子着红袍，鞠躬如也。"尚书听了，连连惊叹"后生可畏"。高则诚6岁时家里请客，酒菜还未摆好，他就到桌上偷吃好菜。有个客人见此训他："小儿不识道理，上桌偷食。"高则诚边吃边对，反使客人碰了一鼻子灰："村人有甚文章，中场出对？"客人大窘，脸上一阵红一阵白，深怪这个小孩不知天高地厚，便借酒壶出了一联："细颈壶儿，敢向腰间出嘴！"高则诚不甘示弱，指了指门上锈锁，讥讽道："平头锁子，却从肚里生锈。"那客人听了，呆坐默然无语。

这些神童聪慧过人，可谓少年才俊。他们经过勤奋学习，长大后都成就了一番大事业。

● **知识链接**

汉朝建国以后，以秦朝亡国为鉴，招贤纳良，实行察举制，为选拔才能优异的幼儿专门设置了童子科。至唐代，科举考试制度中正式设置了童子科。宋代的童子科经过几复几罢，逐步完善。宋代皇帝对神童选拔比较重视，甚至亲自考试童子。杨亿7岁能写文章，宋太宗亲自试之，试诗赋五篇，杨亿下笔立成，深得宋太宗赞赏，后授秘书省正字，特赐袍笏。晏殊7岁即能作文，以神童身份被推荐参加考试，宋真宗召晏殊与进士千余人一起进行廷试，晏殊下笔立成，后二日，复试诗赋、论时，晏殊看其赋题后对真宗说："臣尝私习此赋，请试他题。"真宗爱其不欺，赐同进士出身，授秘书省正字，使其在秘阁读书。宋神宗亲试饶州童子朱天申，赐五经出身。宋高宗亲试童子朱虎臣，赐金带以宠之。以后历代皇朝虽时断时续，但还是基本上保持了童子科，形成了一整套选拔神童的制度和方法。这种对才能超常幼儿的选拔措施，不仅在我国教育史上甚至在世界教育史上都是罕见的。